Date: 3/15/16

SP FIC MOULIN
Moulin, Jules,
Las dos vidas de Ally Hugues /

PALM BEACH COUNTY
LIBRARY SYSTEM
3650 SUMMIT BLVD.
WEST PALM BEACH, FL 33406

Las dos vidas de Ally Hughes

Jules Moulin
Las dos vidas de Ally Hughes

TITANIA

Argentina • Chile • Colombia • España
Estados Unidos • México • Perú • Uruguay • Venezuela

Título original: *Ally Hughes Has Sex Sometimes*
Editor original: DUTTON – An imprint of Penguin Random House LLC, New York
Traducción: Rosa Arruti Illiramendi

1.ª edición Septiembre 2015

Reservados todos los derechos. Queda rigurosamente prohibida, sin la autorización escrita de los titulares del *copyright*, bajo las sanciones establecidas en las leyes, la reproducción parcial o total de esta obra por cualquier medio o procedimiento, incluidos la reprografía y el tratamiento informático, así como la distribución de ejemplares mediante alquiler o préstamo público.

Todos los nombres, personajes, lugares y acontecimientos de esta novela son producto de la imaginación de la autora, o son empleados como entes de ficción. Cualquier semejanza con personas vivas o fallecidas es mera coincidencia.

Copyright © 2015 by Jules Moulin
All Rights Reserved
Copyright © 2015 de la traducción *by* Rosa Arruti Illiramendi
© 2015 *by* Ediciones Urano, S.A.U.
  Aribau, 142, pral. – 08036 Barcelona
  www.titania.org
  atencion@titania.org

ISBN: 978-84-92916-96-2
E-ISBN: 978-84-9944-896-1
Depósito legal: B-14.344-2015

Fotocomposición: Ediciones Urano, S.A.U.
Impreso por Romanyà Valls, S.A. – Verdaguer, 1 – 08786 Capellades (Barcelona)

Impreso en España – *Printed in Spain*

Para Isabel, con cariño

Aquel fin de semana

Al final todo era culpa de Harry.

Harry Goodman había prometido ayudar a la profesora Hughes con unas reparaciones aquel viernes. Lo había prometido también el viernes pasado y el viernes anterior.

Pero estaban en Nueva Inglaterra, en plena temporada de béisbol y en 2004. Aquella primavera los Sox iban a lograr una marca de 98-64 y se impondrían cinco meses después, ese octubre, a los Cardinals, ganando su primera serie en ochenta y seis años.

Harry había crecido en South Boston, y allí los ánimos estaban muy exaltados. Dijo que lo notaba..., notaba que estaba cerca: la pérdida del estigma de perdedores, el triunfo de la victoria, dejar atrás el pasado y tener que mirar hacia un futuro incierto tras el éxito...

Así que pasaba la mayor parte de sus días templando los nervios en el pub Mulligan's.

*Al*ly se escabulló por la puerta trasera de Robinson en un intento de eludir a su jefa, la doctora Priscilla Patricia Meer.

Se dirigió hacia el este, por detrás de los edificios Mencoff, Brackett y Partridge, y cuando alcanzó la calle Brown giró a la izquierda con la esperanza de poder entrar y salir de Pembroke Hall antes de que Priscilla pasara por allí o llamara.

Sólo quedaba uno. Un solo alumno: Jake Bean. Eso era todo. Luego podría irse a casa y reunirse con Harry.

Jake había perdido a su profesora entre la multitud de estudiantes que bajaban por las escaleras. A medio camino, Ally se fue a la derecha en vez de a la izquierda, y Jake a la izquierda en vez de a la derecha. El chico salió luego por la puerta principal para caminar hasta Brown por la calle Waterman. Al doblar hacia el norte la divisó en la calle Meeting:

—¡Profesora Hughes! —Se puso a correr—. ¡Profesora!

Ally subió brincando los escalones de la entrada del edificio Pembroke, la mochila rebotando y el móvil pegado a su mejilla mientras hablaba con la encargada de la centralita del Cuerpo de Policía de East Providence.

—¿De modo que no eran ellos? ¿Los tíos que detuvieron? ¿Eran otros?

Estaba confundida.

—¡Doctora Hughes! ¡Profesora! —llamó Jake desde la misma manzana, acortando la distancia que les separaba.

Ally desapareció por la entrada. Ni le oyó. Pese a las dos clases que impartía cada semestre, las más populares en todo el campus por dos años consecutivos, con las entradas agotadas por así decirlo, ella no se sentía doctora de nada, y mucho menos profesora adjunta.

Llevaba retraso con las notas. El martes Yoko había llamado llorando:

—¡Profesora, estoy enferma!

—¿Yoko? ¿Dónde estás?

Yoko no había contestado a sus llamadas.

—¡No puedo andar!

—Willa me dijo que...

—Tengo los trabajos conmigo. ¡Me los llevé a Omaha por error!

—¿Te has ido a... tu casa?

—¡Lo siento! ¡Qué estúpida! ¡Qué burra!

—Déjalo, por favor.

—¡Qué idiota soy!

—Cálmate. Por favor. Envíamelos por correo. ¿Está ahí tu madre?

—¿Correo?

—Yo los corregiré por ti, no es para tanto. Se trata de tu salud.

Yoko hizo una pausa.

—¿De verdad?

—De verdad. ¿Puede mandármelos tu madre hoy? Correo exprés. ¿Cuánto puede costar? ¿Diez, veinte pavos?

—¡Mamá! —gritó Yoko y entonces dijo a Ally—: No cuelgue. —Luego empezó otra vez—: ¡Mamá!

—¿Yoko?

—¿Profesora?

—¿Cuántos quedan?

—Sólo... sólo, digamos que... ¿veintiuno?
Ally intentó asimilar lo que estaba oyendo. Veintiún exámenes significaban veintiuna horas corrigiendo, como mínimo. Suspiró.
—¿Me lo preguntas o me lo dices?
Yoko siempre modulaba hacia las notas altas al final de las frases, como si formulara una pregunta aunque no la hiciera. Una manera de no dejar traslucir su talento, de parecer menos segura de lo que era en realidad. Había sido la primera de la clase en Yale.
Entonces Yoko contestó:
—Veintiuno. Pero sólo quedan nueve por corregir.
Ally sonrió.
—Nueve. —Lo conseguiría—. Está hecho. Que te mejores.

—¡*Profesora*! —repitió Jake mientras irrumpía en el edificio.
Subió volando las escaleras hasta el segundo piso.
Ally cerró la puerta y echó el cerrojo. Dejó caer la mochila, se fue hasta el escritorio y recogió los trabajos que habían llegado procedentes de Omaha.
Llegaba tarde a su cita con Harry, pero él siempre se retrasaba, y no sólo unos minutos. Harry siempre llegaba dos horas tarde. Y eso cuando se presentaba. Si se presentaba.
—¿De modo que andan sueltos? ¿Podemos decirlo así? ¿Todavía no los han pillado?
La historia había aparecido en *The Brown Daily Herald*: «Pandilla de ladrones cae sobre el vecindario».
Dos semanas antes habían tenido una racha de robos en la calle de Ally, a tres kilómetros del campus. Tres robos por la mañana, tres asaltos a medianoche, tres hombres con pasamontañas, todos bajos, todos armados. Un vecino los había visto en una camioneta reconociendo la zona de Grotto.
Ally había contratado a Harry para poner un cerrojo en la puerta trasera y acabar los trabajos iniciados en marzo.
—Todos los trabajos, Harry —recalcó cuando hablaron.
Habían quedado este fin de semana: Él vendría a la una a casa y ella se retiraría a leer y corregir.

Le encantaba esta casa de alquiler, su pequeña vivienda victoriana, pese a estar cayéndose a pedazos. Durante seis años había pagado a Harry para que cambiara tejas, vaciara canaletas y pusiera masilla en las ventanas. Aunque estaba convencida de que el núcleo estaba pudriéndose, hacía lo posible para mantenerla acogedora, para que ella y Lizzie estuvieran seguras y no pasaran frío. No era un hotel de cinco estrellas, dijo al oír la protesta de su madre, pero era su casa.

Pero tres hombres bajos con tres pasamontañas negros podían ser mucho peores que las goteras y el moho.

No temía que pudieran robarle algo de valor. Las habitaciones estaban repletas de hallazgos de segunda mano: viejas mesas de madera, sillas aún más viejas; escritorios y camas que había comprado en Goodwill, Savers y en el Ejército de Salvación de Newport y Boston.

Colgó el móvil justo cuando Jake llamaba a la puerta. Se volvió, helada. ¿Podría ser Meer?

—¿Sí? —preguntó—. ¿Quién es?

—¡Jake Bean!

Había llamado el lunes y reservado veinte minutos en horario de despacho para hablar de su suspenso y revisar el trabajo final.

Fue hasta la puerta y la abrió. Al verle, retrocedió sorprendida.

—¿Tú eres Jake?

—Tengo una cita.

—¡Sí! ¡Claro! —Se apartó para dejarle entrar—. Aún no nos conocíamos. —Cerró la puerta. Jake se volvió y le tendió la mano. Ella se la estrechó—. Lo siento. Con doscientos alumnos… no siempre es fácil poner cara a un nombre.

Había pensado que «Jake Bean» era aquel tipo grande y rubio que sonreía todo el rato y se sentaba en la primera fila.

No podía creerlo. ¿Éste era Jake?

¿Jake Bean era el chico que se sentaba al fondo?

No habían hablado hasta ahora, pero el chico sentado al fondo la había tenido obsesionada durante tres años.

Se parecía a aquel cantante, el de aquel internado… Exeter, eso; Andover tal vez… el chico por el que todas las alumnas de Brown perdían los vientos: John Mayer o Meyer o Moyer, lo que fuera, con esa pegadiza melodía «Body Is a Wonderland». Jake se le parecía, pero en mucho más guapo. Era la versión de pasarela, versión modelo de Hugo Boss: aniñado pero duro, aún por pulir.

—*P*rofesora Hughes, por favor. No he faltado a una sola clase. Apruébeme. Se lo ruego.

Ally hojeó su trabajo.

—Mejor lo comentamos —respondió ella con amabilidad. Entonces sonó el teléfono y se inclinó para ver el número—. Un momento, lo siento, tengo que atender esto. —Se volvió y lo cogió—. ¿Harry? —Escuchó a Harry un instante y empezó a enojarse—: La verdad, ¿en serio? Es la tercera vez, Harry, la tercera vez que me lo cancelas este mes... ¿Puedes venir a hacer al menos...? —Escuchó un momento—. No, conforme. Pero, no, Harry, no llames otra vez. Adiós, Harry.

Colgó y respiró hondo.

—¿Va todo bien?

—No —respondió Ally—. Tengo una niña que va a cumplir diez años dentro de cuatro días y una litera que hay que... Harry, el de las reparaciones, ya me ha dejado colgada tres veces.

—¿Tiene una hija?

—Sí —contestó.

—Lo lamento.

Ally se rió.

—¡Así es mi vida!

Estaba enfadada. Lizzie llevaba años pidiendo una litera. Después de ahorrar, al final la había comprado para su cumpleaños. La cama llevaba semanas en el sótano, sin montar, esperando que la ensamblaran.

Y precisaba la cerradura. En la puerta trasera. Necesitaba también más seguridad en las ventanas del piso inferior.

Necesitaba tantas cosas.

Sacudiendo la cabeza, puso el trabajo de Jake sobre su regazo y cogió un boli.

—Ya... ya encontraré otro manitas.

—¿Y qué hay de su marido? ¿No puede hacerlo?

Ella alzó la vista para luego bajarla. Era una pregunta bastante natural, pero personal.

—No tengo marido —dijo en voz baja—. Soy, ya sabes... madre... soltera.

—Yo lo haré.

—¿Qué?

Intentó concentrarse, en el texto de Jake sobre Anaïs Nin.

—Su cama.

—Gracias. —Ally alzó la vista—. Perdón, ¿qué?

—Mi hermano y yo... tenemos un negocio. Estantes, IKEA, casas de muñecas. ¿Es consciente de la destreza, el talento, que requiere hacer funcionar ese ascensor de Barbie?

Ally sonrió:

—Lo sé —contestó—. ¡Ese ascensor! —Era una locura. Lizzie tenía una Dreamhouse—. Pero volvamos a la primera parte, aquí... La parte que suena tan... pseudoacadémica.

La mirada de Jake flotó más allá de la profesora, por la ventana, hasta los árboles. Estaba avergonzado.

—No soy buen escritor —dijo—. Soy penoso.

—No, no es cierto. Las ideas son geniales. La mayoría. Pero te alargas demasiado y cambias el tono. Al principio, empleas ese tono formal falso. —Alzó la vista—. ¿Por qué?

Jake se encogió de hombros.

—Para sonar listo.

—Pero ya eres listo. Y luego cambias. —Hojeó hasta la página catorce—. Tu voz cambia tras la primera cuarta parte del texto. Dejas a Nin atrás por completo. Dejas atrás el tema del todo y empiezas a enrollarte con florituras durante cuarenta páginas.

—Es que me animo.

—Te descentras: sexo tántrico, ¿Britney Spears?

—Sí, lo siento.

—Esta parte —dijo y señaló un párrafo. Lo leyó en voz alta—: «En la cultura popular, las mujeres mayores no son respetadas, aunque yo creo que molan». —Le miró—. ¿Molan?

—Así es.

—¿Pero «molan» en un examen trimestral?

—Dijo que incluyéramos nuestra opinión. Y es mi opinión.

—O «El sexo de mal gusto es una hamburguesa de cadena de comida rápida. El sexo sagrado es un solomillo». Interesante, pero ¿qué significa?

—Hace falta amor —explicó Jake.

—¿Es necesario el amor para que la carne sea buena?

—El sexo, como cualquier cosa... Profesora Hughes, ¿me permite?

—Adelante, por favor —dijo ella y se recostó.

Jake se inclinó hacia delante:

—Todo existe digamos que en un continuo. Ternera de calidad, ternera insípida. Sexo de calidad, sexo de mal gusto. Y Anaïs Nin, si me pide una opinión, estaba en el nivel inferior, qué leches. Disculpe mi francés.

—Leches no es francés.

—¿Por qué entonces este curso dedicado sólo a ella?

Ally sonrió.

—Bien, estoy de acuerdo.

Jake se sorprendió.

—¿De verdad?

Ella volvió a sonreír.

—Cuando lees un SOS de un consejo rector solicitando una clase que tenga buena acogida, porque el profesor que lo hacía normalmente se ha tomado un año de excedencia ¿sabes?, para dedicarse a investigar todos los hábitos de ocio en función del sexo entre los octogenarios de Grecia e Italia...

Jake sonrió.

—Si a una imbécil como yo, en la parte inferior del tótem, le piden que dé esa clase, es bastante probable que diga que sí. Sobre todo si necesita un aumento de sueldo. —Ally se detuvo entonces—. Lo siento —añadió—. Demasiada cafeína, debería tranquilizarme.

—Pues bien —Jake esbozó una sonrisa—, era malvada, era una mentirosa malvada.

—¿Quién?

—Nin. ¿No cree...?

Entonces, en el momento indicado, sonaron cuatro golpes en la puerta del despacho. La rúbrica de Meer: raat-a-tat-tat. Ally se quedó paralizada. Luego, cuatro más.

—¡Voy! —dijo preparándose mientras se levantaba de la silla.

Jake mostró interés. La profesora se fue hasta la puerta y la abrió.

—¡Hola! ¡Priscilla! ¡Hola!
—Te dejé un mensaje —indicó Meer, molesta—. ¿Dónde están las notas?
—Ya casi las tengo —respondió ella—. El lunes, a primera hora. Una de mis profesoras auxiliares tuvo que irse a casa.
—¿Quién? —preguntó Meer con los brazos cruzados, sujetando un grueso fajo de expedientes.
—Se puso...
—¿Quién?
—Por favor —rogó Ally—, no me haga decirlo.
—Tienes que dejar de hacerles de niñera...
—Estoy con un alumno. ¿El lunes va bien?
Meer se inclinó hacia delante.
—¿Dónde?
—Aquí, está justo...
Abrió la puerta y Jake quedó visible. Saludó con la mano.
—Oh —dijo Meer.
—Lamento no haber devuelto la llamada. Los alumnos de último año ya están corregidos. Hablé con el secretario.
—Conforme —replicó su jefa y se volvió para alejarse andando, haciendo resonar el suelo de madera con sus anchos tacones.
Ally permaneció en pie un momento, sin moverse, luego miró a Jake y cerró la puerta. Se volvió a sentar y alzó la vista.
—¿Alguna vez alguien te ha querido tanto que lo ves en sus ojos?
El chico sonrió:
—¿Meer?
—Le gustaría que yo fuera marxista. Afrontamos la vida desde diferente...
—¿Ángulo?
—Eso. Disculpa. ¿Dónde estábamos?
—Esa mentirosa: Nin. Estuvo casada con dos tíos al mismo tiempo. Les engañaba a ambos.
Ally asintió.
—¿Sexo vengativo con su padre? ¿Por abandonarla? ¿Quién hace eso? Era una pervertida y una sociópata arrogante.
La profesora sonrió y le dijo:

—Pero era una escritora competente, no como tú.
Jake se encogió de hombros y apartó la mirada. Sus mejillas se tiñeron de rubor.
—Tal vez.
—Por favor, no te apures. Te daré el aprobado, pero...
—¿Qué? ¿Me va a aprobar?
—Sí, pero...
—¡La adoro!
—¿Qué?
—¡La adoro! ¡Gracias!
Ally se rió.
—Pero tu texto, Jake... No puedes entregar cincuenta y dos páginas si yo he pedido doce. —Se levantó para coger de la mesa algunos expedientes—. ¿Ves? Mira. Tres años de lo tuyo. —Se puso las carpetas sobre el regazo y abrió una. Sacó un examen parcial y un trabajo final, cincuenta y ochenta páginas respectivamente—. ¿Recuerdas esto?
Se lo pasó. El joven echó un vistazo.
—Era estudiante de primer año...
—Los leo todos, los guardo todos.
—¿Por qué?
—¡Ninguno de mis profesores auxiliares sabía qué hacer con ellos! ¡Cómo calificarlos! —Se rió—. Éste, sobre el incendio de la fábrica Triangle, para la clase Mujeres y Trabajo. Ochenta páginas.
—Mi clase favorita. Me inspiró. ¿Qué puedo decir?
Ella se levantó y sacó de un estante un libro editado en rústica.
—*Elementos estilísticos*. Todo lo que necesitas... para no enrollarte. —Se lo tendió, pero Jake no quiso aceptarlo—. Por favor —insistió.
—Puedo comprarlo.
—Tengo otro.
—Pero usted me da clases de Sexualidad y Género...
—Jake, la escritura...
—No voy a volver.
Entonces se quedó callada, sorprendida.
—Necesito el aprobado por si acaso cambio de facultad algún día. Alguna vez. Un día. Pero los precios de Brown son escandalosos y no quiero endeudarme. No voy a volver.

La profesora pestañeó. Entendía bien. Ella había tenido suerte con los cursos de posgrado en Brown: becas, ayudas, trabajos de auxiliar, una oferta como conferenciante en Económicas. Pero ahora que la tesis estaba acabada, se ahogaba en préstamos universitarios. Dejó el libro sobre el escritorio y se sentó.

—Por eso quiero arreglarle la cama. Necesito la pasta.

—Entiendo —dijo, y pensó en ello. Quería que le echaran una mano. No era eso, la necesitaba—. ¿Sabes poner una cerradura de seguridad?

—¿Tiene alguna?

—Así es.

—Espero que se gastara dinero en ella. Me gusta Schlage. Tiene que ser a prueba de golpes.

La profesora asintió.

—Ha habido robos en mi calle. Estas últimas dos semanas. Necesito que las ventanas...

—Clavos en los marcos. Instale precintos en los aparatos de aire acondicionado. ¿Tiene alguno?

Ella le estudió mientras hablaba.

—Sí, pero ¿puedes instalarlos tú?

Asintió.

—Las herramientas están en mi furgoneta. La tengo aparcada en Thayer.

Además, la puerta del cuarto de Lizzie crujía. Quería entrar y salir del dormitorio sin despertarla cuando ella dormía. Sabía que las bisagras necesitaban aquella grasa, se llamara como se llamase, pero no estaba segura de que la bisagra no tuviera algún problema.

¿Había conflicto de intereses en esto? ¿Con Jake? ¿Por contratarlo? Venía a sus clases al fin y al cabo.

—Profesora Hughes —continuó el joven—, mi madre era madre soltera. Cuatro niños. Sé lo que es eso. Usted se ocupa de todo el mundo, pero nadie la cuida a usted. Déjeme ayudar. Me estará ayudando a mí también.

—Jake —dijo—. No soy mañosa. Se suponía que Harry haría... muchas cosas. Iba a pasar todo el fin de semana: sábado, domingo...

El chico suplicó:

—Siete pavos la hora. Lo haré todo.

Le estudió.

Este alumno llegaba a todas las clases antes que ella, y era siempre el último en marcharse. Se demoraba en el pasillo o en la puerta como si tuviera preguntas, pero nunca se acercaba, nunca hablaba y ni una vez levantaba la mano.

De tanto en tanto, en medio de una de sus clases, la mirada de la profesora aterrizaba sobre él, que le sonreía de un modo que le cortaba la respiración, desordenando sus pensamientos.

El joven la miraba a los ojos y aguantaba la mirada como si estuviera evaluando algo, sobre ella o sobre la charla, no sabía el qué, pero parecía divertirle.

En algún momento, había decidido no hacerle caso. El chico sentado al fondo, se decía, no estaba ahí para aprender. Los chicos en la filas posteriores se sentaban ahí para juzgar. No se involucraban, estaban ahí sentados protestando a su manera.

No sabía que el chico del fondo fuera Jake Bean, el de las «cartas de amor», así las llamaban sus auxiliares: apasionadas, desde luego, pero interminables.

—De acuerdo —dijo al final y asintió—. Hagámoslo.
—¿La sigo a casa?
—Sí —respondió y cogió el libro para tendérselo.
—Conforme.
Jake lo aceptó.
—Gracias —contestó ella agradecida.
—No, gracias a usted.

Diez años después

—¿Tengo que usarlo para la universidad? —preguntó Lizzie de forma inesperada.

Ally estaba intentando aclararse con el mando a distancia.

—¿Qué?

Eran las ocho, y madre e hija se encontraban repantigadas tan ricamente sobre la cama de Ally. Iban a ver *El graduado* mientras tomaban el almuerzo a la hora de la cena: huevos y crêpes en bandejas. Ése era el plan.

Ally llevaba pantalones de deporte y la vieja camiseta de Jake, la de los Red Sox, la única que había conservado. Lizzie iba en pijama.

—El dinero que dejó —continuó Lizzie.

La madre de Ally, su abuela, Claire Anne Hughes, había muerto en marzo, cuatro meses antes. Había dejado un dinero a su nieta, supuestamente para sus estudios.

—Un momento. Mecachis. ¿HD uno o HD dos?

—Me estoy pensando mejor lo de ir a Juilliard.

—Un momento, criatura.

Ally volvió a darle al mando.

—Primero de todo, no entraré, las dos lo sabemos. Y aunque consiguiera entrar, ¿por qué pasar cuatro años memorizando Chejov si puedo hacer papeles en la tele? Dicen que es la edad dorada de...

—Dios mío, tenemos un vehículo de reconocimiento en Marte y ¿no podemos hacer un mando sencillo? —dijo enojada.

—¿Mamá?

—¿Sí?

—Quiero el dinero de Claire, pero no para la uni. ¿Te parece bien?

Ally se volvió y miró su bandeja. Se le estaba enfriando la comida.

—Por favor, pon una servilleta encima de mi plato.

Lizzie colocó la servilleta de su madre y también la suya encima del plato para retener el vaho, y evitar que la comida se enfriara.

—¡Por fin! —exclamó Ally. Empezó la película. Se subió a la cama y colocó la bandeja sobre su regazo—. Pues muy bien, todo el mundo piensa que esta peli va de cierta época, pero yo creo que va de amor y deseo y de lo que supone envejecer como mujer...

—Mamá, ¿me has oído? ¿Lo del dinero?

En la pantalla de la tele, un joven Dustin Hoffman, deprimido y sin entender nada, se encontraba sentado en un avión de regreso a casa tras graduarse en la universidad.

—¿Qué pasa con el dinero?

—¿Puedo disponer de él?

—¿Para qué?

—No te lo puedo decir.

La madre apuntó con el mando y subió el volumen.

—Mira, para ti es el capitán Hook, para mí es Tootsie. Si quieres ser actriz, cielo, Dustin Hoffman... ¡deberíamos ver Tootsie! Va de intérpretes y mujeres...

—Mamá, por favor. Olvida la película un par de segundos. Por favor.

—¿Qué pasa? ¿Por qué? —preguntó y volvió a subir el volumen.

—He hablado con Cybil, ya sabes, mi agente. Piensa que... debería hacerme algo en la nariz.

—¿Qué? —Miró a Lizzie por primera vez en minutos—. ¿Como qué?

—Cree que si eres actriz y tienes que retocarte la nariz, mejor hacerlo de joven, como Marilyn Monroe. De mayor...

—Espera un segundo. ¿De qué estamos hablando?

Lizzie hizo una pausa y respiró hondo.

—Del dinero de Claire.

—¿Quieres operarte la nariz?

—Por favor, no te asustes. Todo el asunto cuesta dieciocho de los grandes, que son dos mil menos que...

—Elizabeth. Espera. Estoy... espera un segundo.

Empujó la bandeja hacia delante, agarró el mando y puso la película en pausa. Se volvió pasmada, incorporándose sobre las rodillas.

Lizzie se quedó pálida de frustración.

—Esto me cuesta mucho, de verdad, el mero hecho de sacarte el tema...

—Estoy... permíteme... Vale, sólo es... dame un segundo para que me recupere del impacto y podamos...
—¿Qué? —Lizzie miró su plato—. ¿Discutirlo? Ya estoy decidida.
—Sí, cielo, sí, deberíamos discutirlo, como adultos razonables, porque tienes que saber que... de ninguna manera voy a... jamás, nunca te daré dinero para eso. Jamás.
Su hija negó con la cabeza.
—No es vanidad, mamá. Es cuestión de física.
—¿Física?
—Tenemos dos ojos. La cámara tiene uno. Una lente. Sin percepción de profundidad. Por lo tanto, la cuestión es que aplana las cosas, tenga lo que tenga delante. Una lente lo ensancha y agranda todo.
—¿Y?
—Y me echa seis kilos encima. Por eso los actores tienen que estar delgados para parecer normales y por eso mi nariz parece más grande en pantalla que en la vida real.
Ally se apaciguó y se aproximó a su hija para hablar del tema, para aclarar las cosas. Le cogió la mano:
—Cariño, primero, tu cuerpo es sagrado. Segundo, eres una chica preciosa.
—No tiene que ver con la belleza. Tiene que ver con la imagen. Y el modo en que tres dimensiones se traducen en dos.
—¿Lo dice Cybil?
—Sí, pero...
Ally le soltó la mano y se frotó la frente. Se rascó la nuca, entrando en pánico, a punto de echarse a llorar.
—Esta Cybil ¿es la mujer que te dijo... te dijo que te tiñeras el pelo?
—Ya estamos otra vez. Reflejos...
—¿Y que perdieras quince kilos?
—Mamá. Sí. Ya te lo expliqué...
—¿La que dijo que deberías... le dijo a mi hija, que entonces ya medía metro setenta y ocho, que se quedara con cincuenta kilos?
—Cálmate. Cincuenta y dos.
Ally intentó mantener la calma con una técnica que empleaba cuando Lizzie tenía tres años. En vez de alzar la voz, cuando se enfadaba susurraba:

—No sé por dónde empezar —dijo bajito—, si por el asunto global o el hecho de que esto no es un tatuaje. No es reversible. O porque dejes que un cirujano te corte y abra para seguir los deseos de...
—¡No sigo los deseos de nadie! —interrumpió Lizzie—. Quiero hacer películas. No doy la talla para el teatro. Y no quiero que mi nariz aparezca tan grande. Cuando quiera una nariz grande ya me la haré. Nicole Kidman se preparó una nariz para Virginia Woolf. Quiero asegurarme ese margen.
—No trago. Tu nariz no es tan grande.
—Es lo que quiero y voy a hacerlo. Con el dinero de Claire o el que yo ahorre.
—No. Porque... para cuando ahorres una cantidad así de dinero, ya te habré hecho recuperar el juicio. Quiero hablar con Cybil.
—¿Qué?
—¡Sí!
—¡No! ¡Eso... no! ¡Tengo veintiún años, no tengo cinco! ¡No es mi maestra!
—Te está diciendo, equivocadamente, que con tu nariz no conseguirás ciertas cosas... Hace que te avergüences para que te cambies, cuando tú eres perfecta. Mientras se soldaban tus...
—¡No lo digas! —Lizzie miró su plato con desesperación. Quería que la noche fuera divertida y deliciosa, y ahora tanto las crêpes como los huevos estaban fríos—. Sé que piensas que tienes razón —dijo con frialdad—. Dejémoslo. Démosle tiempo.
—Pero prométeme que no lo harás sin decírmelo antes. Por favor.
—¿Por qué? ¿Para que puedas encerrarme?
—Bien, existe esa... Pero si lo haces, tengo que prepararme también, hija mía. Me rompería...
Ally se apartó mientras afloraban las lágrimas.
Lizzie cerró los ojos.
—¿Te rompería qué?
—El corazón. —Se atragantó. Luego alzó la voz angustiada—. ¡Eres tan graciosa como preciosa! ¡La gente vuelve la cabeza cuando vas por la calle!
—¡Pues Weather ya se operó! ¡Weather tenía doce años!
—A Weather le hacía falta. No te acuerdas, pero tenía una nariz de

un ancho anormal, extraño. No me opongo a arreglar el paladar hendido, no me opongo a...

—Mamá —rogó Lizzie—, por favor, no llores. —Cogió una servilleta y se la tendió—. Por favor, no. Tal vez pueda explicar todo esto mejor... en otro momento.

Ally intentó recuperar la compostura. Llevaba meses así. Desde que le diagnosticaron a Claire el cáncer de pulmón, había estado llorosa, pedante, y llorosa otra vez. Se ponía a dar sermones sobre cualquier cosa sin invitación previa, sin control. Lloraba todo el rato.

—¿Y si te mueres?

—¿Y cómo podría suceder exactamente que...?

—¡Con la anestesia!

—El peor de los panoramas. El porcentaje es de cero coma cero uno...

—¿Y? ¡Los peores panoramas se hacen realidad en ocasiones!

—De acuerdo, olvídalo. —Lizzie apartó la bandeja a un lado y se bajó de la cama—. Se acabó la discusión por esta noche.

Voló hasta la cómoda y dio al *play* del reproductor de DVD. Volvió a la cama y se acomodó. Su madre estaba dolida, enloquecida y dolida.

Ally la fulminó con la mirada un momento, luego se volvió y dio un mordisco a un crêpe.

Las dos se calmaron.

Aquella noche había rebajado la harina, sin gluten para Lizzie, para que la masa fuera más fina y los extremos quedaran crujientes tal como le gustaba a su hija.

—El almíbar está caliente. Toma —dijo sosteniendo la jarra.

Lizzie la cogió y se sirvió almíbar sobre los crêpes. Dio un sorbo con la pajita al zumo de naranja con hielo y se concentró en la película por un momento.

La madre no pudo. Sus ojos saltaban de los crêpes a Lizzie, a la nariz de su hija, luego de vuelta a la pantalla, donde Dustin Hoffman, en el papel de Benjamin Braddock, recogía su equipaje en el aeropuerto de Los Ángeles.

—Dustin Hoffman tiene una nariz grande.

Su hija no dijo nada.

Ally miró por la habitación.

Se había instalado hacía cuatro años de nuevo en la casa de piedra rojiza, en la habitación, su habitación de niña, y había limpiado los restos: los animales disecados, las distinciones enmarcadas, las fotos enmarcadas de Amelia Earhart y Nellie Bly. Dejó las paredes limpias a excepción de un mapa y colocó la pantalla de televisión elevada para poder ver las noticias en la cama, cosa que rara vez hacía.

—¡Y no olvides que eres israelí!

—¿En serio? ¡Había olvidado del todo que soy medio israelí!

—Si quieres parecer una completa americana, una Christie Brinkley haciendo galletas en el horno y pan blanco…

Lizzie estiró la mano, cogió el brazo de Ally y dio un apretón.

—Ni una palabra más. Esta noche, no. Lamento haber sacado el tema.

Ally miró a su preciosa hija.

—Yo también —respondió.

Jake rodeó con los brazos el aparato de aire acondicionado y lo levantó bien alto, como si no pesara. Sin vacilar, sin esfuerzo.

Ally le observó.

—¡Guau! —exclamó.

Ella apenas pudo desplazarlo con el pie cuando le quitó el polvo para Harry.

Jack estaba en forma, pensó al observarle, pero no de un modo artificial, a base de pesas de gimnasio. Estaba en forma como si hiciera algún trabajo de los de verdad, en la construcción o algo al aire libre. Como si apagara incendios. Como si salvara vidas.

—¿Dónde va?

—Por aquí —respondió.

Él la siguió por el garaje hasta el interior de la casa.

Al entrar, Ally sintió alivio. La cocina, la casa, toda la casa, estaba ordenada. Muriel había limpiado por la mañana, y a fondo. Todo estaba en orden, guardado, inmaculado, de los zócalos al techo, y se sintió agradecida. Muriel había guardado todos los rotuladores, puzles, pegatinas, pinceles, muñecas.

—¿Sabes usar esa cosa?

Anduvo por la cocina y se sintió aturdida, guiándole hasta el vestíbulo y las escaleras. La casa se había calentado durante el día.

—¿Qué cosa?

—La que va debajo. Mi casero dijo que empleara esa cosa.

—¿El soporte universal?

—Eso —respondió y empezó a subir hacia el segundo piso.

—¿Tiene uno? —preguntó él siguiéndola.

—Así es. Dos.

Ally le hizo pasar a la habitación de Lizzie.

—Ésa —dijo indicando la ventana más alejada de la cama—. No quiero que le dé mientras duerme.

—Así será —contestó Jake. Se agachó para bajar el aparato—. ¿Puedo mover estos libros?
—No, no. Por favor. Mejor emplea el escritorio.

Lizzie había organizado su colección de Nancy Drew, cincuenta y seis libros, por todo el suelo, empezando con *El secreto del viejo reloj*.

—A su hija le gusta leer.
—Le va el crimen. Espías. Secretos. Está obsesionada.

Jake sonrió y contempló los libros.

—Permíteme que te enseñe dónde va la segunda unidad.

Ella se levantó y se fue andando por el pasillo hacia a su dormitorio. Jake la siguió, pero a su propio paso, más despacio y más relajado.

No se le pasó por la cabeza el hecho de estar a solas con un desconocido —un hombre ni más ni menos— hasta que entró en la habitación donde dormía, donde se desvestía. Y Jake entró también, cerca, tras ella.

Muriel había dejado una pila de ropa interior recién lavada encima de la cama. Se apresuró a agacharse, recogerla y luego indicó el rincón.

—Esa ventana, por favor. La de ahí.

Se acercó al escritorio, abrió un cajón y metió la ropa bien dentro.

—Bonita habitación —dijo el chico, mirando a su alrededor. Metió las manos en los bolsillos—. Una cama grande.

Ally se volvió y miró la cama. Era enorme.

—Mi hija duerme conmigo la mayoría de las noches. Está en Nueva York. ¿Has ido alguna vez?

—No.

No, no había estado nunca.

Ally asintió, se volvió, salió y retrocedió por el pasillo. Descendió por las escaleras y Jake la siguió.

—¿Puedo tomar una cerveza? —preguntó con cortesía—. Si tiene.

Ella se volvió. Por una parte, por supuesto, ¿qué otra cosa querría beber un muchacho universitario un viernes mientras trabajaba? Por otra parte, ¿una cerveza?

—¿Tienes veintiuno?

—Sí, los he cumplido, pero la ley es para comprar alcohol, no para consumir.

Ladeó la cabeza como si le explicara la norma a un niño.

—Oh —respondió Ally. Desconocía aquello—. Pues claro —dijo entrando en la cocina. Se fue hasta el frigorífico—. Sólo tengo Stella.
—Estupendo —dijo pasando a su lado para entrar en el garaje.

A las nueve de la noche, Jake había instalado los dos aparatos de aire acondicionado. Instaló un cerrojo en la puerta posterior y reforzó seis de las ventanas del primer piso. Limpió una pared del sótano con lejía, subió el sillín de la bici de Lizzie, montó la litera y colocó la cama inferior de ésta sobre soportes para que pudiera entrar un cajón con ruedas debajo.

Hizo todo esto con un transistor a su lado. Los Sox estaban jugando y, desgraciadamente para él, los Mariners ganaron.

Ally encontró masa de pizza en el congelador. Debería estar corrigiendo trabajos y no entreteniéndose en la cocina, preparando tentempiés y pizza para Jake. Pero tenía los nervios a flor de piel, turbada por su presencia, por todos sus sonidos. La charla de la radio y el runrún a poca distancia de su pesado taladro negro. Las pisadas sobre las maderas del suelo de su...

Cuando necesitaba calmarse, cocinaba. Cocinaba o hacía pasteles, o cocinaba y hacía pasteles al mismo tiempo, un hábito que empezó a la tierna edad de seis años, a punto de cumplir siete.

—Quiero enseñarle algo —dijo el joven, entrando y dándole un sobresalto.

Estaba sacando la pizza del horno. La puso sobre la encimera mientras Jake salía, y esta vez fue ella quien marchó detrás.

—Quiero enseñarle a hacerlo.

La segunda planta estaba a oscuras. Una vez en lo alto de las escaleras, ella encendió una lámpara.

—Si lo hace ahora, sabrá hacerlo la próxima vez —indicó.

Agachándose, tomó la mano de Ally e hizo que rodeara una lata de aceite.

Ella le miró. ¿Qué estaba haciendo?

—Aceite lubricante. Aerosol. No lo rocíe en sus bonitos ojos.

Ally puso una mueca. Por favor. Venga. ¿Sus bonitos ojos?

Pero Jake estaba concentrado.

—Así es como se hace.

Se situó al otro lado de Ally, a su espalda, pero manteniendo la mano derecha cogida a la de la profesora, rodeando la lata.

—Jake, por favor —dijo volviéndose para mirarle—. Sé cómo rociar un...

Se rió, pero se quedó paralizada cuando él colocó la mano izquierda en su cintura y la hizo volverse, ordenándole que hiciera lo que él quería. Con la derecha sostuvo su mano, y la lata, por encima de la bisagra.

—Tiene que rociar hacia abajo —mandó con amabilidad—. Tiene que estar encima. Para que el aceite descienda y entre en los surcos. Cuando las piezas de metal se deslizan unas sobre otras, vibran, y la puerta actúa como una caja de resonancia.

Ally se puso de puntillas para llegar, y Jake se acercó desde detrás para ayudar. Enseguida ella se percató de que era demasiado baja.

—De acuerdo —dijo—. Ya lo capto, entiendo lo que estás haciendo, pero necesito una silla o una banqueta o algo.

—No, no hace falta. Yo lo haré esta vez.

Una vez más, con la mano izquierda, hizo que Ally se volviera, le cogió la lata y lo hizo él mismo.

Ally se apartó y observó los distintos pasos.

—Rociar hacia abajo. Entendido. Gracias —dijo sintiendo la marca de su mano en la cintura.

—De nada —respondió él mientras movía la puerta adelante y atrás sin hacer ruido.

—De acuerdo —dijo sonando todo lo seria que pudo—. Guau. No sé cómo agradecértelo. Te he preparado una pizza. Cómela aquí o llévatela de vuelta al colegio mayor.

—No voy a regresar —dijo volviéndose—. ¿Recuerda? Lo dejo. ¿No ha acabado el semestre?

La profesora hizo una pausa y le miró.

—Así, ¿prefieres efectivo? Entonces ocho horas...

Miró escaleras abajo.

Jake negó con la cabeza. Se volvió y dejó la lata de espray. Luego se volvió y la cogió por el codo como había hecho un centenar de veces ya.

—Hagamos una pausa —propuso tirando de ella con delicadeza hacia él. Le soltó el codo, luego tomó su rostro entre las manos y la besó con firmeza en el lado de la boca.

No encontró sus labios. No encontró su mejilla. Pero con firmeza y completo control, plantó los labios en la comisura de su boca como si pidiera primero permiso.

Ally inspiró llena de sorpresa. Le asombró el movimiento, la coordinación, el coraje.

Un poco sorprendida, pero no del todo.

La tarde se había ido cargando, desde luego. Ella se sentía atraída por Jake, por supuesto, pero ¿y quién no? Cualquier mujer viva, cualquier mujer que respirara, de quince o quinientos años... Durante toda la tarde había puesto cara de póquer, o eso pensaba. Nada sucedería. Sin duda a él no le atraía ella. Y si así fuera, por casualidad, Jake tenía que estar muy seguro, lleno de confianza y aplomo, para dar un paso así con su profesora.

¿Qué clase de alumno haría eso?

Pero ahí estaban, y ahí estaba él en su casa. Ella le había invitado al fin y al cabo, ¿o se había invitado a sí mismo?

—Oh —dijo mirándole fijamente, sin resuello pues no podía pensar.

—¿Te parece bien? —preguntó Jake.

No sabía. Lizzie estaba fuera, eso era cierto. Su hija se encontraba a tres horas de distancia en dirección sur, a buen recaudo con Claire.

Estaba en Nueva York con su madre.

El domingo, cogerían el ferrocarril en Penn. Ella las recogería a la una en Providence PVD en el lado de la calle Gaspee. Pero se suponía que debía estar poniendo notas. Los trabajos de Yoko. Aquella noche. No besando a uno de sus alumnos.

—Deja que me quede, por favor —dijo Jake.

La miró a los ojos y le apretó el codo. De nuevo le había cogido el codo. Luego retrocedió para concederle cierto espacio, para pensar, verle, para respirar y recuperar el aliento.

Se metió las manos en los bolsillos, luego las sacó y, un segundo después, la volvió a besar, esta vez en medio de la boca.

—Lo siento —dijo y la soltó del todo—. No puedo evitarlo. He esperado tres años para hacerlo.

«¿Qué? —pensó Ally—. ¿De verdad? ¿Años? ¿Tres años?»

Se contemplaron y ninguno de los dos habló.

No la cogió tan de sorpresa la segunda vez y no se resistió. Lo vio venir. Quería que la besara otra vez. Sabía a Stella, malteada y dulce.

—Oh, válgame Dios —dijo y bajó la vista.

Sabía a facultad y la besaba como la habían besado en aquellos tiempos, en la segunda planta de la Residencia Healy o en una esquina oscura y empapada del bar Champions. De repente el pasado ocupó su interior, esa sensación de diez años atrás, toda la diversión escandalosa e inocente, y algo se liberó, por nervios quizás, y la hizo reír.

—Te estás riendo —dijo Jake, visiblemente incómodo.

—No, no, no me río —respondió con amabilidad, pero se reía—. Soy tu profesora, Jake. Vamos. Tengo treinta y un años.

—Yo veintiuno, ¿y?

—Por favor. Está muy mal visto y... es poco apropiado, y seguro que va contra alguna norma.

—¿Por qué? —preguntó él—. ¿Qué norma? Me siento atraído por ti, y estoy bastante seguro de que yo te atraigo.

—Así es, Jake. Pero ¿a quién no? Mírate. Atraes a todo el mundo.

Él sonrió.

Ally le miró y luego desvió la vista escaleras abajo. Se imaginó a Claire ahí de pie, Lizzie con la mochila, ambas mirando hacia arriba desde la planta inferior. Sólo puede cometerse un único error, dijo Claire cuando Ally se quedó embarazada en la universidad. Uno. Ya lo había cometido.

Claire tenía razón, pensó: las profesoras maduras no hacían estas cosas. No besaban a sus alumnos. Tal vez los hombres sí, pero no las mujeres. ¿Qué estaba haciendo? ¿En qué estaba pensando?

Se volvió hacia él:

—Piensa un segundo. Si yo fuera tu profesor, si fuera un hombre y tú una mujer...

—¿Y?

—¿Y si... necesitaras una recomendación? ¿Un crédito? Que de hecho lo necesitas. Podría parecer que...

—No es exactamente lo que está sucediendo aquí.

Ally sonrió.

—He preparado pizza. —Se volvió—. Tienes que estar muerto de hambre.

—Cierto.

—Bien.
Se alejó y bajó las escaleras. Esto era lo correcto, pensó mientras descendía. Apartarse.
Jake la siguió.
En la planta baja, cruzaron el comedor en dirección a la cocina.
—¿Siempre abres la marcha? —preguntó.
—No. Mi pequeña Lizzie siempre va delante. Es la jefa. Regresará el domingo.
—Ya lo has dicho antes.
—¿Oh, sí? Correcto. Le toca evaluación, el martes. Coincide con su cumpleaños. Nathan Hale. Benedict Arnold. Va de espías.
Entró en la cocina y se fue hacia la pizza fingiendo no prestarle atención, olvidar lo que había sucedido segundos antes, hablando sobre Leales a la Corona y Patriotas, la obsesión de Lizzie con el espionaje.
Luego se quedó quieta. A excepción de la tabla de cortar, toda la cocina estaba limpia y en orden. Toda la casa. Gracias, Muriel, dijo para sus adentros mientras permanecía en pie. Gracias, gracias.
Se volvió y le miró de frente.
—Tiene que ser un secreto.
Susurró como si alguien pudiera oírla. Alguien en el campus. A tres kilómetros de distancia. Las palabras le surgieron entrecortadas.
Jake se detuvo, inmóvil, con los ojos muy abiertos por la sorpresa.
—No puedes, sabes, escribir sobre esto, en tus...
—Ni tengo ninguna...
—No puedes contarlo... ni siquiera puedes pensar en ello después de esta noche.
Él asintió.
—Vale.
Ally notó su propio corazón acelerado. ¿De verdad estaba haciendo esto? Se hallaban de pie ahí y se miraban, esperando.
—Se trata de mi hija. Podrían despedirme, y ya tengo bastantes problemas.
Jake alzó las manos mostrando las palmas, como afirmando que entendía, como diciendo que todo iba a ir bien. Todo.
—Profesora Hughes —dijo con amabilidad—, sólo quiero recordarle que... hoy he terminado.

Era cierto. Ally asintió. Ayudaba mucho volver a oír esto.

—Amigos —dijo él—. Eso es todo lo que somos. No eres mi profesora, no soy tu alumno. —dijo Jake tragando saliva.

Ella asintió.

Sentía cada centímetro de su cuerpo inflamado, como si fuera a estallar si no liberaba la presión de desearle. Durante tantísimas horas había querido tocarle, saborearle, conocerle muy a fondo, toda la tarde, toda la noche, el semestre entero para ser sincera, sin tan siquiera sospechar que era Jake el de los trabajos de ochenta páginas, el chico sentado al fondo.

Jake era el chico sentado al fondo.

El sol se había puesto, el cielo ya estaba oscuro, y mientras Ally observaba el ejemplar que tenía delante sudando por el calor, arreglando todo lo que precisaba arreglo en aquella casa… en cierto modo él ya se había colado dentro.

El sábado por la mañana Ally llamó tres veces a Lizzie, y en tres ocasiones su hija pasó de descolgar el teléfono. Notaba la vibración del aparato en su bolsillo posterior pero no podía oírlo. Estaba en Queens, dentro de un campo de tiro probando una Glock y una Ruger.
—¡Esto es lo que adoro! —dijo el agente Jones. Se encontraba al otro lado de la ventana—. Cuando dos cosas no casan. La imagen y la chica. —Estudió a Lizzie—. Casi menor de edad, pero demoledora. Podría posar para Victoria's Secret..., ¡pero dispara como Jelly Bryce!
Aquel día Lizzie era toda piernas, bronceadas y desnudas, con shorts vaqueros y botas de tacones de diez centímetros que elevaban su figura escultural de metro setenta y ocho hasta el metro ochenta y ocho. El largo pelo rubio le caía hasta la cintura. Estaba de pie con los hombros caídos, y llevaba las gafas y protección auditiva requeridas.
—Mira, tiene esa pose de modelo. Esos hombros. Las piernas interminables. Las caderas sueltas. Todo está en las caderas.
Noah se limitó a sonreír. No estaba sorprendido.
—No ha fallado ni una vez. Y ha hecho diana en una ocasión. ¡No he visto nada así en mi vida! ¿Es la primera vez que coge un arma?
Noah se encogió de hombros. No lo sabía.
Había conocido a Lizzie hacía un mes. Coincidieron en el rodaje de la primera película de la chica: su trigésima sexta prueba y primer papel.
Le dieron el personaje de ayudante de Noah, y éste la había invitado a salir: tres veces a comer y una a cenar. Luego le había pedido que le acompañara aquel día, como preparación para su papel como J. Edgar Hoover. El agente Alan Jones del FBI les estaba enseñando a ambos a disparar.
Y, por supuesto, la chica sólo tenía una frase, una frase en toda la película. Pero una corta frase en una película con Noah, dirigida por Marty, el famoso director, era algo que le encantaba tener.

Cybil, su agente, le dijo que sencillamente escuchara y hablara. Hablar y escuchar. No debería exteriorizar nada ni intentar actuar, recomendó. Lizzie estaba perfecta en papeles que requerían «comedimiento», dijo.
—Simple, cielo. Que quede simple.
Lizzie había percibido el mensaje oculto: no importaba que no tuviera talento. Con su aspecto, trabajaría, mientras fuera consciente de sus limitaciones y si se retocaba la nariz.

En el campo de tiro, levantó la Glock, dobló las rodillas y estiró el brazo derecho perfectamente recto. Cuatro años de yoga la habían preparado para esto, además de las interminables horas jugando al KGB y la CIA, a polis y ladrones, y sus clases de tiro al arco los sábados por la mañana en las pistas de Ace Archers en Foxboro.
Controló la respiración y, mientras exhalaba, se quedó quieta y apretó el gatillo.
—¡Diana otra vez! —gritó Jones. Le recordaba a su nieta—. ¡Vaya continuación! ¡Qué puntería!
Noah sonrió y se secó las palmas en los vaqueros. Estaba nervioso.
—Voy a conocer a su madre esta noche. ¿Qué debería llevar?
—¿Para la madre? —preguntó Jones.
—Digamos que un regalo para la anfitriona.
—¿Quieres impresionarla? ¿Va a cocinar la madre?
—La cena, sí.
Jones pensó en ello un momento.
—Éstas son las tres cosas que vas a llevar: un tinto reserva, flores y bombones.
—¿Chocolate negro o con leche?
—Ambos. De importación.
—¿Qué tipo de flores? ¿Rosas?
—No. Demasiado típico. Habla con la florista. Algo de temporada.
Noah asintió. Eso iba a hacer.
Se volvió para mirar a Lizzie, que estaba poniendo el seguro al arma. Tras quitarse las gafas de protección, se giró y les saludó a través de la ventana.

Sammy, un auxiliar de tiro, se acercó a ellos silbando entre dientes.
—¿A cuál de los dos va a cargarse esa perra?
—¿Disculpe? —respondió Jones volviéndose indignado hacia Sammy.
—¿Se está tirando a esa perra o qué?
—Fuera de mi vista —dijo Jones dando un paso hacia el tipo.
Sammy retrocedió con las manos levantadas.
—Entendido, jefe. —Luego reaccionó al reconocer a Noah—. ¡Eh! ¡Eres ese tío!
Noah no confirmó sus sospechas.
—«¡Date prisa, mujer! ¡No hay tiempo que perder!» ¿Es así? ¿Estoy en lo cierto? ¿No dices esa frase? «¡Date prisa, mujer! ¡No hay tiempo que perder!» —gritó la frase con un espantoso acento británico, imitando a Noah—. ¿Eras tú?
—Era yo... haciendo un papel —dijo y sonrió con amabilidad.
—¿Eres Lancelot?
—No, en realidad no. Sólo en la película.
—Sí, lo eres. Vas a caballo, llevas una espada, eres un caballero. ¿Eres un caballero? O sea, ¿de verdad?
—No. Soy actor.
—¿Eres Brad Pitt? No, no. ¡Lo tengo! ¡Eres Marky Mark!
—No.
—¿Su hermano?
—No.
—Pero tengo razón, eres famoso, ¿vale?
Jones intervino.
—Sí, es famoso. Y ahora, sal de aquí.
Sammy se fue todo contento.
—¡Mi chorba va a alucinar!
La semana anterior, en Balthazar, Noah se había quejado de su horario y las penurias de la vida de estrella de cine: hoteles de cinco estrellas, restaurantes de cinco estrellas. Hacía meses que no pasaba por casa. Echaba de menos su cama, suspiraba por una comida casera. Añoraba a su madre.
Es lo que había dicho.
—¡Puedes disfrutar de la mía! —Allí mismo, entre plato y plato, Lizzie había llamado a Ally para pedirle que les preparara la cena, en

casa, la casa de piedra rojiza, en Brooklyn. Nada sofisticado. Ally prepararía algo para Noah, cena completa, y disfrutaría de una noche normal por una vez. Su madre era guay, le explicó. Mantenía los pies sobre la tierra, demasiado tal vez. Ally era real. A Noah iba a caerle bien, y él a ella, también, estaba segura de eso.

—Lizzie —dijo Jones cuando hicieron una pausa más tarde—. Conozco a un tío que recluta gente para servicios especiales en Virginia...

—Agente Jones. —Lizzie sonrió y dejó las gafas de protección—. Soy actriz.

—¿Cómo lo sabes? ¿Con veinte años? Tal vez sí, tal vez no.

—Me halaga, gracias.

Se dirigió hacia la puerta que daba al exterior.

—¿Adónde vas? —gritó Noah tras ella.

—¡A llamar a mi madre! ¡Ha llamado tres veces!

Lizzie abrió la puerta y salió.

—¡Unidades contraterroristas, encanto! ¡Rescate de rehenes! ¡Podrías salvar el mundo!

—Si yo pudiera matar... personas. Pero no soy capaz.

Levantó el dedo y salió por la puerta al aparcamiento exterior.

—¿Que has invitado a Teddy? —Fuera, en el aparcamiento, Lizzie sudaba bajo un sol abrasador—. ¿Teddy? ¡Mamá!

Ally estaba en casa redactando una lista de la compra para la cena.

—No quiero ser tu cocinera y carabina. Quiero tener una pareja también.

—Pero Ted no mola nada —gimoteó Lizzie.

—¿Qué es lo que no mola?

Lizzie entornó los ojos y recorrió el aparcamiento.

—Eso de haber sido alumno de Wharton. El internado Choate. Lo del yate. Noah es supersencillo. No va de presumido. No pierde de vista la realidad, ¿sabes a qué me refiero?

—Sé lo que significa, sí.

—Teddy alardea de todo. Le interesan las cosas: los últimos modelos de coches, la casa en las Maldivas...

—Vale, lo siento —soltó la madre mientras corregía las listas, una de comestibles y otra de cosas que hacer—. Debería haber preguntado antes, pero ahora no puedo retirar la invitación.

—Sí, puedes.

—Llamaré a Ted y le diré que no pierda de vista la realidad. —Añadió cacao a la lista—. ¿Pastel de chocolate?

—Y dile también, por favor, que no se ponga adulador. Noah detesta a la gente falsa.

—¿Sabes? —replicó Ally dejando el boli—. Igual ni sabe quién es Noah.

—Teddy lo sabrá.

—Yo nunca había oído hablar de ese tal Noah.

—Eso es porque eres una ludita, mamá.

—No lo soy. Sólo porque no me pase el día pirateando todo lo que puedo como tú y tus amigos...

—Lo eres, pero gracias. Y gracias por cocinar. Se muere de ganas de conocerte. De hecho, está bastante nervioso.

—Genial. —Ally borró la nata de la lista—. Pastel de chocolate, ¿bien?

La chica sonrió.

—Qué delicia, eres la mejor.

*L*izzie despreciaba a Teddy McCooey, el amigo de Ally de Georgetown. Cuando regresó al campo de tiro, pidió disculpas a Noah.

—¿Has visto *El talento de Mr. Ripley*? Mi mejor amigo tiene la peli, la adora. Vamos, que casi la tiene en un altar.

—No creo que la haya visto —dijo Noah—. ¿O sí?

Lizzie continuó como si la hubiera visto:

—El mejor amigo de Dickie Greenleaf. Freddie Miles. Philip Seymour Hoffman interpreta el papel. Es gordo y rico, con aires de superioridad. Pues el tal Teddy es ese tío, como si hubiera cobrado vida. Lo siento tanto.

Una hora más tarde, Jones les dejó para seguir hacia Brooklyn, y Lizzie y Noah esperaron un taxi delante del Hotel St. Regis. Noah estaba buscando floristerías en el móvil.

—Necesito una siesta. Y cambiarme de... ¿qué debería ponerme?

Lizzie no contestó. Estaba perdida en sus pensamientos, reflexionando sobre el campo de tiro.

—Jones se parece a ese Mike de *Breaking Bad*. No parecía del FBI.

—¿Qué esperabas? ¿James Bond?

Ella sonrió.

—Yo podría ser una chica Bond.

—Sí, podrías —dijo Noah concentrado aún en el teléfono. Lizzie se acercó y le rodeó el cuello con los brazos. Noah alzó la vista cuando ella se inclinó para besarle y volverle la cabeza para poder encontrar con los labios su mejilla. Luego se apartó. Él no la besaba. No la había besado. Encontró su oído:

—Noah —susurró—, ¿estás confundido?

—¿Acerca de qué? —dijo, algo ausente.

Sin dejar el móvil, continuó desplazándose por la pantalla.

Lizzie se preguntaba si él era lo bastante listo. No estaba segura, y no había tenido ocasión de ponerle a prueba aún, someterle a sus investigaciones, como siempre hacía con sus nuevos amigos.

—Yo, me siento atraída por ti y...

—¿Atraes a todos los hombres?

—Bien, no a todos. Pero sí a los hombres de verdad. A los que les gustan las chicas.

—A los hombres de verdad no les gustan las chicas. A los hombres de verdad les gustan las mujeres.

—Espera, retiro lo de hombres de verdad, me refiero a heteros. ¿Eres... hetero?

Noah alzó la vista y se inclinó cerca del oído de Lizzie.

—Tuve una llamada a las seis de la mañana. Había estado en el rodaje hasta las cinco y no he podido dormir.

Lizzie retrocedió. Era misterioso.

—¿Estás cansado, quieres decir? ¿Estás diciendo que eres hetero, pero que estás cansado?

—Estoy diciendo que te veo esta noche. —Un taxi se detuvo—. Tu coche.
—De acuerdo —dijo ella yéndose para el taxi—. Pero recuerda, ¡no te ofendas! —Intentó ocultar su decepción—. ¡Por mi madre!
Noah alzó la vista.
—¿Y por qué iba a ofenderme?
—¡Ya te lo he dicho! —El botones abrió la puerta del taxi—. ¡No va al cine ni ve la tele! ¡No tiene ni idea de quién eres!
Noah sonrió.
—¡Ésa es la idea! ¡Eso es lo divertido!

Lizzie tenía razón. Ally nunca veía la tele. La última vez que había ido a una película de estreno en un cine fue en 1994, cuando estaba embarazada de ocho meses de ella.

No sabía nada de Noah Bean.

—Ni siquiera me besa —gimió Lizzie. Rodeó la mesa de la cocina, colocando manteles individuales y disponiendo los cubiertos de plata—. Con franqueza, pienso que es gay. Siempre está leyendo *Cosmo* y *Vogue*.

Ally estaba bañando de chocolate el pastel.

—¿Cuándo le has conocido?

—Hace dos semanas. Mi primer día de rodaje.

—¿Te ha invitado a salir?

—Un par de veces a comer, una a cenar... las veinte preguntas de siempre: ¿De dónde eres? ¿Qué esperas de la vida, del amor? Y luego saca la revista *Elle*. Extraño, ¿verdad?

—Quiere conocerte.

—Entonces debería besarme. ¿El tenedor a la izquierda?

—El tenedor a la izquierda. Se lo toma con calma. El sexo no lo es todo.

—Pero el sexo es algo —protestó Lizzie. Su madre le tendió una cucharilla cubierta de chocolate. La saboreó—. ¡Ñam, ñam! ¡Maravilloso!

—Gracias —respondió Ally regresando al cuenco.

Lizzie se sentó.

—¿Podemos decirles que lo he hecho yo? ¿El baño de chocolate y la tarta? ¿Podemos decir que hemos hecho juntas la cena, para que piense que sé cocinar? Está chapado a la antigua.

—Claro, mintamos.

—¿De verdad? Por favor. A que no te importa?

—No me importa —contestó vertiendo la masa en la sartén—. Pero deberías ser tú misma con él, cielo. Y no fingir ser otra persona.

Lizzie se sentó hacia delante, pensando, seleccionando entre las aceitunas del cuenco.

—Noah también está en contra de mi retoque de nariz, para que lo sepas... —dijo y se metió una aceituna en la boca.

—¿Ah sí? —replicó volviéndose desde el mostrador hacia el horno—. Ya me cae bien.

—Lo cual no deja de ser irónico —añadió Lizzie con sarcasmo y voz cantarina—. Porque los dos tenéis esas formas tan perfectas, con narices mínimas, labios carnosos y sonrisas perfectas. Supongo que vosotros dos podéis sentiros superiores y librar juntos una lucha por vuestra buena causa. Supongo.

Ally ignoró esto último.

—Me muero por conocerle.

Sintiéndose un poco más entusiasmada y menos condicionada, puso el reloj del horno en marcha, se quitó el delantal y miró a su alrededor.

La comida estaba en marcha, y la casa en orden, limpia y arreglada. Muriel había venido hoy antes de visitar a su padre en el Bronx. Ally le pagó encantada el billete de ida y vuelta desde Providence. Echaba de menos a Muriel. Habían limpiado juntas todo el día la casa de piedra rojiza, y ella se quedó satisfecha.

A las ocho y diez, Noah llamó al timbre.

—¿Te ha seguido alguien? —preguntó Lizzie haciéndole pasar mientras cogía las flores, los bombones y la cerveza.

Noah había traído un paquete de seis botellas de Stella.

—No —respondió y se quitó la gorra, las gafas y el fular.

Allí donde iba, los paparazzi se escondían y luego salían de un brinco de cualquier rincón con los teleobjetivos, entre chasquidos y flashes. Lizzie fingía preocupación y desagrado, pero en realidad le encantaba: no la atención sino todo el juego del gato y el ratón. Eludir las lentes. Noah había aprendido a pasar desapercibido, a no llamar la atención. Incluso empleaba un doble. Pero de algún modo los fotógrafos siempre le encontraban, y Lizzie se quedaba impresionada. Quería enterarse de lo que ellos sabían y ella desconocía.

—Dime chica lista —dijo Teddy. Lizzie y él, y también Noah, trajinaban por la cocina preparándose para comer—, ¿cómo consigo llevar a tu mamá a Augusta?

Había comprado y traído con él un juego de palos de golf nuevos.

—¿Georgia? ¿En agosto? —preguntó Lizzie.

Ted sacó un putter.

—El golf es el deporte del hombre paciente, ¿correcto, Noah?

Noah sonrió. Se hallaba en pie delante del frigorífico abierto, metiendo la Stella, botella a botella.

—La madre de Lizzie, a quien no has conocido aún, es una mujer de las que ponen a prueba la paciencia de un hombre.

—No, no es cierto —insistió Lizzie y abrió el armario para sacar las copas de vino.

—Llevo meses intentando, meses, sacar a esta mujer de esta casa. Para hacer un viaje, cualquier viaje.

—Ha estado ocupada. —Lizzie se dirigió a Noah—. Mi abuela murió en marzo. Mi madre cuidó de ella.

—¿Ves esta preciosidad? —Ted sostuvo en alto el palo—. Esto le servirá de inspiración. Estas criaturas cuestan treinta y dos de los grandes. Aquí hay oro.

—Mamá no juega —dijo la chica a Noah—. Nunca ha jugado. Nunca jugará.

Él sonrió.

—Eso es cierto —contestó Ted—. Pero un hombre puede soñar, ¿no es así, Noah?

—Desde luego —respondió el joven enderezándose y cerrando el frigo.

Teddy apoyó el palo en la esquina.

—¿Qué llevas en los pies? —preguntó Lizzie mientras el hombre se acercaba a ella para abrir el vino.

Teddy calzaba unas deportivas altas que no pegaban con sus pantalones caquis y camiseta abotonada. Encima eran doradas.

—¿Te gustan?

—No.

—Nike hizo sólo veinticinco pares. Van firmadas por Kobe.

Abrió un cajón y cogió el sacacorchos.
—¿Bryant?
—El mismo.
—¿Tus deportivas las firmó un violador?
—¿Qué? —replicó Teddy cogiendo la botella y clavando el tirabuzón en el corcho—. ¿Cómo es posible que tan siquiera...? Tenías unos cinco años.
—Tenía unos nueve —contestó Lizzie y deslizó una copa hacia él.
Teddy sacó el corcho y miró a Noah.
—2010, Cabernet. Lokoya. ¿Va bien?
—Desde luego —respondió Noah.
Teddy sirvió.
—Primero las damas —informó Lizzie.
—Los invitados primero. —Se volvió y tendió la copa a Noah—. En cuanto a Kobe... ¿no sabes que llegaron a un acuerdo? —Escudriñó a Lizzie mientras servía una segunda copa—. Ella no declaró.
—Oh, entonces seguro que mentía —dijo Lizzie.
Noah se limitaba a observar.
—Las zapatillas son para beneficencia. ¿Tienes algo en contra de la beneficencia?
—Sí —proclamó la chica—. Y de la fe y la esperanza, y del amor.

Por suerte para Ally, la contienda siguió y nadie la vio entrar y palidecer, deteniéndose en seco con sorpresa total.
—Encantado —dijo Noah un momento después, tendiendo la mano.
Ally la estrechó y se quedó ahí mirando.
Ésta era la cocina de Claire, ahora suya. La cocina donde había dado sus primeros pasos. Donde apagó velas de tartas de cumpleaños. Donde vio a su madre llorar y llorar la noche en que su padre nunca volvió, cuando ella tenía seis años...
¿Y Jake estaba aquí? ¿El chico al fondo de la clase? Pero ¿se llamaba Noah?
¿La cita de Lizzie?
¿Jake de Providence?

¿Jake, diez años después, justo en medio del pasado de Ally y su nueva vida?
Había perdido peso. Llevaba el pelo más corto. Su rostro era más adulto. Pero era el chico sentado al fondo de la clase, sin duda, y algo en sus ojos decía hola.
—Te conozco —dijo ella.
—Te lo había dicho, mamá —replicó Lizzie y se volvió hacia Jake—. Afirmaba que no tenía ni idea de quién eras.
—No —dijo Ally—. Nos hemos visto antes.
—Mamá, por favor. Está en todas partes. Todo el mundo piensa que le ha visto antes.
—Pero yo sí —insistió Ally.
Jake interrumpió:
—La tuve en Brown, profesora Hughes.
—¿Qué? —dijo Lizzie y se giró en redondo desde el frigorífico con una bandeja de queso—. ¡No puede ser! ¡Venga! ¿Qué?
Desplazaba la mirada de Ally a Jake una y otra vez.
—Guau —dijo Ted sirviendo una tercera copa de vino.
—Género y Sexualidad —continuó Jake—. Mujeres y Trabajo. Economía Feminista.
—Sí —dijo Ally—. Ahora recuerdo tu cara.
—Casi no logro aprobar —bromeó él—, pero tu madre me dejó pasar.
—¿Casi le suspendes, mamá? ¿De verdad?
Con cierta inseguridad, Ally se fue hacia el horno para vigilar el pollo.
—¿Era un hueso? ¡Cuéntanos! —gritó Lizzie.
Teddy se volvió hacia Jake:
—¿Fuiste a Brown?
—Sólo para jugar a béisbol. No acabé.
Ally cogió torpemente la manopla del horno, se le escapó y cayó al suelo. Se agachó para recogerla y al levantarse se agarró al borde de la encimera para estabilizarse.
—Por entonces —dijo sin aliento— no te llamabas Noah.
—Le obligaron a cambiárselo —explicó Lizzie—. Su verdadero nombre es Jake.
—Jake —repitió Ally.

—Ya había un Jake Bean en el SAG —explicó—, el Sindicato de Actores de Cine. No permiten que los actores tengan el mismo nombre. Noah es mi segundo nombre.

—Oh, entiendo —dijo ella; se volvió y pasó la manopla a Lizzie.

—Disculpadme un segundo. —Si no salía iba a desmayarse. Necesitaba un segundo para recuperar el aliento y calmar sus palpitaciones—. Necesito... un paracetamol. Tengo un poco de, ya sabes, dolor de cabeza. Lizzie, el pollo. Por favor, sácalo. Ted, vino para mí.

—¿Esta noche bebes? —preguntó Ted, sorprendido.

—Sí —respondió Ally, y salió volando tal como había llegado.

Una vez en el tercer piso, huyó dentro del dormitorio. El teléfono. El teléfono.

¿Dónde estaba el teléfono?

Lo había dejado encima de la cama.

La misma cama. La misma cama. Donde ella y Jake, o ella y Noah, o ella y fuera cual fuese su nombre ahora...

Tenía que llamar a Anna.

Anna Baines estaba enterada de lo de Jake. Era la persona indicada. Y contestaría al teléfono, igual que haría Lizzie, siempre después de tres llamadas. Era algo entre ellas. Era una promesa. Un pacto que habían hecho a los diez años y que luego había establecido con Lizzie, y Anna con sus hijos también.

Tres llamadas.

Después de la segunda, Anna cogió el teléfono.

Ally se había metido en el baño del dormitorio principal, cerrando con llave.

—¡Adivina quién está aquí —susurró a gritos, en voz muy baja e histérica.

—¡Baja ese iPad! —chilló Anna a su hijo de ocho años, al otro lado de la cocina. Vivían en Denver—. Lo siento. Sal de aquí.

—¿Te acuerdas de Jake?

—Jake, Jake...

—¿El chico de Brown?

—¡Espera! —dijo Anna—. No, no me acuerdo.

—¡Sí te acuerdas! Vamos. ¡Era alumno mío! Claire se había llevado a Lizzie y yo tenía todo el fin de semana. Él vino a... a ponernos una cerradura en la puerta y se quedó dos días. —Ally tragó saliva—. Lo hicimos... lo hicimos en todas las esquinas, en todas las superficies de aquella preciosa casita.
—Espera, espera... me vuelve algo...
—¡Aquella infección urinaria!
—¡Que casi te mata!
—¡Sí!
—¡Sí! —gritó Anna—. ¡Aquella infección urinaria terrible! —Se acordó—. El chico del pene perfecto.
—Exacto. El chico del pene perfecto está ahora abajo, con Lizzie, ¡esperando a que les sirva la cena!
—¿Qué?
—¡Se tratan!
—¡No!
—¡Sí!
—¿Sabía él...?, perdona, estoy confundida... Espera, ¿sabía él que eres su madre?
—¡No! ¡No lo sé!
—¿Te ha reconocido?
—No se ha mostrado sorprendido. Ah, me estoy poniendo mala.
—¿Sabía, entonces, que eras la madre de Lizzie?
—A menos que me hubiera olvidado por completo.
—No. Eres inolvidable, Ally.
—Por favor —dijo Ally.
Pasó el dedo por la toalla que colgaba de la puerta. La agarró buscando un contrapeso. Tenía las palmas húmedas y frías.
—¿Lo sabe Lizzie?
—No sé. No.
—Tienes que bajar. Tienes invitados.
—¡Ni en broma! ¿Y qué hago?
—Finge durante toda la cena y, cuando se vayan... ¿Está Ted ahí?
—¡Sirviendo el vino! ¡Ha traído vino! ¡Cuatro botellas!
—Tal vez... tal vez Lizzie lo sepa. Quizá sea una prueba —sugirió Anna.

Ally hizo una pausa. ¿La pondría Lizzie a prueba? ¿Con qué propósito?

—No —dijo considerándolo—. Se ha sorprendido. No podría fingir algo así, no de este modo. No es una actriz tan buena.

—Ally.

—¡No es Meryl Streep!

—Vaya manera de darle tu apoyo.

—No nos vayamos por las ramas.

—¡Mamá! —gritó Lizzie desde la planta baja.

—¡Ya voy! —contestó. Luego regresó con Anna—: Tengo que dejarte.

No se movió. Se sentó en el extremo de la bañera y respiró. Miró el techo. Se miró los pies. Llevaba meses sin pintarse las uñas de los pies. ¿Por qué esperaba siempre tanto?

—¡El pollo se enfría! —gritó Lizzie.

—¡Ya voy! ¡Empezad! —Volvió la atención a Anna otra vez—: Tengo que hacerlo. Por favor, no te acuestes. Te llamaré más tarde.

—Llámame y... ¿Ally?

—¿Sí?

—¿Estuvo bien aquel fin de semana? ¿Hace diez años? Creo recordar que querías a aquel tío.

—¿Quererle? No.

—Sí, le querías.

—¡Que no!

Ally protestó un poco más de la cuenta.

—Algo bueno había. ¿El sexo?

—El sexo. —Cerró los ojos para pensar. Tuvo que tragar saliva antes de hablar; tenía la boca seca—. Para ser sinceras, fue maravilloso.

Jake levantó a Ally con un rápido movimiento, como si no pesara, y la dejó sobre el mostrador de la cocina.

Encontró con las palmas sus rodillas, las separó y se instaló entre ellas. Tomando su rostro entre las manos, halló la boca para un tercer beso.

Actúa, pensó Ally. Quería tumbarse, sentir el peso de su cuerpo. Lo quería durante horas en una cama, entre las sábanas, no minutos sobre el mostrador, por muy inmaculado que Muriel lo hubiera dejado.

—Vayamos arriba —susurró frenéticamente mientras él le rozaba el cuello con los labios y volvía a su boca.

Ella le empujó suavemente y se bajó del mostrador.

Salió de debajo de él, se encaminó hacia el vestíbulo desde la cocina y luego escaleras arriba. Jake la siguió. En la escalera, él la adelantó como si se tratara de una carrera.

Una vez en el dormitorio y tras encender la luz con una rápida pasada, Jake llegó el primero a la cama y se subió a cuatro patas. Luego se volvió incorporándose sobre las rodillas, preparado para cogerla en brazos.

Ella se detuvo en el umbral.

—Jake, tengo que decirte… algo —anunció bajito con la voz llena de preocupación.

—¿Qué?

Ally hizo una pausa. Detestaba admitirlo.

—No he hecho esto en… mucho tiempo.

El chico pestañeó.

—Vale.

—No me refiero a meses, hablo de años.

—Está bien, Ally —dijo para tranquilizarla.

Era la primera vez que usaba su nombre de pila. Casi la deja sin aliento.

La profesora bajó la vista y estudió el suelo.

—Quiero decir, desde que me quedé embarazada lo he hecho unas pocas veces, me refiero a sexo de verdad.
—¿Unas pocas veces?
—He tenido mis líos, pero ¿el acto en sí, el asunto en serio?
—¿Tú hija tiene diez años?
Ally asintió.
—Por lo tanto, ¿has tenido relaciones unas pocas veces en los últimos diez años?
—Once —puntualizó—. Pongamos que dos en once años.
Jake pensó en ello. Miró al suelo, luego a ella y sonrió.
—Es una pena —dijo finalmente—. Es una tragedia. Para todos los hombres de todo el mundo. —Luego la estudió—. ¿Ally?
—¿Sí?
—No hagas nada por mí esta noche.
—¿Qué?
—Hagamos que esta noche sea especial para ti.
Ally sonrió e inspiró hondo.
Seguía ahí. Pese a lo que había admitido, él permanecía de rodillas en la cama, listo para cogerla.
—Acércate aquí.
Insegura, se movió hasta la cama. Él la esperó en el extremo del colchón, se inclinó hacia adelante y la besó. La inclinó para acunarla contra él, bajándola y dejándola tumbada de espaldas.
Luego descendió también su largo cuerpo, alineándolo encima de ella. Se besaron y se besaron, y se besaron sin parar.
Había olvidado lo maravilloso que era.
Un hombre.
Un hombre con grandes y encallecidas manos; extremidades largas y pesadas y vello áspero; grandes grupos musculares, tan ajenos; peso y fuerza. Su olor era almizcleño y dulce. Fascinante.
Jake empezó a desabrochar la blusa desde abajo, botón a botón.
—Dime que pare.
Ally no dijo nada. No pares, pensó.
Nunca. Nunca.
Él continuó subiendo, botón a botón, como si lo hubiera hecho un millar de veces, sin separar los labios de ella.

Cuando acabó, se apoyó en un codo, separó la blusa, tiró del sujetador hacia abajo y levantó los pechos hacia arriba y hacia fuera. Se agachó para devorarlos.

Ally dejó caer la cabeza sobre la almohada.

Cielos.

Es un experto, pensó, pasando los dedos por su cabello, abundante, marrón y denso. Gracias al cielo necesitaba un corte de pelo, ¿y cómo podía este chico de veintiún años ser tan experto, tan diestro y delicado? ¿Cómo podía ser tan encantador?, se preguntó.

Jake se sentó, se quitó la camiseta y la dejó a un lado sobre la cama.

Ally separó los labios y miró abriendo mucho los ojos.

Su cuerpo era escultural, liso e irreal, como salido de la portada de una revista. El pecho y abdomen, sus amplios hombros y sus brazos delgados, atléticos, parecían cincelados por un escultor.

—Qué guapa eres —susurró Jake, rompiendo su ensueño, como atrapado en el suyo propio.

Ally no pudo contenerse:

—¿Qué? ¡Por favor! ¡Mírate! —dijo y entornó los ojos.

—¿Por favor, qué?

Ally no se sentía guapa. Por supuesto sabía que lo había sido en algún momento, todas las chicas jóvenes son atractivas en algún momento.

—Lo eres —dijo Jake, contemplando sus labios—. Esa sonrisa. Esa sonrisa.

Sí, tenía una sonrisa contagiosa. Pero había cargado con el peso de su bebé, ya no hacía jogging y llevaba años sin cortarse el pelo. Años.

—Todo el mundo lo piensa. Todo el mundo lo dice.

—¿Qué? ¿Quién? —Ella se preguntó cómo era posible. Nunca llevaba maquillaje, nunca se preparaba. Sólo iba de tiendas para comprar cosas a Lizzie. A veces se quedaba unos vaqueros de aquí, un jersey de allá, en las tiendas Goodwill más agradables de Newport. Pero sobre todo vivía de zapatillas, sudaderas y vaqueros que había comprado en Washington DC cuando cogió aquellos kilos que todo el mundo gana el primer año de universidad.

—¿Qué es esto? Creo que tienes...

Jake sonrió y se desplazó por encima de la cabeza de Ally.

—¿Qué? ¿Qué es?
—Se te ha pegado algo...
—¿El qué?
—Tienes pegada un nota adhesiva en...
—¿Dónde? —preguntó cohibida.

Volvió la cabeza y vio de qué se trataba cuando él despegó la nota adhesiva rosa de su pelo y se la enseñó. Había una frase en ruso garabateada con lápiz rojo. La letra de Lizzie.

—¡Oh, fíjate qué sexy! Están por todas partes. Mi hija... está aprendiendo ruso por su cuenta. Creo que esto quiere decir, «Te odio, mamá».

—¿Ruso? —se rió Jake.

—Tiene cosas de... niña superdotada. Le ha dado también por el hebreo y el francés. Qué locura.

Jake le quitó la nota de la mano y la tiró por un lado de la cama.

—Estoy segura de que hay más por aquí —comentó escudriñando bajo la sábana—. A veces me las encuentro pegadas en el trasero cuando salgo por la puerta.

Se apoyó en los codos y buscó más. Había unas cuantas, siete u ocho, lo cual era extraño, pensó Ally. ¿No había cambiado las sábanas Muriel? Debía de haberse olvidado.

Jake se separó de ella para ayudarle a recogerlas.

—¿Estabas en la universidad cuando tuviste a tu hija?

Ally hizo una pausa y le miró:

—Sí, tenía tu edad. Tu edad exacta.

—Esa historia tiene que merecer la pena.

Ella suspiró.

—¿La puedo oír?

—¿Ahora?

—¿Por qué no? —preguntó él y se echó a su lado, de costado, apoyando la cabeza en la mano.

Y así Ally comenzó su relato...

—Estamos en Económicas —dijo—. En el tercer año, yo tengo veinte años, como tú.

Pierre Ben-Shahar le había dedicado su cautivadora sonrisa, habían empezado a salir aquel mes de septiembre y, después de una fiesta en Magis Row, se acostaron.

La penetró una vez sin condón. La primera vez de Ally, una noche a mediados de septiembre, y fue sólo un segundo.
—Tal vez cuatro. Cuatro segundos. Tal vez diez. Pero no más de eso —le había explicado a su madre.
Claire se puso furiosa.
Descubrió que estaba embarazada la noche de Halloween, cuando Pierre insistió en que se vistiera de ladrillo, y él de albañil.
—Estuvo dentro de mí dos segundos. Doce, tal vez quince. Veinte segundos como mucho. Ni siquiera se corrió —le explicó a Jake.
El esperma de Pierre era el Alexander Popov de los espermas, decidió tras el parto. Era la única explicación.
Dos años antes, el nadador Popov había ganado dos medallas de oro en las Olimpiadas, y el Popov espermático había circulado por los fluidos pre eyaculación de Pierre, para luego nadar, sobrevivir, nadar y sobrevivir sin descanso, ocultándose dentro de ella al menos durante dos semanas antes de crear a Lizzie.
Como un superviviente, ese poco esperma.
Ésa era su teoría.
Y Ally también era una superviviente.
Pese a tener veinte años y quedarse embarazada en la universidad, en Georgetown, ni más ni menos, una facultad católica, ella creía que la maternidad era una bendición absoluta.
Había nacido para ser la madre de Lizzie.
Lizzie tenía que existir, así de sencillo.
Y de este modo, en el último año apretó el acelerador y, cuidando de su hija y sin dormir, dio la sorpresa con una destacada tesis final que la trajo a Brown.
—¿Qué? —preguntó Jake—. ¿De qué trataba?
—¿De verdad me lo preguntas? —dijo y enterró la cara en las manos.
—Cuenta.
Ella hizo una pausa.
—Era... era un análisis de género de la Ley de Reforma de Pensiones de Barbara Kennelly; 1993; pensiones de jubilación, coste de vida, ya sabes, después de la separación y el divorcio; quién votó, por qué, por qué no prosperó, bla bla bla...
Jake sonrió.

—También escribí una segunda tesis sobre las repercusiones económicas del abandono del padre en el sudeste de Washington DC.
—¡Guau! —exclamó Jake.
Ally sonrió.
—Tú has mencionado antes lo de sentirte inspirado por algo. Yo estaba como loca. Me publicaron las dos. En medios importantes y reseñadas por la profesión.
Esos trabajos la llevaron a Brown, explicó, con becas y nombramientos como auxiliar de profesorado mientras preparaba su doctorado.
No lo había planeado. Economía feminista.
—A veces controlas tu vida —dijo— y a veces tu vida te controla.
El trabajo le consiguió un techo, y Brown tenía una guardería segura y gestionada con cariño.
—Y yo tenía una niñita preciosa.
Jake estaba ahí tumbado escuchando.
A Ally no le hizo falta el cortejo, el noviazgo, las fiestas. Ni los regalos, las despedidas, el vestido blanco, la fecha señalada. No necesitaba el matrimonio ni un marido.
Sobre todo no necesitaba a Pierre Ben-Shahar, quien había amenazado con matarse *tout de suite* a menos que ella abortara *tout de suite*. Aquel verano cruzó huyendo el Atlántico, dedicándose a saltar de París a Haifa una y otra vez, un mes con su mamá, otro con papá, sin volver nunca a Estados Unidos.
Y jamás contestó a sus llamadas.
—Él se lo perdió.
Jake estiró el brazo para colocarle un mechón de pelo detrás de la oreja.
Ella suspiró.
Se había reconciliado con su vida solitaria. Sola con Lizzie. Pero pese a hacer las paces con este tipo de vida, no había visto un pene en muchos años. La falta de sexo, de intimidad, la falta de un hombre a veces resultaba espantosa.
Y otras veces no.
Se concentró en su hija, preparando sus clases, uniéndose a comités, escribiendo bajo seudónimos, coqueteando constante y pacientemente con una cátedra que se le resistía en el Departamento de Economía.

Tenía que persistir y aguantar mecha, le recordaba Claire. ¡Titularidad, titularidad! ¡Previsión para toda la vida! Sólo con que trabajara duro y siguiera las normas.

Sabía que jamás lo conseguiría. Su madre no tenía ni idea de lo que costaba y cómo funcionaba. Ella ni siquiera estaba segura de quererlo. Ésa era la historia. Eso era todo. Dirigió una mirada a Jake.

¡Jake, su alumno! ¡Jake, con su aspecto de héroe salido de un serial de sobremesa! ¡Jake en su dormitorio! ¡El chico al fondo de la clase, medio desnudo!

Entonces él se inclinó para darle un beso en los labios y volvió a ponerse encima, besándola con más intensidad y profundidad.

De repente ella le estaba tirando del cinturón.

No podía resistirse, ni podía esperar, le deseaba en aquel mismo instante. Ya había padecido suficiente.

Incorporándose, le soltó el cinturón, luego intentó como pudo desabrochar el botón situado encima de la bragueta.

Jake permanecía quieto, con aspecto encantado y sorprendido.

Ally le deseaba, y además quería darle satisfacción, había notado cómo se empalmaba contra su vientre, la presión contra la parte interior del muslo.

Le bajó la cremallera, y él se puso otra vez de rodillas para ayudarla. Tras bajarse los vaqueros, los apartó con los pies. Luego hizo lo mismo con los calzoncillos de algodón gris.

«¡Oh no!», pensó ella al verlo entre las sombras, enorme y dispuesto, listo para ella.

Se quedó boquiabierta, con la mandíbula caída, sin poder evitarlo.

—Oh, santo cielo.

Era... era absolutamente perfecto.

Asombrosamente perfecto.

De contorno más amplio, más recto y firme, más largo y ancho, más fuerte de algún modo, que cualquiera que hubiera visto antes... Era magnífico.

—Oh, cielo santo —repitió.

No pudo evitar seguir mirando mientras se sacaba poco a poco ella también los vaqueros y las bragas.

Y entonces sonó el teléfono.

El teléfono.
El teléfono inalámbrico a los pies de la cama.
—¡Qué lata! —dijo llena de angustia—. ¡Lo siento!
Jake sonrió y se hizo a un lado.
—Oh, cielos, aguanta así.
Sabía que eran Lizzie y Claire las que llamaban. Por supuesto, lo hacían para dar las buenas noches, eran más de las diez.
—Lo lamento, tengo que contestar.
—¿Tu niña?
—Eso creo.
Estiró el brazo por encima de él y cogió el teléfono.

—Weather dice que tu feminismo es muy sesentero, mamá. —Lizzie le pasó la pasta a Jake—. Dice que eres producto de la época en que naciste.

—No nací en los sesenta, cielo.

—¿Ah, no?

—¡No!

Se rió.

—¿No sabes cuándo nació tu madre?

Jake se estiró hasta el otro lado de la mesa y sirvió pasta en el plato de Ally.

—Teddy, ¿podrías esperar? —reprendió Lizzie fulminándole con la mirada.

—Lo siento, tengo hambre —replicó éste masticando al alzar la vista de la comida.

—Pensaba que eras paciente —criticó la chica.

Él bajó el tenedor.

—Mil novecientos setenta y tres —dijo Ally mientras dejaba el pollo en la mesa—. Gracias, Jake.

El joven se sentó para servirse.

—Weather dice que eres posfeminista.

—Weather se equivoca.

—¿En qué se equivoca? Entonces, ¿qué eres?

—¿Queremos entrar ahora en eso? —preguntó su madre—. ¿Ahora?

Lizzie continuó:

—Dice que lo eres. Pero nosotras no. Nosotras somos neofeministas. Consumidoras modernas. No nos asusta la belleza ni el sexo. No nos asusta definirnos, comercializarnos, vendernos. Espera, ¿esto es queso?

Miró su plato.

—Mozzarella de búfala, cielo.

—Oh, gracias. —Se volvió hacia Jake—. No pruebo los lácteos. Weather dice que los lácteos y el gluten son veneno.

—Cierto, si no toleras la lactosa —replicó Ally.

—O si eres celíaca —añadió Jake.

—Weather pesa casi cien kilos —siguió Ally amable y objetiva mientras se sentaba—. ¿De verdad puede dar consejos sobre dieta?

En realidad quería matar a Weather: Stephanie Rachel Weather Weiner, la mejor amiga de Lizzie desde el campamento de teatro cuando tenían diez años. Weather, con sus catorce piercings y antebrazos cubiertos de tatuajes de gatitos.

—Todo ese gluten modificado genéticamente. Italia. Francia. Arabia Saudí lo prohibió —replicó Lizzie.

—¿El queso no es un lácteo? —preguntó Ted volviendo a la carga ahora que Ally se había sentado.

—No todo el queso —explicó Lizzie—. Llamamos productos lácteos a los de la vaca lechera.

—Weather tiene demasiados gatos —bromeó su madre intentando aligerar la tensión en la mesa—. Nueve. ¿Es legal eso?

Cogió su tenedor.

—Con gatos o sin ellos, gorda o no, está colosal como lady Bracknell. En nuestra clase de arte dramático. Oscar Wilde. Se ha teñido el pelo de gris.

—Creo que cuando te retocas la cara —dijo Jake— te estás alejando de algo auténtico. Se ve fácilmente cuando hay algo falso ahí, ahí en la gran pantalla.

—Ésa es una cuestión interesante —admitió Ally, mirando esperanzada a su hija—. Jake debe saber de lo que habla. —Se volvió hacia a él—. Lizzie dijo que has tenido cierto éxito…

—¿Cierto éxito? —aulló Ted mirando a Ally—. ¡Un exitazo, Ally! ¡Tremendo, tremendo!

—De acuerdo —respondió.

Sabía exactamente lo tremendo que era.

—¿Qué gran pantalla? —siguió Lizzie—. Los cines habrán quedado obsoletos en diez años. Eso dijo Spielberg en la NPR. Spielberg y ese tipo de *La guerra de las galaxias*. Veremos la tele en nuestros teléfonos.

Jake cogió la servilleta y se limpió la boca.

—La cuestión es, ¿quién quieres ser? ¿Helen Mirren o Jennifer Grey?

—Ninguna —respondió Lizzie—. Quiero ser yo.

—¿Jennifer Grey? —preguntó Ally.

—*Dirty Dancing* —explicó Jake—. La chica que hacía de Baby. Se acortó la nariz y destruyó su carrera.

—¡No! —susurró Ally—. ¡Con lo mona que era!

Lizzie entornó los ojos y cogió el vino. Se sirvió otra copa.

—Mi madre está obsesionada con las películas viejas, y Noah está obsesionado con las mujeres viejas: Helen Mirren, Judi Dench...

—Ya has bebido suficiente vino —dijo su madre.

—He tomado una copa.

—Dos, creo.

—Pues, ¡salud! ¡Qué bien! ¡Emborrachémonos!

—Buena idea —dijo Teddy—. Es un Lokoya de Napa. ¿Lo he dicho antes? Trecientos pavos la botella, señoras. Bebed todo lo que queráis.

Lizzie se dirigió a Jake.

—Tú puedes ponerte gordo, feo y viejo, y a nadie le importa. Para las mujeres es diferente. —Miró a Ally—. No pasa nada si un jugador se pone hecho un madelman para la Liga Nacional de Fútbol, con bíceps, ¡bíceps!, de casi sesenta centímetros, del tamaño de mi cintura, todo por su trabajo, pero ¿no está bien que una actriz cambie su cuerpo para hacer bien el suyo? —preguntó algo molesta.

—Lizzie —le dijo su madre con toda la amabilidad que pudo—, en eso llevas razón. No estamos confabulados para...

—¡Lo estáis! ¡Tú y Noah! Hacéis equipo.

Jake y Ally se echaron un vistazo.

—Y Ted, que no tiene nada que añadir —añadió la joven.

Ted alzó la vista.

—¿Nada que añadir? He traído vino por valor de mil doscientos pavos.

—Sé que estás de acuerdo conmigo —dijo Lizzie.

—Bien, podría —respondió Teddy—. En teoría, sí. Pero yo desde luego echaría de menos tu rostro.

—Yo también —dijo Ally.
—Ya somos tres —añadió Jake.
—Olvidémoslo —refunfuñó Lizzie—. Soy la más joven... en esta mesa. Tal vez sepa algo sobre este mundo, sobre este tiempo que nos ha tocado vivir, que vosotros desconozcáis. O sea, que si queréis, seguid erigiéndoos en jueces y sintiéndoos superiores por todos vuestros cumpleaños, y yo haré lo que me dé la gana con mi nariz.

Vació la copa de vino de un trago.

Su madre la estudió.

Nadie habló durante un largo instante. Lizzie bajó la copa. Ally movió la pasta por su plato. Jake dejó la servilleta, luego la volvió a coger y rompió el silencio:

—¿Así que viajas mucho, Ted? ¿Por trabajo?

Teddy alzó la vista y observó a Jake.

—Sólo a Silicon Valley. ¿Por qué?

Sonaba el teléfono.

—Mi hija, Lizzie, se enfada. Es muy sensible. —Ally cogió el inalámbrico y su ropa interior—. Es superlista y aguanta poco tiempo con mi madre.

Jake se rió.

—¿Quieres que me vaya? —preguntó con dulzura—. ¿Quieres estar sola?

—No —contestó ella—. A menos que tú quieras.

—Lo que tú necesites.

Se agachó hasta el suelo y encontró sus calzoncillos.

—No tardaré. —Respondió al teléfono—: ¿Hola? —dijo—. ¿Cariño?

—¿Mami? —contestó Lizzie.

—¿Qué tal, cielo?

Dirigió una mirada a Jake. Se estaba poniendo los calzoncillos.

—La abuela no me deja dormir con mis zapatillas.

—¿Qué? —dijo Ally poniéndose otra vez la ropa interior, distraída.

—No quiere dejarme dormir con mis zapatillas.

—Lo siento. ¿Y aparte de eso cómo estás? —No conseguía centrarse—. ¿Lo estás pasando bien?

—No.

—¿Está ella ahí?

—En la planta baja.

—¿Y tú dónde estás?

Ahora con la ropa interior puesta, bajó la vista y se ajustó la camisa, abrochándose el botón entre los senos.

—Cepillándome los dientes. ¿Puedes venir?

—Ojalá, cielo. Pero, cariño, te lo expliqué, mi auxiliar se ha ido a casa con su familia. Ha vuelto a Omaha. ¿Capital de?

—¿Yoko?

—Yoko.
—¿Nebraska?
—Ajá. Cogió aquella enfermedad que la dejaba adormilada y con fiebre. ¿Mono? Mononucleosis, ¿recuerdas?
—¿Volverá?
—En otoño.
—¿Y se pondrá buena?
—Ajá, pero por ahora está allí, así que mamá debe acabar su trabajo.
—La abuela dijo que se coge al dar un beso.
Ally hizo una pausa antes de volver a hablar.
—No, cielo. La abuela se equivoca. Está en el hígado. Es un órgano dentro de nuestro cuerpo.
—¿Seguro?
—Claro que sí. No se coge al besar.
Entonces, de repente:
—¡Por favor, corrige aquí los exámenes!
—No, tesoro. Te veré el domingo. Lo pasarás bien.
—¡No es verdad!
—Sí, mañana lo pasarás bien. ¿Por qué estás levantada? Son más de las diez.
Miró a Jake. Seguía empalmado, sólo con sus calzoncillos. La luz de las ventanas aterrizaba sobre él, ahí en la oscuridad, y recortaba su silueta, cortes y curvas.
—No me va a dejar dormir con mis zapatillas.
—De acuerdo.
—Y está fumando, creo. Otra vez.
Ally se encogió.
—Baja con el teléfono. Yo me encargo de esto. ¿Dónde estás ahora?
Dejó de mirar a Jake.
—Bajando.
Ally se escabulló hasta el otro extremo de la cama.
—¿Dónde está la abuela?
—En la cocina.
—¿Qué habéis cenado?
—Nada. Hamburguesas.

—Oh. Vaya... lo siento, es culpa mía.
Esperó un momento, se levantó y salió de la cama moviéndose hacia el pasillo. Volvió a echar una ojeada a Jake, que había decidido sentarse. Entonces se colocó una almohada bajo la cabeza y se tapó la cintura con una manta. Saludó a Ally con la mano.
En la calle Cranberry, Lizzie pasó el teléfono a Claire. Ally podía oírla en segundo plano.
—Quiere que te pongas.
—¿Qué? ¿Hola? ¿Ally? —dijo Claire algo sorprendida.
—Hola, mamá.
Se hallaba en el pasillo a oscuras mirando hacia el piso de abajo.
—Un par de cosas. —Claire se dirigió entonces a su nieta—: Tengo que hablar con tu madre a solas.
Ally entornó los ojos y esperó. Esperó un poco más.
—¿Por qué no puede dormir con sus zapatillas?
—¿Qué?
—Sus zapatillas. ¿Por qué no puede llevarlas puestas?
—Hace calor. Las suelas están sucias.
—Por favor, déjala.
—¿Ha pegado un estirón?
Ally hizo una pausa.
—No sé. ¿Tú crees?
Se volvió para entrar en la habitación de la niña.
—La falda le queda demasiado corta.
El cuarto parecía tan vacío sin su hija ahí; todas las sombras, la luz ambiental veteada proveniente de las ventanas se proyectaba sobre las cosas inmóviles de Lizzie.
—Estamos en el centro, Allison. Parece una pequeña tú-sabes-qué.
—No, no sé. ¿Qué?
Sosteniendo el teléfono contra el cuello, se acercó a alisar la sábana de la nueva litera.
—Una fulana —respondió Claire.
Ally hizo una pausa, se volvió, se sentó y respiró hondo. Esperó a que Claire continuara. Lo hizo:
—Mañana la llevaré de compras a Saks. Necesita ropa nueva. Y unas sandalias. ¿Ally? Necesita calzado de verdad.

—Eso será estupendo.
—Lleva el pelo demasiado largo. Las puntas están abiertas. La llevaré a Barrett.
—Puedes hacerle unas trenzas.
—Esto no es… la pradera.
—Trenzas francesas.
—La llevaré a Bergdorf's después de Sacks.
—¿No hay una peluquería en la calle Montague?
—Iremos a John Barrett, y, ¿hija?
—¿Sí?
—No come lo que le preparo.
—Eso… ha sido culpa mía. Se me olvidó decirte… Es vegetariana. Es cosa de la semana pasada.
—¿Qué? ¿Por qué? ¿Cómo podía yo saberlo?
—Lo lamento, no podías saberlo, y yo debería habértelo dicho. Pero déjala dormir con las zapatillas, ¿de acuerdo? Y no fumes cuando está ella delante, por favor.

Claire hizo una pausa.

—¿Has podido hacer tu trabajo?

Ally se sintió culpable.

—Sí —respondió y se levantó de la cama, dándose con la cabeza en la litera superior—. ¡Ay! —Se metió en el pasillo oscuro—. ¿Puede ponerse otra vez? Para darle las buenas noches.

—¡Lizzie! ¡Tu madre!

Ally apartó el teléfono del oído, un momento. Luego entró otra vez en su dormitorio.

—Oh, y, ¿Ally? Me ha pedido que le compre esa arma, para su cumpleaños.

—No —dijo contemplando a Jake ahí tumbado—. Nada de armas. Nada de escopetas de aire comprimido. —Él estaba mirando el techo, con una almohada encima del pecho—. No pasa nada por una arma de juguete, pero nada que tenga munición. Espuma sí. —Jake sonrió—. ¿Mamá? ¿Sigues ahí?

Claire ya no estaba ahí.

—¿Hola? —dijo Lizzie, otra vez al aparato.

—Puedes dormir con las zapatillas.

—Por favor, ven aquí.
—No, tesoro.
—Mami, por favor.
—Puedes aguantar una noche.
—Dos noches.
—Mañana vais a ir de compras al centro.
—No quiero ir —respondió Lizzie. Estaba al borde del llanto.
—Yo también te echo de menos, pero en el centro vas a divertirte.
—No, no es verdad.
—Inténtalo. Te quiero.
—Yo también te quiero.
—Voy a colgar.
—Adiós —se despidió la niña. Habló con Claire—: ¡Ha dicho que puedo llevar las zapatillas!

Ally se quedó parada un momento observando el teléfono. Luego colgó. Miró por la ventana y pensó por un segundo en ir a Brooklyn. Podía coger los trabajos, cruzar la ciudad en coche y dar una sorpresa a Lizzie en medio de la noche. Corregiría allí. Pondría las notas en Brooklyn.

¿Por qué no?

—Hola —dijo Jake, apoyándose en un codo.

Ally se volvió, casi sorprendida de verle ahí.

—Hola —respondió ella.

—Capital de riesgo —explicó Teddy mientras masticaba un bocado de tarta de chocolate—. Me metí pronto en todo lo de la web dos punto… Oh, esta tarta, ¿la has hecho tú misma, Al?
—¿Qué es eso? —Jake le observó con frialdad—. ¿Web dos punto qué?
Teddy se relamió.
—Todo lo que supera la página estática. Twitter interactivo. Foursquare. Kickstarter. Facebook. Me metí pronto. Si no fuera por Facebook no estaría aquí. Así encontré a Ally.
Ella esbozó una sonrisa forzada.
—¿Estás en Facebook? —le preguntó Lizzie, picoteando del cuenco de frambuesas—. No me lo puedo creer.
—El pasado otoño. Durante un mes.
—Mi mes de la suerte —añadió Teddy—. La semana que la encontré. No la había visto desde el último año de universidad.
—Cuando pasó de mí.
—No —dijo Ted—. No, no.
—¿La última vez que te vi?
—La última vez que yo te vi estabas… dando el pecho. Yo tenía veintiún años y era un burro. Me quedé patidifuso y me largué.
Lizzie se rió.
—¿Por qué?
—Las tetas se le habían puesto enormes, y una de ellas digamos que colgaba hacia afuera, y tú —señaló a Lizzie—, tú estabas mamando. Me quedé… traumatizado.
—Retrocediste hasta la calle —dijo Ally—, chocando con la puerta al salir.
Teddy estiró el brazo para coger el vino.
—No fue un momento valeroso, lo admito. Pero te traía un regalo.

—Una taza en miniatura —explicó Ally asintiendo—. Creo que aún la tenemos. Plata de ley. Y un burro de peluche.

—¿Un burro? —repitió Lizzie—. ¿Me compraste un burro?

Ally había creado la cuenta de Facebook en octubre con una sola intención: encontrar a Jake. No para hablar ni para ninguna otra cosa, sólo para ver qué había sido de él. Para ver si estaba vivo y bien.

Confiaba en que así fuera.

Cuatro semanas después, noventa y nueve personas se habían hecho sus amigos, incluida Anna, ochenta y nueve alumnos, Meer y Ted. Teddy le preguntó si estaba soltera, qué tal estaba la niña y si le gustaría ir a tomar algo. Con él. Él invitaba.

Ya que no conseguía dar con Jake, accedió a tomar un café, y canceló la cuenta. O lo intentó. No estaba segura de si lo había logrado o no.

No le importaba.

Era una acosadora, se dijo decepcionada. No tenía derecho a buscarle. Pero luego consideró pedir a Lizzie que aplicara sus trucos de la época del instituto, siempre haciendo de sabueso y troll, a veces hasta altas horas de la madrugada, adormilada y emocionada con lo último pirateado.

Pero su hija habría hecho demasiadas preguntas, y para ella suponía un conflicto contarlo.

—Todo el mundo suspiraba por tu mamá en Gtown. Era el premio ansiado. ¿Sabías eso, Lizzie?

—Pues al final ella se llevó el premio —dijo Lizzie con sequedad.

—En efecto.

—Eh, ¿sabes, Noah? —dijo Teddy cambiando de tema—. Hablando de llevarse algo... Estoy buscando dinero. Primeros fondos de inversión para un nuevo sitio en internet. —Se volvió a Ally—. ¿Puedo explicárselo? ¿Lo de los juguetes? ¿Te parece bien?

—Claro —respondió ella y cogió el tenedor—. ¿Por qué no?

—¿Lo de los juguetes eróticos? —Lizzie se metió una frambuesa en la boca—. ¿En la mesa?

—Eso mismo. —Volvió a Jake—. Un website de juguetes eróticos. Silicon Valley no se mete en eso.

Ally contempló el postre que le esperaba. Tenía un nudo en el estómago, no le entraba la comida.

—Cuesta encontrar financiación —siguió Teddy—. Los bancos han pasado. PayPal ha pasado. Pero ¿juguetes sexuales de calidad, higiénicos, comercializados con discreción por todo el mundo mediante UPS? Es un filón. Deberíamos sentarnos.

Jake negó con la cabeza.

—Gracias, pero no es mi asunto.

—¿El qué? ¿Los juguetes sexuales?

—No decido dónde pongo el dinero.

Ted no hizo caso.

—Bien, pues di a tu gente que vamos a comercializarlo como bienestar sexual. Nada violento. Nada sucio. Bienestar sexual. Salud sexual. Por supuesto tendremos látigos y consoladores y lubricantes, y manillas y plumas...

—¿Alguien quiere café?

Ally se levantó y se escapó hacia la vitrina.

—Llamaos un día de estos —dijo Lizzie—. Intercambiad teléfonos.

—¿Descafeinado? ¿Normal? Sacó las tazas del estante.

—Normal, por favor —contestó Lizzie—. ¿Noah? ¿O Jake? Quiero llamarte Jake. —Se rió y le estudió—. Todavía no me creo que te tocara mi madre de profesora.

—¿Cómo era Ally en Brown? —preguntó Teddy sirviéndose otra porción de tarta—. ¿Era buena? ¿Era borde?

Ally hizo una pausa mientras servía el café.

—No tienes que contestar a eso.

—No me importa —dijo Jake dejando el tenedor. Cogió la servilleta y se limpió los labios—. Pero ¿queréis la respuesta en medio de una cena o la respuesta sincera? ¿Queréis la verdad?

En el mostrador, Ally se quedó paralizada. ¿La respuesta sincera? ¿Cuál era?

A Lizzie se le iluminó el rostro.

—¡La verdad! ¡La verdad!

—Bien —empezó Jake, sonriendo con picardía—. A veces... a veces tienes un maestro que deja una especie de marca indeleble. A veces, no a menudo, tienes un maestro al que nunca olvidas, y para mí esa maestra fue tu madre.

Lizzie sonrió y miró a su progenitora.

—¡Ésa es mi mamá! ¡Por la doctora Hughes! —Alzó la copa, y Jake la imitó, al igual que Teddy—. ¡Que se entere todo el mundo!

Ally se dio media vuelta aliviada.

—Gracias —dijo dejando las tazas—. Eso es porque le di un aprobado que no se merecía.

—No es por eso —replicó Jake.

—De acuerdo. Acabad el café, yo voy a recoger.

Se dio media vuelta para regresar al fregadero.

—Echaré una mano. —Jake se levantó y cogió las copas de vino. Primero la de Lizzie.

—Jake, por favor —protestó la anfitriona—. Eres el invitado.

—Quiero ayudar.

Lizzie y Teddy se quedaron sentados.

—Me apetece otro... si nadie se anima.

Cortó un tercer trozo de tarta, luego lamió el cuchillo arriba y abajo y lo dejó de nuevo en la bandeja.

Desde el otro lado de la mesa, Lizzie le estudiaba.

—Ahora eso tiene tu saliva.

Teddy se detuvo y la miró.

—Al menos como. —Se metió la mano en el bolsillo, sacó un pañuelo y se sonó—. Te estás quedando flaca. No te quedes demasiado flaca.

—Es por el trabajo.

Él sonrió.

—¿Trabajo? En Del Frisco's, ¿verdad? La chuleta es fantástica ahí, por cierto. ¿Qué haces? ¿Recepcionista? ¿Camarera? A eso te refieres al decir trabajo, ¿cierto? —Se sonó una y otra vez mientras Lizzie observaba—. Disculpas. Lo siento. Sé que es... debería excusarme... maldito resfriado. En agosto es raro.

Entonces dobló el pañuelo, lo arrugó y lo dejó al lado de su plato.

Ally y Jake no hablaban mucho en la cocina. Se movían sin parar, del fregadero a la nevera y vuelta a la basura, y una vez más hasta el lavaplatos.

Callados, silenciosos, tímidos y reservados, lavaron los platos y hablaron del éxito que había alcanzado: qué tal era ser actor, cómo había sucedido, si estaba contento.

Según dijo, fue a parar al teatro en Los Ángeles.
—A veces controlas tu vida —dijo— y a veces tu vida te controla.
—Había seguido a su hermano al oeste en busca de trabajo. Beverly Hills. Pacific Palisades. Gente rica. Chapuzas varias. Una tele de pantalla plana, una casa de muñecas, una litera, lo que surgiera—. Acabé trabajando para aquel director —explicó Jake. Buscaba a un tío para aquel papel—. Lancelot, ¿sabes?, el caballero.

Ally asintió. Por supuesto que conocía a Lancelot. El rey Arturo. La Mesa Redonda.

—Me llamaron y leí las frases. Me hicieron una prueba, y eso fue todo. Despegó a partir de ahí.

Ella sonrió.

—Qué emocionante. Tiene que ser divertido.

Como un mecanismo de relojería, le tendía un plato tras otro, y Jake lo dejaba con cuidado en el lavaplatos.

—Hay que esperar mucho —dijo Jake—, holgazanear... ir a fiestas. Demasiadas fiestas.

Entonces él le preguntó por su trabajo. Por qué había dejado Brown por el Brooklyn College.

—No era titular de la plaza —explicó ella—. Presenté solicitudes a unos cincuenta centros y me hicieron una oferta justo aquí donde había nacido. —De pronto se sintió desbordada. Los ojos se le llenaron de lágrimas pero las contuvo—. Cuatro años, ya hace cuatro años de nuestro regreso. Y aquí estamos. —Indicó la habitación—. La casa donde crecí. Aquí en esta mesa escupía guisantes.

—Lo lamento —dijo Jake con ternura—. Lo de tu madre, me lo contó Lizzie.

Ella asintió.

—Ha sido... estuvimos aquí... aquí con ella, cuando se puso enferma, y al final. Eso estuvo bien. Y ahora me tomo un año para mí. Nada de clases. A partir de septiembre. Primer año sabático, a partir de ahora.

Lo necesitaba con desesperación: el descanso y volver a centrarse.

Jake asintió.

—Estoy seguro de que te lo mereces.

Ally sonrió.

—Esa impresión tengo yo. Las primeras vacaciones en veinte años.
—Más vacaciones pagadas, menos bajas por enfermedad. Sobre todo para las mujeres. ¿No es así? —soltó entonces él.
Ally se volvió y le observó. En mayo había publicado un artículo en *Elle* en el que decía justo eso. Casi al pie de la letra.
—Te doy la razón —asintió.

En la mesa, Lizzie se inclinó y bajó la voz.
—¿Quién va a ocuparse de ese pañuelo?
Estaba pensando en el apetito de Ted, en su higiene.
El hombre alzó la vista y se relamió.
—¿Qué?
—¿Quién va a recoger tu pañuelito mojado? Tal vez sería conveniente que tú mismo limpiaras tu sitio.
Durante seis largos meses Lizzie había intentado desenterrar algo sucio sobre Ted. Había hecho todo lo posible para entrar en sus cuentas, teléfono, la cuenta de iCloud, para piratear el Wi-Fi en su casa. Nada funcionó. Estaba blindado. Demasiado bien. Demasiado protegido.
—Claro que sí —dijo él—. Pero a tu madre le gusta...
—No —respondió ella. Estaba achispada—. Mi madre, no. Eres mayorcito. Puedes limpiarlo tú mismo. Mi madre está tan... frágil estos días. No querrás que se ponga enferma.
Ted no dijo nada.
Lizzie había repasado el registro de sus bienes inmuebles, de sus herencias, de sus marcas registradas y formularios de adquisiciones de empresas, sin encontrar nada.
—Mi madre no quiere coger tu resfriado —añadió—. Nadie... ninguno de nosotros quiere tu resfriado.
Ted hizo una pausa y bajó el tenedor. Recogió el pañuelo, se reclinó en el respaldo y lo metió en el bolsillo del pantalón caqui.
—Tienes razón cuando tienes razón.
La chica asintió.
—No deberíamos ir contagiando nuestras enfermedades.
Se observaron significativamente.
—Muy cierto —añadió él—. Muy cierto.

—¿Pasa allí todos los fines de semana? ¿Tu hija? —preguntó Jake tumbándose en la cama a oscuras.
Ally seguía de pie con el teléfono en la mano.
—No. Apenas va.
—Podrá soportarlo, ¿verdad?
—Tal vez. Igual lo soporta o igual no. Mi madre es... ¿cuál es la palabra? Exigente, supongo. —Se encogió de hombros—. Pienso que debería ir a Nueva York esta noche.
Jake pareció sorprendido.
—No es que no quiera hacer esto. Lo deseo, sólo que estoy...
—¿Cómo?
—Me debato entre emociones contrapuestas.
—Claro.
—Soy madre —intentó explicar—. Antepongo mi hija a todo lo demás. Al trabajo, a mí misma y, por supuesto, a cualquier hombre que conozca.
—Suena a que necesita dormir bien.
—Tal vez, pero...
—¿Dos veces en diez años? Ally, ¿dos veces?
—Sí, te doy la razón, lo sé. Lo sé, pero las madres solteras... cuesta explicarlo. —Respiró hondo. Le daba apuro hablar del tema—. ¿Y sabes qué? Lo cierto es que no te conozco. Y tú no me conoces. Aunque no estuvieras en mi clase, que estás, estabas... aunque no tuvieras veintiún años, que los tienes... no me van las aventuras.
Jake negó con la cabeza.
—Esto no es una aventura.
—¿Ah no?
—No. —Se incorporó para sentarse, se quitó el reloj y se lo tendió—. Cógelo.
—¿Por qué?

Lo hizo, cogió el reloj.
Se volvió y arregló las almohadas tras él. Se recostó y dijo:
—Dos minutos cada uno. Momentos que hayan definido nuestras vidas. Los diez primeros. Yo empezaré y tú te encargas del reloj.
La profesora sonrió y vaciló. Miró el reloj y luego a Jake.
—Conozcámonos un poco, Ally Hughes.
En la oscuridad, apenas conseguía ver las manecillas. Jake se inclinó.
—La esfera se ilumina. El botón está…
Al enseñarle el botón, rozó sus dedos. Ally alzó la vista. El breve contacto le aceleró el pulso.
La esfera se iluminó al apretar el botón y ella observó a su pesar cómo se desplazaba la manecilla de los segundos hacia el doce.
—De acuerdo, adelante.
Ally seguía de pie junto el extremo de la cama.
Jake tomó aliento y miró al techo.
—Nacido en Boston. Último de cuatro hijos. Papá se largó cuando yo tenía dos años. Mamá nos dio las clases de primer grado de primaria, o sea, que no teníamos dinero. Con tres años, me pasaron una pelota de béisbol. Fue un gran momento. Eso fue importante. Nos fuimos a vivir con la abuela, encima de un bar, cuando yo tenía cinco años. A los seis, liga de béisbol infantil. Tirotearon a mi hermano mayor cuando yo tenía nueve años. Aunque le pegaron un tiro, sobrevivió. Empecé a hacer de pitcher. Detenido por posesión en mi tercer año de instituto…
—¿Detenido?
—Y condenado. Pasé dos meses en Elk Island. Correccional.
—¿Posesión de qué?
Se sentó en la cama y se volvió. Estaba intrigada.
—Cocaína.
—Guau.
Tiró de la blusa para taparse mejor la ropa interior y los muslos.
—Mi hermano mayor trapicheaba. Yo hacía entregas. Es una larga historia, pero al final me llevó a Brown.
Ally sonrió.
—El tiempo cumplido en prisión. Por supuesto.
Jake sonrió.
—Me querían como pitcher. Tenía sobresaliente en todo y junto

con lo del béisbol... Cuatro ofertas de becas parciales. Escogí Brown, para lanzar con los Bears... Tres matrimonios después en la familia, cinco sobrinos, dejo los estudios y decido echarle los tejos a mi profesora fumadora.

—¿Ésa soy yo?
—Ajá.
Ally sonrió.
—Tiempo —dijo entonces y estiró las piernas hacia él.

Jake atrapó su pie, le mordió el dedo gordo y volvió a dejarlo. Ella sonrió al darle el reloj.

Entonces iluminó la esfera y esperó.
—Vale, vale, espera, espera... vamos.
Ally pensó un poco. ¿Momentos fundamentales? Fundamentales.
—Nacida en Nueva York —empezó sonriente—. Hija única. Papá murió cuando yo tenía seis años. Finjo que le recuerdo, pero no. Eso tenemos en común.

Jake asintió.
—Y Lizzie. Tampoco tiene papá. —Hizo una pausa—. Mi madre estuvo deprimida. Durante mucho tiempo. Aún lo está, creo. Nunca lo superó. Luego yo me largué. Me aceptaron en Georgetown. Me hicieron un hijo... eso ya te lo he contado. Tuve a mi niña, Elizabeth Claire. Me trasladé a Providence como auxiliar de enseñanza, para mi doctorado, y ya llevo nueve años en esta casa. Hace dos meses cumplí treinta y uno y... y me echó los tejos este alumno... el que siempre me había parecido tan... tan mono.

Se observaron, ambos en silencio.
—¿Me conoces ahora? —preguntó él sonriente.
—No —respondió ella mirándole fijamente, deleitándose en lo guapo que era.
—Por lo tanto tu hija está segura allí, ¿y tú? ¿Estás segura aquí? Cerradura arreglada, ventanas también, yo, todo resuelto. Todo el mundo está a salvo, así que puedes ser Ally por unas pocas horas. Ally, no mami.
—Siempre soy mami.

El joven asintió y le puso la mano en un tobillo.
—Buena mamá. Buena hija. Todos esos papeles que interpretamos.
—No es un papel —dijo Ally negando con la cabeza—. Es lo que soy.

Jake desplazó los dedos, el índice y el corazón, hasta el centro de su pantorrilla y luego ascendió hasta la rodilla.

—Buena profesora. —Se adelantó apoyado en el estómago y se tumbó a su lado. Sosteniéndose en el codo inspeccionó su pierna—. Piernas despampanantes por cierto.

Ally sonrió.

Le cogió la pierna, la volvió, y besó la parte posterior de la rodilla. Luego siguió con el avance de sus dedos hasta superar la rodilla y ascender por el muslo.

La profesora observaba. Un lado de su boca se curvó esbozando una sonrisa. ¿Qué le estaba haciendo?

En lo alto del muslo, extendió la mano y rodeó la pierna con los dedos. La agarró como si midiera el contorno. Entonces dio un beso a una peca.

—Ya que estamos jugando a conocernos... ¿cuántas pecas tienes? ¿Lo sabes?

—No.

Jake asintió.

—Tal vez no se pueda conocer a alguien hasta saber cuántas pecas tiene... —Describió un círculo en torno a la peca con un dedo—. Una —dijo, y desplazó la vista por la cama de nuevo hasta su pie—. ¿Te importa?

—¿El qué?

—Que las cuente.

Ella sonrió.

—¿Es parte, digamos, esencial?

—¿Esencial?

—¿Para seducirme?

—¿Ah sí?

—¿El qué?

—¿Te estoy seduciendo?

Ally suspiró y cerró los ojos. Los abrió otra vez y le observó encontrando las pecas en su pierna, una a una, describiendo círculos invisibles a su alrededor.

—Dos, tres... sólo quiero saber... cuatro, cinco, seis... algo de ti que nadie sabe... siete, ocho... que tal vez ni siquiera tú... sepas.

Se inclinó y besó la séptima y la octava.

$\mathcal{L}$os truenos retumbaban sobre Brooklyn. El aire cálido y denso se volvió más fresco y turbulento.

En la puerta de entrada, Jake dio las gracias a Ally y le dio un fuerte abrazo. Ella se quedó helada.

—Hablaba en serio, profesora Hughes —dijo, y la soltó—. Nunca te he olvidado.

Ally asintió con una sonrisa forzada.

—Me ha encantado verte.

Jake se volvió entonces y Ted se encargó de acompañarle hasta la calle, pisándole los talones. Bajaron la escalinata de entrada comentando el website de Ted: las demostraciones prácticas, las reseñas de clientes...

—Un momento, chicos. Va a llover —dijo Ally haciendo entrar a Lizzie en casa y cerrando la puerta. Se metió en el armario, cogió un paraguas, volvió a salir y bajó la voz—: Has sido un poco impertinente con Ted...

—Lo lamento —dijo Lizzie mientras le quitaba el paraguas de la mano—. Lo siento, en serio. —Lo abrió para ver si funcionaba—. Hay algo que no cuadra... Algo en él que aún no puedo señalar con el dedo.

—No hay nada fuera de lugar. Sólo está un poco malcriado, eso es todo. Un poco...

—No, eso no es todo —insistió Lizzie. El paraguas no funcionaba—. Está roto. —Devolvió el paraguas a su madre y ésta desapareció otra vez dentro del armario. Lizzie siguió cuchicheando—: Es extraño. Tú lo notas, sé que lo notas.

Ally sacó otro paraguas.

—Teddy es listo, divertido, majo... y generoso.

—Si es tan majo, háztelo con él, mami —dijo la joven, sin crueldad.

—Elizabeth, por favor.

Las dos vidas de Ally Hughes

—Acuéstate con él si es tan majo. Hazlo ya. —Abrió el paraguas y se puso debajo—. Pero, no, no lo harás porque es alguien extraño, y no sabemos decir por qué. Parece un buen partido, pero aun así...
—Era nuestro invitado, es amigo mío.
—Lo lamento, pero guarda algún secreto, y tengo derecho a preocuparme. Soy la hija aquí. —Cerró el paraguas y ridiculizó a su madre fingiendo sollozar—. Eres guapísima, cielo, incluida tu nariz. Eres sagrada, tesoro. Si quieres casarte con un pijo estrafalario también yo tengo que prepararme...
—Para ya.
Lizzie sonrió:
—¿Y Noah? ¿Qué?
—Noah es un encanto.
—¿Un encanto?
—Genial y guay, genial.
Lizzie hizo un gesto afirmativo.
—Y eso es todo lo que necesitas: un tipo genial. ¡No puedo creer que le tuvieras en Brown!
—El mundo es un pañuelo —comentó Ally mientras buscaba el pomo de la puerta. La abrió y estrechó a Lizzie—. Llámame esta noche. Tenemos que hablar. —dijo y le dio un beso en la oreja.
—Te quiero, mamá.
Le devolvió el beso y salió.

—¿Te acordabas de él? —preguntó Teddy un hora después.
Estaba sentado a la mesa, liquidando la tarta mientras Ally fregaba las sartenes en la pila.
—Recuerdo sus escritos —contestó ella—. Esos trabajos eran interminables. El último texto era sobre la escritora erótica, Anaïs Nin.
Teddy alzó la vista:
—¿Erótica? ¿Porno? ¿Quieres decir porno? ¿Enseñabas porno?
Ally dejó de restregar.
—Creo que era... católico, me parece recordar, y flipaba con los tríos, las orgías, los hermafroditas...
Teddy de pronto se había puesto de pie tras de ella.

—Eso suena divertido. —Ally le notaba a su espalda. Entonces Ted le susurró al oído—: ¿Puedes enseñarme a mí también?
Apoyó las manos en sus hombros y empezó a masajearlos.
Ella se volvió y dijo con amabilidad:
—No es la mejor noche... y estás resfriado.
La expresión de Teddy cambió. Retrocedió y se apoyó en la mesa, medio descansando el trasero ahí.
—Necesitas salir de Brooklyn, Al. Salir de esta casa.
Ally volvió al fregadero, incómoda. Cogió un estropajo y empezó a restregar una cazuela.
—Lo siento. Tienes razón.
—Nos reencontramos. Tu madre estaba enferma. Dijiste que sufrías estrés. Falleció y estabas triste. Cuando yo estoy disgustado, lo único que quiero es acostarme con alguien. Lo pasamos bien, ¿no es cierto?
—Sí.
—¿Has sido alguna vez... frígida, antes de ahora?
Ally hizo una pausa y miró la cacerola.
—¿Frígida? —dijo en voz baja preguntándose si de hecho lo era. Se volvió—. Pero hemos tenido nuestros escarceos.
—Sí, cierto, pero somos adultos. Creciditos, Ally, y veo que no puedo pasar de la segunda base.
Ella asintió. Tenía razón, era cierto lo que decía.
Teddy echó un vistazo por la cocina.
—Creo que estás bloqueada. En su casa, en casa de tu madre no puedes divertirte. No puedes escapar de su... hechizo. —Metió la mano en el bolsillo del pantalón y sacó el pañuelo empapado. Se sonó la nariz—. Te hacen falta unas vacaciones... o un loquero.
—Tal vez —contestó Ally—. Mi mejor amiga es psiquiatra, le preguntaré.
—O tal vez yo no te atraigo.
—Por favor —insistió ella volviéndose—. Eres atractivo, en serio.
—¡Lo sé! —Se rió—. ¡Sé que lo soy! Tengo atractivo.
—Es cierto.
—Pero eso no significa... Algunas personas necesitan... algunas necesitan comida y otras compromiso.

Ted estaba cavilando.
Ella asintió:
—Es verdad, pero esta noche estoy cansada. Una cena de cinco platos, cocinada por mí solita. Lizzie y su nariz...
—De acuerdo —contestó él—. Soy un burro. Te he traído un juego nuevo de palos de golf, ahí están —dijo y señaló el rincón.
—Ted.
Él se enderezó, levantó el trasero de la mesa y se metió la camisa por dentro del pantalón.
—Quiero llevarte a ese campo de golf. Me gustas, Al, siempre me has gustado, y desearía pasar al siguiente nivel en esto.
Ally le estudió durante un momento.
—¿No sales... no sales con nadie más?
Teddy hizo una pausa.
—En realidad, no.
Ella se frotó los ojos.
—Pensaba que sí. Tenía la sensación...
—¿Quieres ir en serio? Podemos ir en serio.
Ally se volvió hacia el mostrador y cogió un trozo de papel de plata para envolver la pechuga de pollo.
—¿Quieres comprometerte? ¿Que te ofrezca un anillo y mi cazadora del equipo universitario?
Ella se volvió y le tendió el pollo a Ted.
—¿Hacías deporte?
—No —admitió él—. Sólo golf.
Ally sonrió.

En la puerta de entrada, Ted le dio un beso.
—¿Sabes qué pensaba hoy? ¿Toda la noche?
Bajó la voz.
—No. ¿Qué?
—Ally tiene un culo fantástico. Es perfecto.
—Gracias.
—Pagaría por ese culo. Por que ese culo fuera mío.
Ella le apartó con delicadeza para hacerle salir por la puerta.

—Esto sí que te pone —canturreó mientras se iba—. Me estás sacando de casa porque te pone. —Recorrió la escalinata de entrada—. ¿Tengo razón?
—No. Buenas noches, Ted. Gracias por el vino.
—Buenas noches, Al. Te quiero.
Ally se despidió con la mano y le observó alejándose hacia la calle Hicks. Luego alzó la vista hacia aquellas nubes bajas y estiró la mano. Había empezado a llover.

Otra vez en la cocina, acabó de limpiar la mesa.
Tal vez tuviera razón, pensó. Ted.
Claire seguía viva en estas habitaciones.
Permaneció quieta e imaginó a su madre allí, sentada a la mesa, siempre tan tiesa, siempre tan alta, pero disminuyendo de volumen a medida que la quimio la iba consumiendo.
—Está ansioso —dijo Claire con una sonrisita, hablando de Ted— por ti. —Con las cejas alzadas, finas pero aún arqueadas, se sentó quieta, tal como se sentaba hacia el final, como si moverse tan sólo un centímetro pudiera provocar dolor. Llevaba aquella bata rosa, fina, con el borde festoneado de blanco—. ¿No se ha casado antes?
—No —contestó Ally, sosteniendo la tetera debajo del grifo.
—¿Qué problema tiene?
Ally sonrió.
—¿Y cuál es mi problema? Tengo más de cuarenta años y no me he casado.
—A ti te abandonaron —dijo Claire sin piedad, con total naturalidad—. A posta. —Estiró la mano para alcanzar sus cigarrillos Parliament—. A mí me abandonaron por accidente. No tuvo nada que ver conmigo. Los accidentes suceden, gente mayor que conduce. Papá murió. Pero Pierre te dejó a posta. Ése es tu problema. ¿Y el de Ted?
Ally se lo pensó mejor antes de responder. No lo hizo de inmediato. Dejó la tetera encima del fuego y dio al gas para encender la llama.
—Sólo porque no esté casado, no significa que tenga algún problema.
Claire movió los ojos.

—Sí lo tiene.
Ally estaba considerando sus razones con cuidado, intentaba evitar una discusión si podía.
—De todos modos, te está haciendo la corte.
—Tal vez sea así.
—Desde luego. Me preguntó —Claire volvió la cabeza hacia la cocina— si pensaba que accederías.
—¿Qué? ¿Acceder a qué?
—A casarte.
—¿Eso te preguntó? —Abrió la vitrina para sacar la lata de té—. ¿Ted? ¿Cuándo?
—La semana pasada. Cuando saliste a comprar los polos helados. Lima. Cuando nos quedamos sin lima.

En su dormitorio, la vieja camiseta de Jake colgaba de la cesta de la ropa.
Mortificada, la cogió, se fue a toda prisa hasta el armario y la arrojó dentro, al fondo. Había llamado a Anna.
—¿Crees que es raro que no quiera acostarme con Ted?
—¿Qué tal la cena?
—Espera. Primero, ¿crees que es raro?
—No —respondió Anna bajito para no despertar a su marido.
Ally volvió a entrar en el baño.
—Porque... porque tenía una colega, una adjunta en Brown. Tenía relaciones con el repartidor de pizzas, cada vez que llamaba a Domino's.
—¿Y?
—Y también con el tío que cambiaba el aceite a su coche. Y con el dentista, en su consulta. Cerraba la puerta y lo hacían en el sillón, era reclinable.
—¿Ally?
—¿Sí?
—No es raro querer estar enamorada antes de tener relaciones. Todos somos diferentes. Tú necesitas amor e intimidad. Algunas mujeres no lo precisan. No es un delito. Y ahora, ¿qué tal la cena?

Ally empezó a quitarse la ropa.
—¿Has oído hablar alguna vez de Noah Bean?
—Me tomas el pelo.
—¿Te suena? —preguntó mientras se quitaba el pantalón corto.
—¿El actor?
—¿Le conoces? —preguntó Ally mirándose las piernas.
Se las miró también en el espejo.
—¿Por qué?
Se quitó la ropa interior.
—Bien —explicó—, es él. Es el chico del pene perfecto.
Anna hizo una pausa antes de volver a hablar:
—¿Qué estás diciendo? Estoy confundida.
—¿Estás despierta? —Juntó la ropa encima del váter—. ¿Te he despertado?
—Nos hemos ido temprano a la cama.
—Oh, lo lamento.
—¿Ally? ¿Qué es eso de Noah Bean?
—Es él. Ha cambiado de nombre.
—Espera, no lo pillo.
Anna susurró como si entrara en pánico, cada vez más alerta.
—Estás dormida, te llamaré mañana.
—¡No! ¡No cuelgues! ¿Estás diciendo... estás diciendo que... te acostaste con Noah Bean?
—No era Noah Bean entonces. Pero, sí, me acosté con él.
Entonces Anna dio un grito.
Ella apartó el teléfono. El marido de su amiga se despertó asustado:
—¡Qué! ¡Qué! ¿Qué diablos pasa?
—¡Ally se acostó con Noah Bean!
—¿Quién? —aulló—. ¿Quién diablos es ése?
—¿Se lo estás contando a John?
Sentía vergüenza.
Anna volvió con ella.
—¿Cómo es que nunca me lo habías contado?
—¡No lo sabía!
—«¡Date prisa, mujer! ¡No hay tiempo que perder!» —gritó Anna con un convincente acento inglés.

Estaba imitando a Jake en su papel del caballero.

—¿Qué dices? ¿Prisa para qué?

—Su frase famosa: «Date prisa, mujer! ¡No hay tiempo que perder!». Es Lancelot, Ally, y el Hombre Vivo Más Sexy según *People*, desde hace tres años o tal vez cuatro...

Ally suspiró. Se miró en el espejo y se estudió la grasa del vientre.

—Sea lo que sea... —¿Cómo había aparecido esa grasa ahí? Cogió un pliegue con la mano—. Es una persona, una persona normal.

—No, no lo es. Tú googlea: *People*.

—No voy a hacerlo.

—Eres una esnob.

—No lo soy. —Ally se puso de perfil e hizo un plié.—. Tengo un... dilema. Llámame cuando se te haya pasado la impresión.

Anna se rió.

—¿Se lo has dicho a Ted?

—No, todavía no.

—¿A Lizzie?

—Se lo contaré. Lo raro, otra cosa rara, es que me citó.

—¿Ah?

—Citó el artículo que escribí para *Elle*.

—Guau.

—Creo. A menos que...

—Se acordaba —dijo Anna con timidez—. ¿Ally?

—¿Sí?

—¿Me conseguirás un autógrafo? ¿Por favor?

Ally gruñó.

—Esto... esto no me ayuda. Voy a colgar.

Anna colgó. Ally también, y se miró en el espejo.

¿El hombre vivo más sexy según *People*?

Estudió las marcas del elástico en sus caderas. Las bolsas abultadas en la parte interior de los muslos. ¡Nunca antes había tenido problemas con sus muslos!

Hasta este año.

«Maldición —pensó—. Debería ir al gimnasio.»

Cuarenta y uno.

Cuarenta y uno era la peor edad.

Se dio la vuelta, se enderezó cuanto pudo, y metió tripa.

Estiró el cuello y alzó la cabeza, pero ahí seguía esa leve papada.

Se miró de cerca en el espejo para examinarse el rostro: los pequeños puntos rojos y tres finas arrugas. Era como si hubieran aparecido por arte de magia. Sobre su frente. De la noche a la mañana.

Se pasó los dedos por el pelo, segura de que había empezado a escasear.

Tal vez fuera el estrés, pensó, y fue a buscar una camiseta que ponerse. Una que no fuera de Jake.

Salió del baño, se fue por el pasillo y entró en el dormitorio.

Tanto estrés. Tanto dolor. Los cambios en su cuerpo. Tal vez ya no se sintiera igual de segura, y era el motivo por el que no se acostaba con Ted.

¿Cuándo había sido? ¿Cuándo había accedido a quedar para un café, después de que la encontrara en Facebook?

Mientras ella husmeaba por internet a la búsqueda de Jake.

Jake.

Había sido en enero, accedió al café, recordaba la nieve en el suelo. ¿Dos o tres meses antes de que muriera Claire?

Claire estaba enferma, y Teddy había demostrado tener buen corazón. Llamaba a todas horas. Enviaba comida. Hacía recados. Luego llegó el momento de la muerte de su madre. Asistió al velatorio. Mandó un ramo, un ramo enorme. Y había tenido muchísima paciencia…

En lo que a sexo se refiere.

Ally alegaba estar demasiado estresada, luego demasiado ocupada, luego demasiado triste. Era lo que pensaba y era lo que decía.

Demasiadas cosas que hacer antes y después: la residencia, el funeral, las propiedades de Claire…

Teddy era majo. Teddy era inteligente. A Teddy no le importaba venir hasta Brooklyn para comer algo, a pasear, a leer el diario…

¿Qué le sucedía a ella?

Había echado alguna canita al aire. Bien, sólo una. Con Jake. No estaba enamorada de él por entonces. ¿O sí?

Se metió en la cama con una camiseta grande y pantalones de algodón.

Tal vez Ted estuviera en lo cierto. Quizá lo fuera. Frígida. Reprimida. Tal vez fuera hora de aceptar el placer por el mero placer. ¿Qué problema había en el placer? Ninguno. ¿Qué problema había en pasarlo bien? Ninguno. Se dio media vuelta y cogió el teléfono.
—¿Ally? —preguntó Ted al cogerlo.
—Vayámonos de viaje el próximo fin de semana. Vayámonos y... ya sabes. Estoy lista.
—¿Lo estás? —preguntó.
Sonaba sorprendido.
—Me pasa algo raro. Hagamos esto.
Iba a tener relaciones sexuales.
Con Ted.
Sí, iba a hacerlo.
—Trae protección. No tomo la píldora.
—No pensaba que la tomaras —dijo con una risa.
Ally miró al techo y esperó. Él hacía broma, por supuesto, pero ¿cuándo se había vuelto obligatorio que todas las mujeres tomaran la píldora?
—No te preocupes, Al. Puse solución a cualquier posibilidad de hacer niños.
—¿Qué?
—Vasectomía. Hace cuatro años. Un tijeretazo aquí, otro allá.
—¿De verdad?
Estaba sorprendida.
—¿Te apetecen los Hamptons? ¿Nantucket? Lo que se te ocurra. Cogeremos algún vuelo.
—Suena bien —contestó. No le importaba dónde—. ¿Y qué me dices de enfermedades?
—¿Sí?
—¿Análisis? ¿Te has hecho análisis... hace poco?
Quiso desaparecer bajo las sábanas. Detestaba esta conversación. La odiaba.
—Soy joven para eso, preciosa.
—¿Qué significa?
—Significa que no te preocupes.
Ally hizo una pausa.

—De acuerdo. Buenas noches.
—Que duermas bien. Y, ¿Ally?
—¿Sí?
—Me muero de ganas.

Ally permaneció tumbada hasta las dos.
Luego se acordó de los platos.
¿Había puesto en marcha el lavavajillas?
Lo habían mencionado, ella y Jake, pero una vez cargó el lavaplatos, ¿lo puso de hecho en marcha? ¿Lo hizo?
Quería encontrar los platos limpios al despertarse, platos que significaban que había pasado la cena, platos que podía recoger, limpios.
Se levantó para comprobarlo.
A medio camino por las escaleras que bajaban a la planta inferior, se detuvo. Algo abajo llamó su atención.
Sobre la mesa junto a la puerta, una gorra azul marino descansaba sobre un fular y unas gafas de sol de montura dorada colocadas en medio.
Ally observó un momento y luego se acercó.
Reconoció la gorra. A base de sudor y lluvia, y de volver a secarse, la gorra de béisbol de los Red Sox de Boston se había amoldado a la cabeza de Jake.
Cogió las gafas y se las puso.
Se miró en el espejo del vestíbulo e intentó posar como un actor o modelo: primero con irritación, una mirada de disgusto. Luego desprecio. Luego intentó parecer aburrida. No funcionó. Las gafas no le iban bien. Las volvió a dejar.
Cogió la gorra y se la acercó a la nariz.
Loca, pensó. Como una cabra. Ahí de pie, oliendo la gorra del plan de su hija. Ése fue el momento. Había traspasado la línea que separaba estar parcialmente cuerda de oficialmente chalada. La profesora chiflada. Estaba inspirando justo cuando sonó el timbre.
Con un respingo, soltó la gorra como si la hubieran pillado in fraganti. La lanzó por los aires como un Frisbee, chocando contra la pared y aterrizando otra vez encima del fular.

Con el corazón acelerado, se quitó a toda prisa las Ray-Ban, se volvió y recuperó la estabilidad apoyándose en la barandilla.

El timbre volvió a sonar una vez, por lo tanto no era Ted. Él habría llamado dos, tres, cuatro veces, y Lizzie tenía llave.

Volvió a sonar el timbre.

—¡Ya voy! —gritó.

Fueran las dos de la mañana o no, lo sabía.

Sabía quién era.

Sabía que era Jake.

El pene de Charlie parecía apio, pensó Ally, pero cortado por la mitad. Un delgado troncho de apio. Era el primero para ella, el primer pene real que había visto de cerca. Cerca de verdad.

Tenía diecisiete años cuando Charlie Bergen le había rogado que se la meneara aquella noche. Estaban dentro de la limo, aparcados, durante el baile del colegio mayor de St. Ann. De alguna manera consiguió sacarle la idea de la cabeza.

Tres años después, en Washington DC, el pene de Pierre se curvaba hacia la izquierda como un plátano. Exactamente igual que un plátano, pensó al verlo por primera vez. Una banana seleccionada de tamaño mediano de esas que aún puedes comprar en las tiendas de delicatesen de Brooklyn por veinticinco centavos.

Seis años después, cuando Lizzie ya tenía cinco, Meer insistió en que ella asistiera en su lugar a la Conferencia sobre Cultura Obscena, pues ella no podía ir.

Ally había olvidado su nombre de pila, pero sí recordaba que era profesor de Estudios de Género en Cambridge, Inglaterra. Edwin, Edward, Edmond, Edgar. Algo que empezaba por E.

Sí que recordaba el nombre de su pene.

Lo presentó así:

—Allison, tengo el gusto de presentarte al señor Major Johnson. El Asesino de Fulanas. Está saludando. ¿Quieres saludarle?

Ella asintió.

—Hola, Major Johnson. Encantada de conocerle.

El inglés sonrió.

—Señor Major Johnson, el Asesino de Fulanas, por favor. Ése es el tratamiento completo.

Ella sonrió.

—Encantada de conocerle, señor Major Johnson, el Asesino de Fulanas.

Edwin o Edmond disfrutaba con esto.

—¿Querríais estrecharos las manos?

No mantuvo relaciones con el señor Major, pero sí se besuqueó con el hombre en la habitación del hotel, después de lo cual él insistió, con un encantador acento británico, en llevar al asesino hasta un clímax absoluto mientras ella observaba.

El señor Major parecía una zanahoria de diez centímetros, de cultivo orgánico, una zanahoria natural, de las que, pensó Ally, se afilan hacia la punta.

Jake Bean era el cuarto hijo. Y qué hermosura de cuarto hijo.

Todo llega para el que sabe esperar, pensó Ally mirándole entre las sombras. Entonces Jake la puso boca abajo.

Oyó el envoltorio del condón rasgándose, y cuando la penetró por detrás, ella se corrió como un adolescente. En cuestión de segundos, el placer se intensificó, explotó y se propagó por todo su cuerpo descendiendo por sus extremidades hasta la punta de los pies.

—Oh, no —susurró cuando amainó. Bajó la cabeza—: Cuánto lo lamento. ¿Cómo has hecho eso? Lo siento mucho, mucho…

Se echó sobre su tripa.

Jake salió de ella y se tumbó a su lado.

—¿Por qué? —preguntó—. ¿Por qué lo sientes?

—Es que he pasado de cero a sesenta en cuatro segundos… como un BMW… estoy tan…

Avergonzada, ocultó la cara entre las almohadas.

El pene de Jake la había llenado como nunca antes la habían llenado: ni Pierre, ni la comida, ni ninguna otra forma de plenitud. La absoluta satisfacción, la sensación de plenitud era física y existencial al mismo tiempo. No le habría importado morir ahí con Jake tan dentro de ella, si no fuera por Lizzie y alguna otra cosa…

—Soy increíble —bromeó Jake.

—Lo eres —dijo ocultando todavía el rostro. Luego alzó la mirada—. Ven aquí y acaba, ahora tienes que quedarte tú a gusto.

Pegó su cuerpo a él y le besó.

—No —dijo Jake besándola también—. No quiero.

—¿Qué? ¿Por qué no?
—No quiero correrme.
—¿Qué?
—Esta noche está dedicada a ti.
—¿Por qué? Por favor. Eso no es...
—Me gusta esperar. Es el viaje lo que cuenta. Los medios, no el fin.
Sonrió.
Ally le estudió.
—Oh, espera, escribiste sobre esto en uno de tus trabajos. —Se apoyó en los codos—. ¿Sexo tántrico?
—Sí, pero esto más bien es Zen Satori.
—¿Qué?
Ella se rió y bajó la vista. Nada había cambiado. Seguía firme, llenando el condón por completo.
—Tengo un hermano al que le va todo lo asiático: creencias, mujeres. Se trasladó a Bali para hacer de «Buda en la playa, colega, siempre funciona».
Ally sonrió.
—Pero ¿no duele? ¿No te da algo como... bolas azules o algo así?
Él negó con la cabeza:
—No, porque, ya sabes... No reprimes nada.
—¿Reprimir?
—La tensión. Te limitas a... relajarte. Aminoras la respiración y relajas los músculos, te relajas y te concentras en la chica en vez de en ti mismo. Sobre todo, digamos que los abdominales, ¿sabes? Relajas los abdominales para que no crezca la tensión, y así funciona.
Ally le estudió.
—Es difícil describirlo.
—Pero ¿qué sentido tiene?
—No lo sé —dijo Jake y luego lo pensó mejor—. Control, supongo... Todos estos tíos, plantando su simiente de cualquier modo, sin control... —Ella escuchaba—. Lo mismo que aprendimos en tu clase: tipos que obligan a sus mujeres a ponerse esos velos como tiendas, el rollo del Islam, ¿y todo por qué? ¿No confían en sí mismos ni en otros hombres, en que no van a perder la chaveta? Contrólate. Inténtalo.
Ally tomó aliento.

—¿Estás seguro?
—Sí. Así podemos seguir y seguir, y luego si quiero correrme, lo haré. Pero no soy esclavo de eso. Y... y es mejor cuando espero.
—¿Es mejor cuando esperas?
—Todo es mejor... cuando esperas.
Ally sonrió.

De modo que Jake, el alumno, hizo que su profesora se corriera aquella noche: una vez sobre la cama y otra al borde de la misma. Una tercera vez contra el lavabo del baño. Luego una cuarta y una quinta en la cocina, contra el frigorífico y en el suelo. Y, por último, una última vez, contra las baldosas del baño, y ella con un cepillo de dientes en la boca.

A las cuatro de la mañana se durmieron por fin, con las piernas y brazos entrelazados.

A Teddy le sorprendió que Lizzie llamara al interfono a la una de la madrugada la misma noche de la cena. Una de la madrugada. No podía negarse. Fuera estaba diluviando. Dio al botón para permitirle entrar, miró por el *loft* y recogió como pudo los envoltorios de comida rápida, el cambio, los recibos, las impresiones de datos, los calcetines y la ropa.

Era un hombre demasiado ocupado como para salir de compras y agenciarse cosas básicas como algo donde sentarse, una cama para dormir, un escritorio en el que trabajar... Así que antes de trasladarse a este *loft* en SoHo había contratado a la bella Bunny Dunn.

Bunny decidió dar calidez a ese espacio de suelo de cemento vertido, conductos y vigas, con un aluvión de antigüedades exclusivas y caras.

Pero pese a tanto diseño y valor, Teddy lo tenía descuidado. Los suelos estaban cubiertos de una fina película de mugre, había hollín en las ventanas y una capa de polvo sobre los muebles.

Lizzie lo encontró fascinante. Revelador en cierto sentido. No sabía bien de qué.

Resultaba extraño que vitrinas y armarios estuvieran vacíos, y en cambio las cosas se apilaran por los rincones, esparcidas sobre superficies donde acababan pisoteadas. Todos los juguetes de alta y baja tecnología de un adinerado muchacho americano, pensó.

Miró a su alrededor, tomando nota de los objetos: Cuatro balones brazuca del Mundial de fútbol. Cinco MacBooks Pro. Dos iPads. Dos iPhones. Una impresora Xerox WorkCentre. Pilas de dos metros de *Esquire, Maxim, Men's Health*. Pilas de metro y medio de *Wall Street Journal, Financial Times* y *The Economist*. Dos juegos de palos de golf. Un gran equipo Bose de audio y una HDTV 3-D de setenta pulgadas... Contó de tres en tres, de cinco en cinco, de cuatro en cuatro: treinta y una gorras de béisbol. Treinta y dos pares de pantalones deportivos Vineyard Vines. Treinta chalecos polares Patagonia...

No tenía escoba ni mocho; tampoco espátula ni salero.
Ally se había atrevido a visitarle aquí en una única ocasión.
—No se lo cuentes a tu madre.
Teddy retiraba las monedas de la mesa de centro.
—Tienes razón —replicó Lizzie sentándose sobre uno de los muchos escritorios—. Fliparía. Odia el porno.
—Pues si quieres una nariz nueva, lo cierto es que estas modelos, estas chicas, están haciendo una fortuna. —Se metió el cambio en el bolsillo—. Pero piénsatelo bien.
—¿Una fortuna? —preguntó intrigada—. ¿Cuánto?
—Uno de los grandes al día según dice Fishman.
Se arrodilló en el suelo para estirar el brazo debajo de la mesa.
—¿Mil al día? Guau —exclamó ella estudiando el lugar de trabajo del amigo de su madre—. O bien tú podrías pagarme la operación.
—No —contestó—. Yo me he ganado todo lo que tengo, y tú deberías hacer lo mismo.
Sobre la superficie de los escritorios se sucedían un teclado tras otro y más discos duros de los que se molestó en contar. Por encima, en un estante, cinco monitores seguidos estaban conectados en cadena por cables FireWire.
—¿Cómo funciona?
—Fishman tiene un estudio. Te meten en una habitación privada. Te desnudas. Jugueteas un poco. Hay un ordenador... con cámara. Supongo, no he estado ahí.
—¿Estás sola? ¿En la habitación?
—Por supuesto. Es seguro. Los tíos se conectan *online*. Entran y salen con su contraseña. —Se levantó y se fue hasta el cubo de la basura que tenía junto al escritorio. Tiró ahí todas las monedas que tenía en las manos—. Los palos de golf no han funcionado, por cierto.
—¿Puedo ir disfrazada?
—¿Cómo?
—¿Una peluca? ¿Gafas?
—Sí, deberías disfrazarte. Usar nombre falso.
Lizzie pensó que con una peluca, disimulando sus pecas y marcas de nacimiento, tal vez nadie la reconociera.
—¿Quién es este tipo? ¿Quién es Fishman?

Teddy se lo explicó.

Fishman y él se habían conocido en Wharton en el 98. Fishman era delgado, con una cabeza más grande de lo normal, y se creía un productor de cine. Cuando las comedias no le funcionaron, decidió pasarse a las pelis porno con guión.

—Narrativa porno para el hombre pensante —comentó Teddy.

Montó un estudio cerca de LA, pero también fracasó. El hombre pensante por lo visto recurría al porno para dejar de pensar.

De regreso al este, se asoció con inversores y logró montar una red de sexo por webcam, veintinueve websites que ofrecían servicios a Estados Unidos y Europa Occidental.

—¿Y cuál es tu... cómo participas tú? —preguntó Lizzie.

—Yo no participo. —Teddy volvía a estar de rodillas recogiendo debajo del sofá—. Él es mi amiguete.

—Oh —siguió ella volviendo al escritorio—. O sea, que si soy una chica webcam durante, ¿qué, un mes? ¿Crees que podría salir con veinte de los grandes?

Ted se levantó y estiró la espalda.

—Se supone que tu abuela te dejó dinero para los estudios de posgrado. No des la lata a tu madre, aún está de luto.

Lizzie asintió.

—Y yo también. Todos estamos aún de luto.

Teddy se volvió y estudió a Lizzie que se levantaba para acercarse a la ventana.

—De hecho —respondió observándola subir las persianas y contemplar cómo diluviaba—, mejor olvídalo. Es una mala idea.

—¿Por qué? —preguntó ella.

—Olvida que he mencionado siquiera... Si tu madre se entera, sería el fin.

—No lo voy a olvidar —replicó Lizzie mirando la calle Canal: los charcos de agua, los edificios ruinosos, las luces rojas parpadeantes—. Dame el número. —Se miró las puntas de los dedos, cubiertas de hollín—. ¿Nunca limpias? Este sitio es una pocilga.

—Qué detalle. Muy amable. Me llamas en medio de la noche... ¿Qué te ha traído por aquí de hecho?

—Quedé con Weather. El club era un asco... —Lizzie sonrió, vol-

vió a cruzar la habitación y se sentó de nuevo ante el escritorio de Ted.
—Dame su número. En serio. Voy a ver de qué va.
Debajo del sofá, él encontró la copa del postre, una cucharilla cubierta de chocolate y los sobres de sal que venían con las patatas fritas.
—Sólo si me dices... si me ayudas. ¿Cómo diablos convenzo a tu madre para que venga de vacaciones conmigo? ¿Qué hago?
—Bien, primero contrata a alguien para que te haga la limpieza.
—Que te den, Lizzie.
Ella sonrió y apoyó el codo en un teclado. Un monitor cobró vida de pronto. Se dio la vuelta en la silla, sorprendida y excitada.
—Oh, mira esto...
Se puso unos auriculares.
En pantalla, una mujer con coletas estaba sentada encima de un escritorio sorbiendo un zumo Jamba, hablando por su iPhone. En las bragas ponía, «La fiesta empieza aquí». Por lo demás estaba totalmente desnuda, y sus pequeños pechos respingones tenían los pezones duros como si pasara frío. Lizzie escuchó.
—Está hablando de sus pruebas para optar a becas universitarias.
—Ése es... el website. Uno de los sitios.
Él había cogido papel y boli.
—¿Teddy?
—¿Qué?
—¿Por qué estás viendo esto?
—Puede que invierta. —Se acercó y le tendió el número de Fishman—. Es su móvil.
—Mamá te mataría —comentó Lizzie sonriente.
Cogió el número y se quitó los auriculares.
—Déjate de bromas.
—No se lo diré.
—Mira, Ally quiere que vayas a Juillard. Ahora puedes ir a operarte la nariz también.
—Ni siquiera me admitirían allí. Y ni siquiera se dará cuenta, por cierto, del retoque en la nariz. Rasuran los lados al milímetro. —Se metió el número en los vaqueros, se levantó y deambuló hasta el vestíbulo de entrada—. Es muy amable por tu parte, de verdad, ayudarme. Por eso te quiere mi madre. Por ser tan amable, tan generoso.

Teddy alzó la vista.
—Encantado de ayudar. Ahora ayúdame tú.
—Desde luego. ¿Cómo?
—¿Cómo la saco de...? ¿Cómo consigo llevármela, sacarla de esa casa, de la ciudad?
—¿Por qué? ¿Qué intenciones tienes?
Él hizo una pausa.
—Seguir... conociendo a tu madre.
—¿Por qué no te casas primero?
Él se animó.
—¿Crees que se casaría conmigo? ¿Si se lo pido?
Lizzie sonrió y volvió a ponerse las bailarinas empapadas.
—¿Puedo ir a mear, por favor?
—Claro —respondió él indicando un pasillo tras el recodo—. No me has contestado.

En el baño, abrió los cajones en busca de condones, lubricantes, juguetes. Algo. Cualquier cosa. Pero no encontró nada que no fuera Kiehl's, Kiehl's, Kiehl's y más Kiehl's.

Husmeó tras la cortina: tampoco había nada, aparte de champú Khiel's, jabón Irish Spring y suavizante Kiehl's

Luego orinó, y mientras lo hacía, tomó prestado el cepillo de dientes de Ted. Lo usó para hurgar entre la basura desbordada. Necesitaba pensar, ver, indagar... entre todos los Kleenex, los envoltorios de pastillas para la tos...

Entonces, en el fondo del cubo, lo vio: una barra de labios.

Con el cepillo de dientes la puso derecha y la levantó entre sus dedos. La destapó para ver el color: un rosa púrpura intenso. Leyó la etiqueta en el fondo: Fucsia.

Fucsia Flash.

No era un color que su madre compraría. Si usara barra de labios. Por lo tanto, Ted tenía una hermana, pensó. Tal vez una ayudante. Tal vez una amiga. Ally creía que salía con alguien, ahora lo sabían. Algo era seguro: no pertenecía a la criada.

Se levantó, tiró de la cisterna y envolvió la barra de labios con papel higiénico. Se la metió en el bolsillo posterior de los vaqueros junto al papel con el número de Fishman.

—¿Pillas el tren? —preguntó Teddy sosteniendo la puerta de entrada abierta para ella.

Estaba contento de verla marchar.

—Igual —dijo Lizzie.

—¿Necesitas dinero? ¿Quieres un taxi? Llamaré a un...

—No, gracias. Iré a pie. —Pasó junto a él para salir al vestíbulo—. No se lo dirás, ¿verdad? ¿Nunca?

—Jamás —respondió él—. Nos mataría a los dos.

—Desde luego.

—Conforme. Estamos de acuerdo. Que llegues bien a casa.

—Oh, claro.

A Ted le sonó el móvil. Lo sacó del bolsillo y miró el número.

—Mira. Es tu madre.

—Salúdala de mi parte —dijo Lizzie por encima del hombro.

—Mejor que no.

*A*lly se preguntó si Jake estaría soñando. Tal vez todos los hombres se despertaban así, no lo sabía. Pero su olor, su sudor y esa especie de fragancia almizcleña, la excitaban tanto que estiró la mano para acercarle con suavidad, entre sus piernas.

Jake parpadeó hasta abrir los ojos:

—Buenos días —susurró y le sonrió.

Ella se dio la vuelta con suavidad para colocarse a horcajadas encima, pero Jake la detuvo y la volvió a tumbar. Se puso encima y la sujetó con las caderas. Apoyándose en los codos, hundió la cabeza en su cuello y luego levantó la mano derecha hasta su pecho para llevárselo a la boca. Bajó la izquierda siguiendo el contorno del cuerpo hasta dejarla tras una nalga, agarrándola como contrapeso.

Ella le respondió subiendo las rodillas y mordiéndole el hombro. Le pasó los dedos por el pelo y lo estiró. Este leve daño le puso como loco.

Entonces Ally se echó hacia atrás y estudió su mentón, la barba incipiente que había madurado durante la noche mientras dormían, las líneas de su cintura, marcadas y talladas, como esculpidas.

Sexo matinal con un guaperas, fue lo que decidió, mirándole. Un tío. No un chico, pero tampoco un hombre del todo.

*S*obre la cama colgaba un mapa de Europa. Tachuelas nacaradas marcaban las ciudades que ella quería visitar: Londres, Roma, Barcelona, París, Viena, Budapest, Berlín, Florencia...

Jake permanecía en pie desnudo en la cabecera de la cama, encima de las almohadas. Estudió su ruta.

—¿Qué es todo esto? —preguntó, intrigado.

Ally salió del baño.

—Estoy ahorrando para un viaje. Sólo que voy a tardar unos cuarenta años en hacerlo.

—Me apunto.
Ella se subió a la cama a su lado e indicó la primera chincheta con el número uno.
—Primero Barcelona. Es el principio. Ahí está el Majestic.
—¿Qué es eso?
—Es un hotel, un hotel de cinco estrellas.
Desplazó el dedo hacia el norte, a Francia.
—Luego, París, para el Hôtel Ritz.
—¿Ningún albergue? —preguntó Jake sonriendo.
—Nada de mochilas. Ni albergues. Hoteles de cinco estrellas todo el rato.
—¿Por qué?
Ally explicó la historia.
Tenía seis años cuando su madre y ella pasaron dos noches en el Fairmont, un hotel de cinco estrellas en Nob Hill. Claire había enterrado al papá de Ally en Colma, California, cerca de San Francisco. La ciudad de su infancia.
La segunda velada de su estancia, la cría se despertó. Era medianoche y estaba sola en la enorme cama de matrimonio, a solas en la habitación. Se levantó y buscó a Claire en el baño, llamando todo el rato:
—¿Mamá? ¿Mamá?
Claire no estaba.
La pequeña Ally, de poco más de veinte kilos, con camisón blanco de mangas abombadas, llegó al vestíbulo, pero se paró en seco y retrocedió cuando las puertas del ascensor se abrieron y surgió a toda velocidad una horda de huéspedes del hotel.
Por accidente, no pudo escapar del grupo y volvió a subir por las escaleras en una nube de perfume, colonia y sudor, mirando los tobillos, dobladillos y zapatos, los negros de caballero y los tacones altos con tobillos desnudos.
En el tercer piso, la multitud se dispersó, despidiéndose. «¡Buenas noches!», «¡Nos vemos en el desayuno!» y «¡Portaos bien!» A excepción de una pareja que se quedó en un rincón.
No la habían visto. Ni ella había visto a la pareja hasta que se dispersó el gentío. Y mientras subían en el ascensor, Ally observó por primera vez a un hombre y una mujer en el trance de la pasión: agarrándose,

gimiendo, devorándose el uno al otro. Como si disputaran una carrera, pensó la niña, a ver quién se comía antes al contrario, como monstruos zombis retorciéndose hambrientos.

Cuando el ascensor se detuvo y se abrieron las puertas del sexto piso, la pareja se separó para salir tambaleantes. «Oh», dijo la chica al descubrir a Ally por encima del hombro. «Oh», eclamó el hombre mientras se cerraban las puertas. «¡Espera!», gritó la mujer mientras intentaba mantenerlas abiertas al ver que Ally le daba sin parar al botón para bajar al vestíbulo por segunda vez aquella noche.

—Me encontraron —explicó— después de medianoche, vagando por el vestíbulo, buscándola.

Jake permanecía quieto.

—¿Adónde se había ido?

—Nadie lo sabía —respondió encogiéndose de hombros.

El encargado, con un esmoquin negro aquella noche, la llevó a dar una vuelta por el palacio. En su busca.

Miraron en la biblioteca. Buscaron en los comedores. La llevó a la cocina donde el chef le preparó una tostada y le ofreció galletas con virutas de chocolate, recién salidas del horno, y vasos de leche. Atravesaron andando, de la mano, los salones de baile.

—Debía de ser una boda.

Pero a los seis años, ella pensó que habían entrado en un baile. Tocaba una orquesta. Ella y aquel hombre, fuera quien fuese, bailaron unas cuantas canciones en la pista en medio de los invitados. La niña estaba deslumbrada, con los ojos muy abiertos, observando a la novia con su vestido blanco de satén de falda larga y cola semicatedral y su diadema. El novio, de esmoquin negro con faldones, la estrechaba en sus brazos.

Encontraron a Claire a las cuatro menos cuarto, desmoronada en un sillón de la Sala Tonga. Sumida en su pena, había bebido una copa tras otra; luego se había quedado dormida.

—Tal vez fuera el director del hotel —caviló Ally—. El conserje quizá. Pero yo no estaba asustada.

Todo el mundo cuidó de ella en el hotel. Se sintió una princesa.

Excepto por el hecho de que aquella tarde habían enterrado a su padre, era un cuento de hadas hecho realidad. Se volvió hacia Jake:

—¿Has estado alguna vez en un hotel de lujo?
Él negó con la cabeza.
—Yo sabía que no era una princesa de cuento de hadas, pero después de aquella semana y aquel día triste... lo recordé como un sueño.

Más tarde, en la cocina, Ally dejó en el mostrador huevos escalfados y bollos tostados, rociados con abundante salsa holandesa.
—Yo también sé qué es tener veintiún años y estar sin un centavo —comentó, preocupada por Jake—. Tenía una niña, sé qué se siente.
Él atacó la comida con el cuchillo y el tenedor.
—No quiero efectivo de usted, lo siento, señora.
Ally le pasó una taza llena de café.
—Hiciste un trabajo.
—Profesora Hughes, aclaremos las cosas...
—No me llames así.
—No quiero ni un centavo.
Cogió el talón y lo partió por la mitad, luego lo volvió a dejar.
—Acordamos ocho pavos la hora.
—Siete.
—Siete.
—Eso sería, ¿cuánto? ¿Cuarenta y dos pavos? En este cheque pone quinientos.
—Pero... tal vez necesites una cama o una bici. O comida.
—Ayer no vine aquí a trabajar.
—No, de acuerdo, pero entonces, Jake, me haces sentir como si estuviera pagando por sexo. No mezclemos las cosas.
—Quería hacer algo por ti. Quería estar cerca de ti. El cerrojo, la cama... todo era una excusa. —Jake tragó saliva y se inclinó sobre el plato—. ¡Demonios, estos huevos están de bandera! —La miró—. ¿Hay alguna cosa en ti que no sea maravillosa?
—Casi todas. —Se apoyó en el mostrador para verle comer—. ¿Y por qué dejas los estudios? ¿Qué pasa?
Jake siguió devorando.
—No me gusta la gente.
—¿Amigos?

—Más bien no.
—¿Novia?
—No. ¿Estaría aquí sentado? Nada de colegialas.
—¿Qué problema hay con las colegialas?
Levantó la vista del plato y tragó, sosteniendo un bocado de huevo en la punta del tenedor.
—Lo mejor de las colegialas: al cabo de diez años ya no estarán estudiando y tal vez tengan algo interesante que decir.
Un poco de yema goteó por su barbilla. Cogió la servilleta y se la limpió.
—Eso no es justo —alegó Ally—. Las chicas de mi clase tienen mucho que decir.
—Sobre sus polvos del fin de semana, y si me niego a ver *Cinco en familia* también tienen mucho que opinar.
Ally sonrió.
—Si quiero ver un partido de béisbol dudo que tú te lo tomes como algo personal. Y el sexo es mejor con mujeres adultas.
—¿En serio?
—Ni comparación —contestó él—. Las mujeres mayores son más tratables. No se sienten todas unas princesas. No actúan. Como siempre dice mi hermano, el del Zen: Las mujeres mayores son sabias, y la sabiduría hace mejor a la persona. Un hombre mejor hace feliz a la mujer. Mujer feliz, mejor hombre.
—Eso es teoría.
—Todos saldríamos ganando.
Jake sonrió.
—No lo creo. No pienso que la edad aporte inteligencia.
—De acuerdo, Ally, tú eres la doctora. Eres un genio —replicó él con sequedad.
Ella pasó por alto el comentario.
—De todos modos, si continuaras en Brown, por el tema del dinero, seguro que la universidad tiene algún tipo de fondo.
—No quiero continuar y no quiero tu cheque. —Tragó el último huevo, se puso en pie y levantó su plato—. ¿Dónde está la basura?
—Yo lo haré. —Estiró el brazo—. Tenemos trituradora.
—Lo haré yo —insistió Jake apartándola con el codo. Se fue hasta

el fregadero, cogió una esponja y echó las migas por el desagüe. Limpió el plato y lo secó también—. No eres mi madre. Pásame la sartén.

Ally se volvió y retiró la sartén de los fogones.

—No me limpies las cosas. Nunca, por favor.

—¿Oh? —respondió ella y echó el agua de la sartén—. Pensaba que después de tener relaciones tendría que limpiarte los platos y recoger tus calcetines...

Retiró las cáscaras de naranja del mostrador y las echó al fregadero, luego se fue al frigorífico.

Jake dejó de secar.

—No ha sido sexo. Ha sido... yo estaba haciendo el amor.

Ella abrió el frigorífico y lo volvió a cerrar, pues se le olvidó lo que quería sacar.

—¿No lo sentías?

Ally se volvió y permaneció quieta sin responder. Jake cogió la sartén y la limpió. Ella le miró:

—Quería darte algo. Un detalle de despedida y buena suerte. Eso es todo.

—No quiero tu pasta. Y no me voy todavía.

La profesora se apoyó en el mostrador y se pasó los dedos por el pelo. Estaba cansada, sólo habían dormido un par de horas.

Jake cerró el grifo, dejó la sartén y se fue hasta ella. Le puso las manos en la cintura, clavó los dedos en su piel y la mantuvo quieta. Luego la besó una vez en cada mejilla y una en el centro de la frente, con delicadeza, como si fuera una muchacha.

—Por favor —dijo ella entornando los ojos.

Entonces él ladeó la cabeza, se inclinó y le dio un beso en toda la boca. Encontró con la mano derecha la nuca, con la izquierda su trasero, y se fundió en un profundo beso húmedo que sabía a tostada y café. Delicioso.

Ally abrió los ojos.

—Oh, no. ¿Qué voy a hacer contigo?

—Lo que quieras.

—Tengo que corregir nueve trabajos. Para el lunes a las diez.

—Pues venga —dijo Jake apartándose para regresar al fregadero. Cogió la esponja—. Yo acabaré. Cambiaré las sábanas. Espabila.

—No cambies la cama.
—Tú a trabajar. Ya me vendré a despedir antes de marcharme.
Ally le estudió sin moverse.
Quería que se quedara. Le encantaba verle ahí tan a gusto en su casa. No tenía que hacer de anfitriona, él encajaba a la perfección, sin sus indicaciones y sin su permiso. Era como si llevara años viviendo allí.
—Estaré en esa... la tercera habitación. Donde están las cajas. Ahí es donde trabajo.
Jake asintió.

—¿Te he despertado?

Estaba empapado, apestaba a whisky y a ropa caliente mojada. Permanecía en el umbral.

—Jake, son las dos de la...

—Lo sé, lo siento.

Había hecho una parada en la cervecería de la calle Henry y se había metido chupitos de Johnie Walker Gold, uno tras otro, uno tras otro.

Para cuando pagó y encontró de nuevo la calle Cranberry, el cielo de agosto estaba descargando otra vez. Diluviaba.

—Lo lamento. He visto las luces encendidas. Me... me dejé, lo siento, me dejé algo aquí.

—Cierto —dijo Ally volviéndose. Cogió el fular, el sombrero y las gafas y le pasó el bulto—. ¿Dónde está Lizzie?

—En un club, con Weather.

Ella le miró un momento.

—De acuerdo, ¿lo sabe? ¿Sabe lo nuestro?

—No. No, te lo juro.

—Mejor te buscamos una toalla. Entra, entra. —Retrocedió y abrió el armario—. Tengo que contárselo. Eso ya lo sabes, ¿no?

Sacó una toalla playera de un estante.

Jake se quedó mirando las gafas y la gorra.

—Sí, lo sé. Sé que debes hacerlo.

—¿Lo sabías con antelación? ¿Que te encontrarías conmigo?

Le dio la toalla.

—Sí —admitió, cogiendo la toalla y echándosela al hombro.

—Pero mi hija pensará que fue una sorpresa para ambos. No es que pudiéramos decírselo antes, en la cena, con Ted, ¿verdad?

—Correcto —dijo y dio un puñetazo en la gorra. Se la ajustó moviéndola adelante y atrás y luego cerró los ojos un largo momento.

—¿Has estado bebiendo?
—Tengo un asunto para el que preciso tu ayuda.
Se inclinó hasta el otro lado del umbral.
—¿Podrías secarte? Vas a dejarme todo el...
—Lo siento —respondió mirándose los pies.
La toalla ni la tocó, no se secó. Miró escaleras arriba. Se habían encontrado antes en esta misma situación, al pie de la escalera.
—Así, ¿no hay nadie más aquí? He dejado esto antes... y me he quedado por Brooklyn para poder consultarte sobre este asunto mío. —Le flaquearon las rodillas pero se agarró y se enderezó—. Es que... he escrito un guion. Cosas que hacemos los actores. A veces.
—¿Un guion?
—De cine. Estoy intentando conseguir que este director lo lleve a la pantalla, este tal Marty, y necesito tu ayuda.
Ally hizo una pausa.
—¿Cuánto has bebido?
Jake sacudió la cabeza.
—Hicimos una parada... no sé, en algún lugar. Charlamos y luego ella se marchó y, en fin, aquí estoy otra vez, y confío en que puedas ayudarme. Por eso he vuelto.
—¿Por el guion?
—Por eso he vuelto. —Miró las Ray-Bans. Miró el fular—. Llevo fulares en verano. —Lo contempló—: Ése soy yo ahora, Ally, en eso me he convertido.
—Jake.
—Aprendí a escribir por mi cuenta —dijo—. ¿Lo recuerdas?
Metió la mano en el bolsillo y sacó el libro, la edición rústica que le había regalado ella diez años atrás. Elementos estilísticos.
—Oh —dijo mientras él se lo tendía.
El lomo estaba partido, la portada rota, las páginas deterioradas y dobladas. Pasó a la primera página. El nombre de ella estaba garabateado. No podía creerlo.
—Mi guion es sobre... el incendio sobre el que nos hablaste, en Mujeres y trabajo. El incendio de la fábrica Triangle.
Ally asintió y le devolvió el libro. Sí, recordaba el incendio de Triangle. Ella se lo había enseñado.

En 1911, en Nueva York, unas adolescentes habían muerto asfixiadas, algunas quemadas, otras al saltar por la ventana a causa del incendio en una fábrica. Las que sobrevivieron cambiaron el curso de los derechos de las obreras.

—Nadie quiere comprar el guión. ¿Sabes por qué?

—¿Por qué? —preguntó Ally—. ¿Por el estilo, tal vez? ¿Es demasiado largo?

—Bien, se supone que debe tener noventa y ocho páginas.

—¿Y?

—Tiene trescientas. Pero no es por eso, es porque lo protagonizan chicas... que no se someten. No enseñan el culo. No hay tetas ni lenguas... No enseñan nada. Y en Hollywood a nadie le importa una mierda. Porque las chicas van vestidas. Faldas largas, cuellos cerrados.

—Qué lástima.

—No lo capté entonces en clase. Pero ahora estoy en el SAG, ya sabes, el sindicato, y todas esas chicas... Ally, ellas lo empezaron todo, los derechos de los obreros, por lo tanto pensé que si tú hablaras con Marty...

—¿Yo?

—Estará en una fiesta el miércoles por la noche, yo tengo que ir. Te obligan a asistir, la gente de relaciones públicas. Las marcas de alcohol ponen dinero, pero... Marty estará ahí. ¿Y quién sabe más de mujeres que tú? Convéncele para que ruede la película. Ally, por favor. ¿Por nosotros?

Ella le estudió.

—¿Convencerle yo? —dijo. ¿Qué estaba diciendo?—. ¿Quieres que yo convenza a un tipo para que haga...

Jake tenía aquel aspecto tan vehemente, tan sincero, tan borracho.

—Mierda —dijo él entonces. Bajó la cabeza y se quedó quieto—. Oh, Dios.

Miró a izquierda y derecha.

—¿Qué pasa? ¿Qué es?

Él se dio media vuelta y abrió la puerta. Se lanzó bajo el diluvio, bajó la escalinata de la entrada y vomitó en la acera inferior.

Ally, que había dado un paso tras él, se encogió.

Abajo en la acera, él volvió a vomitar.

—Mierda —maldijo en voz baja, luego vomitó una tercera vez.

Ella bajó por los escalones para ayudar. Permaneció en pie unos segundos bajo la fuerte lluvia y le puso los dedos en la espalda. Jake se quedó en cuclillas, esperando, esperando.

—¿Qué has bebido?

No contestó.

—Ya está. He terminado —dijo por fin—. No queda nada. —Escupió y se incorporó—. Eso era tu maravillosa tarta de chocolate, y el pollo y la pasta... Lo lamento.

Ella intentó no sonreír. Era un encanto incluso cuando vomitaba.

—¿Quieres un poco de agua?

Jake asintió y se quedó mirando sus senos. Podía verlos bajo la luz de la farola. Levantó la cabeza y sonrió:

—Me alegro de verte.

Ally bajó la vista y se percató de que la camiseta estaba empapada por la lluvia, dejando entrever todo. Se tapó el pecho.

—Entra.

Subieron la escalinata y entraron.

Después de que Jake se enjuagara y escupiera, después de que ella se pusiera un jersey, él la siguió al cuarto de la segunda planta que empleaba como estudio.

—Lo siento —repitió él—. Es como si... igual me desmayo.

—No pasa nada. Duérmela.

—¿Ally?

—¿Qué?

—Lamento haber permitido que me mandaras entonces, yo era... más débil en aquellos tiempos.

No dijo nada. No estaba segura de haber oído bien. Señaló el sofá.

—Duerme ahí —dijo.

Jake se sentó en el sofá sin decir nada, con la cabeza baja.

—Con la ropa mojada, no. Vas a dejarlo todo...

—Lo lamento —respondió y se estiró, aún con la cabeza gacha. Se sacó la camiseta y la echó al suelo. Se levantó para bajarse la cremallera de los vaqueros.

—Secaré tus cosas. —Cogió la camiseta e hizo todo lo posible por concentrarse en la ropa, en el suelo, en cualquier cosa menos en su piel desnuda.

Él se bajó los vaqueros llevándose los calzoncillos con ellos.

—¡Uy, lo siento!

Ally se volvió e intentó no reírse. ¡Ahí estaba ese pene!

—Quédate con la ropa interior. Está seca.

Se subió los calzoncillos, se derrumbó sobre el sofá y cerró los ojos. Ella se dio la vuelta y cogió los vaqueros del suelo.

—Todos quieren a Noah... y nadie quiere a Jake... —murmuró cerrando los ojos.

Ally cogió una manta de la parte posterior del sofá y se la echó con delicadeza sobre el cuerpo. Jake permaneció quieto y se desmayó, se quedó dormido.

Siguió en pie ahí y le estudió un momento. Sus mejillas talladas, la curva de los labios, la línea del mentón, las pestañas espesas.

Aún le cortaba la respiración. Podría quedarse observando su cara por siempre, pensó.

Señora Robinson. Ésa era ella. Qué lata.

Suspiró como una colegiala, salió para hacer café y permaneció despierta el resto de la noche.

Abajo en la cocina, abrió el portátil y googleó Jake en su identidad de Noah Bean.

Ahí estaba, por todas partes, tal y como había dicho Lizzie. Cientos de artículos, cientos de fotos: en la alfombra roja, de traje, en pantalones deportivos, esmoquin, camiseta. Details, GQ, pósters de películas. Sonriendo, sonriéndose, riéndose, posando.

¿Cómo era posible que no hubiera reparado en él? Lizzie tenía razón: era una ludita.

Diez minutos después, sintiendo que hacía algo malo y un poco turbio, dejó la búsqueda. ¿Y si se despertaba y se presentaba ahí? Mejor dejar este tipo de cosas para su hija, era su terreno.

O lo había sido. Fue la propia Lizzie quien, ya en sexto grado, cambió a su Nancy Drew por autores como Lee Child y Vince Flynn, y empezó a pasar las noches en algún lugar de la red, charlando en un lenguaje desconocido para ella: discutiendo sobre la ética del bloqueo de spam, sobre ciertos hackers de sombrero negro, robos de identidad, trolls, heisenbugs...

Ally había descubierto esa careta de aspecto peculiar, la máscara de Guy Fawkes colgada en la habitación de su hija, en el poste de la cama. Con barra de labios, había garabateado en el espejo, las palabras «ARRIBA LOS ANONS».

—¿Qué es un anon? —le preguntó una noche durante la cena.

Su hija alzó la vista de su ensalada de judías.

—Un anon —explicó— es un miembro de un grupo anarquista. Parte de un cerebro activista global.

Ally se quedó parada.

—No sé... no sé qué quiere decir eso. ¿Es un club? ¿Un club *online*?

—Puede considerarse así, claro —respondió su hija cogiendo con el tenedor las hojas de lechuga una a una.

—¿De qué otra forma podría considerarlo?

Ally entrecerró los ojos como solía hacer cuando sabía que Lizzie mentía por omisión.

—Son obsesos de la informática que gastan bromas. Pero sólo a gente que se lo merece, ¿vale?

Estudió a su hija treceañera y su barbilla moteada de espinillas. No le gustaban las bromas.

En enero, cinco años después, Lizzie había llamado a su madre llorando. Quería pasar unos días lejos de Durham. Necesitaba venir a casa. Un amigo suyo se había ahorcado justo ahí en Brooklyn, y estaba abatida.

La madre descubrió que el talentoso joven también se dedicaba a la piratería informática. Había accedido a algunos archivos *online* del MIT y se enfrentaba a una pena de cárcel —treinta y cinco años— y una multa de un millón de dólares...

Lizzie le adoraba. Era su héroe.

Entonces la joven abandonó la vida *online* y centró su atención en el arte dramático, presentándose a unas pruebas del Duke aquella primavera.

No le dieron ningún papel en *Bat Boy: The Musical* ni en *Otelo*, pero cosió trajes y pintó escenarios, y ese verano vino a casa transformada: se acabaron las noches levantada hasta las tantas observando el resplandor de la pantalla Dell. En vez de eso se iba a la cama a las once y se levantaba a las seis para correr quince kilómetros. Retiró la máscara de Guy Fawkes.

Ally no sabía qué pensar de todo aquel cambio, si considerarlo un alivio o no.

¿Hollywood? ¿Actuar? ¿Después de especializarse en relaciones internacionales? ¿Después de haber querido crear un mundo libre?

Cuando Jake despertó, encontró su camiseta y los vaqueros secos y calientes doblados en la mesa junto al sofá. Halló a Ally abajo en la cocina, se disculpó y le dio las gracias. Salió de la cocina en dirección a la puerta de entrada.

—Nada de operaciones de nariz —dijo ella—. No puede retocársela. —Ahora le tenía a solas y sobrio—. Necesita un hombre, un hombre mayor, ni tú ni Ted, que le diga que es guapa tal y como es. Ese tal Marty, a quien quieres que conozca, podría servir. Habla de él. ¿Es un tipo importante? ¿Podría influir en mi hija?

—Sí, desde luego —respondió Jake asintiendo.

—Es la cuestión del padre, ya sabes. Se siente insegura, a cierto nivel.

—Pues entonces ven a la fiesta y conseguiré que Marty hable con Lizzie, sobre su nariz. ¿Trato?

—Trato. —Abrió el cerrojo—. ¿Puedo traer a Ted?

—No.

—¿Por qué no?

—Porque no.

—Espera —protestó Ally—. Es un inversor. Tal vez...

—Ted, no.

—¿Por qué no?

—Porque soy yo quien te invita a salir.

Ally tomó aliento y levantó la cabeza haciéndola girar en círculo.

—¡Jake! ¡Estás saliendo con mi hija!

—¿Qué? ¡No es cierto!
—¡Ella cree que sí!
—¡Ni siquiera le gusto!
—¡Sí! ¡Claro que sí!
—Me considera un muermo. Lizzie es una tía divertida y necesita a alguien divertido, como, no sé, James Franco.
—¿Quién?
—Nadie. No importa. Mira, cuando adiviné quién era, ahí acabó la cosa. Fui yo quien montó esta cena. No le he tocado un pelo jamás. Piensa que soy gay. Ayer mismo me preguntó si era gay. No estamos saliendo juntos.
—Sea como sea, tengo que contárselo.
—¡No me importa! ¡Cuéntaselo! ¡Yo se lo voy a contar! ¿Y sabes que hará? Reírse. Es maravillosa, es una chica maravillosa. Yo no salgo con chicas.
Ally lo consideró.
—No sé.
—Hagamos una apuesta. Si lo encuentra divertido, y así será, vienes a la fiesta. Me voy de Nueva York el viernes por la noche.
—De acuerdo —respondió—. Los dos se lo contamos, y si se lo toma bien, si no se lleva un disgusto, voy a la fiesta.
—Bien. Y Marty dirá que le encanta su nariz. A Marty le encanta, igual que a mí. A todos nos encanta.
—Pero no puedo salir contigo. Ya estoy… liada.
—¿Dónde está tu anillo?
¿Su anillo?
—Vendré con Ted.
—Ted se queda en casa. Esta vez vamos a hacer las cosas a mi manera.
Ally hizo una mueca.
—Jack, ¿sabes que ya he cumplido, cuarenta y uno?
—Gracias por dejarme dormir aquí, por el café, la cena. ¿Estás preparada?
—¿Para qué? —preguntó mosqueada.
Jake se puso la gorra y se bajó la visera, luego se puso las gafas oscuras. Abrió la puerta de par en par. Ally soltó un jadeo.

Afuera en la acera, apareció una multitud de paparazzi. Los flashes destellaron. Todos aullaron al unísono.
—¡Noah! ¡Noah, por aquí!
Ally dio un paso hacia atrás y Jake cerró la puerta.
—Enviaré un coche el miércoles. A las once.
Estaba confundida.
—¿A las once de la mañana?
Él sonrió.
—No, a las once de la noche. Es cuando empieza la fiesta, profesora.

𝒩ueve trabajos finales se encontraban sobre la otomana. Acomodada en una silla, con un boli rojo en la mano, Ally empezó a leerlos. ¿Cuál primero? No estaba segura: ¿«Nin, la gran escritora menor»? ¿«Anaïs y el hombre joven»? ¿«Nin y el narcisista»? ¿«Mentiras y relaciones»?

No se decidía. Rodeada de cajas, trabajaba en esta habitación que usaba como trastero. Había descubierto algunas prendas de la infancia hacía poco, vestidos de Navidad y zapatos de charol. Un abrigo de terciopelo rojo en una caja, esperando a que Lizzie se lo probara. Tal vez le fuera bien, pensó mirando la prenda. Su hija con diez años era más alta que ella a los doce.

Debería estar corrigiendo.

¿Por qué no lo hacía? Ese abrigo le recordó a su primer beso. Su primer beso de verdad.

Su amigo Chase Fenton había salido del foyer para ayudar a su madre con algo en el piso superior. Ally estaba en pie, en primera posición de ballet, practicando pliés, esperando a Claire.

Mirando sus zapatos de charol, decidió que era demasiado mayor para calzar merceditas. ¡Trece! se mofó, ¿y aún con hebillas? Claire tenía que comprarle pronto un par nuevo. Sin tiritas. Tenía que hacerlo.

El padre de Chase, el señor Fenton, salió dando un traspiés del tocador, cantando contento. Algún villancico. La vio, se ajustó la corbata, se metió los faldones de la camisa y se encaminó tambaleante hacia ella. Parecía aturdido.

—¿Te vas, Ally?

—Sí, señor Fenton.

El abrigo de terciopelo rojo colgaba de su brazo.

—¿Dónde está tu madre?

—No sé. —Miró en dirección a la cocina—. ¿Despidiéndose?

—Bien —dijo y se acercó tambaleante—. Me alegro de verte, cielo. De verdad. Deberíamos verte más.

Tendió los brazos y la rodeó para estrecharla en un abrazo. Luego se apartó un poco y le dio un beso, separándole los labios con la lengua. Ally estaba atónita.

Esperaba un beso. Estaba segura de que Chase le daría las buenas noches con un beso, si encontraban un momento a solas. Habían hablado de ello en la clase de matemáticas. Le había mandado un nota: «Nos damos un beso. Esta noche».

Pero fue el señor Fenton quien la besó en la fiesta de Navidad. No Chase. La besó, se apartó a trompicones y se olvidó un minuto después.

Ally se acordaba. Su primer beso. Su primer beso con lengua. Su primer beso con lengua y con una pareja mayor, un ejecutivo de Goldman Sachs.

Cuando regresó a casa se quitó los zapatos y se los dio a Claire.

—Se acabó —dijo—. Ya soy mayor para esto. —Se fue corriendo escaleras arriba y llamó a Anna—. ¡Puaj! —dijo riéndose—. ¡Toda su lengua!

Aún notaba el sabor de la ginebra.

Ally levantó un momento la vista del abrigo rojo. Oyó el sonido de la cortadora de césped. O eso pensaba. Le llegaba el olor a hierba recién cortada. Alguien... alguien estaba cortando el césped. ¿Jake? Se levantó a mirar.

En el patio posterior, Jake aminoró la marcha y apagó el motor cuando su profesora salió andando por el suave césped verde.

—¿Qué estás haciendo? —preguntó riéndose.

—¿Qué te parece?

—¡Jake!

—¿Qué? —Se secó la frente cubierta de sudor. Hacía un día inusualmente cálido para finales de mayo, más de treinta grados. Jake estaba descalzo, en vaqueros y con el torso desnudo. Se había quitado la camisa—. Quiero hacer esto.

—Pero ¿por qué?

—Te hace falta. Esta casa, este patio... necesita un repaso. Quiero cortar todo esto situado cerca de la puerta. Será más seguro. ¿Y quizás una luz con detector de movimiento? ¿Lo has pensado alguna vez?

No parecía contento con el estado del patio.

—Gracias —respondió Ally—. ¿De verdad?

—¿Por qué no? Así es como funcionan los chicos Bean.

Ella no pudo hacer otra cosa que sonreír. ¿Cómo podía discutirle?

—Los preámbulos empiezan cortando el césped.

—¿Los preámbulos? —dijo—. ¡Pensaba que te ibas!

—Sacando la basura. Abriendo la puerta. Bajando la tapa sin que te lo pidan. Tratando a tu dama como la reina que es.

—¿Tu dama? ¿Soy tu dama?

—Mía por el momento. Propiedad total. Todos mis hermanos están felizmente casados. Les funciona. ¿No te suena bien?

Ally se encogió de hombros.

—No sé, Jake. ¿Y yo qué sé? Mira mi vida.

Él sonrió.

—Mira, doblas las toallas en tres partes. Eso es clase. Nosotros doblamos las toallas por la mitad en nuestra casa. Tú lo haces genial.

Ally se rió y le estudió.

¿Por qué se sentía como si le conociera desde hacía años?

—Esa verja y esos eslabones, los que salen por ahí… —Señaló la valla de tela metálica que bordeaba el patio—. Quiero arreglarla. Haré mi trabajo mientras tú haces el tuyo. Nos veremos en la ducha de aquí a hora y media.

Ally se quedó ahí en pie, brazos en jarras.

—O sea, ¿se supone que tengo que ir arriba, leer sobre Gore Vidal y Henry Miller mientras tú estás desnudo y sudando? ¡Por favor!

—Puedes hacerlo —dijo Jake en tono de burla—. Creo en ti. Vamos.

Ella miró la cortadora.

—No deberías empujar eso descalzo por ahí. Podrías perder un dedo.

—Podrías perderlo tú —replicó Jake.

Tirando del cordón, puso en marcha las cuchillas.

—¿Te acostaste con mi madre? —preguntó Lizzie conmocionada. Miró al vacío con los ojos muy abiertos, intentando analizar y archivar aquella confesión—. ¿Tú y mi madre llegasteis a mantener relaciones sexuales?

Era martes por la mañana. Estaban sentados en la barra de Bubby's en TriBeCa.

Jake rodeaba con los dedos una taza de café y comía galletas de un cesto. Con su fuerte resaca, asintió a Lizzie. La gente de Grey Goose le había pagado por asistir a una fiesta, empezaba a las doce y acababa a las cinco. Ahora eran las diez y cogía con las manos la taza como si aquel gesto pudiera impedir que él se esfumara por el aire.

—¡Por eso me ha llamado! —exclamó Lizzie—. ¡Ayer me llamó un centenar de veces!

—¿Puedes bajar la voz? —pidió Jake con amabilidad.

Tenía un dolor de cabeza brutal.

—Lo siento, pero ¡es demasiado increíble!

Lizzie estaba encantada.

—Hazle una llamada, quiere charlar contigo.

—No puedo creer que no me diera ni cuenta.

—¿Qué?

—Tuvo que haber pistas... —Su mente repasaba acelerada la noche del sábado: la llegada de Jake, la reacción de Ally. Entonces se acordó—. ¡Salió corriendo! ¡Cuando os encontrasteis! ¡Cuando os disteis la mano!

—¿Qué? —dijo Jake mordiendo una galleta grasienta.

—¡Salió disparada hacia el piso de arriba! ¡Alucinó! No puedo creerlo... ¿Tan estúpida soy?

—Ésa es... ¿tu reacción? —preguntó mientras masticaba el bocado mantecoso. Dejó la galleta y cogió la taza—. ¿Eso es lo que te preocupa? Que por algún motivo no...

Lizzie sólo medio escuchaba. Excitada, cogió el bolso de encima de la barra para sacar el móvil.

—Espera, entonces, ¿lo sabe? —preguntó distraída.

—¿Sabe qué?

—¿Que me lo estás contando ahora?

—Sí.

—¿Habéis hablado?

—Así es.

Sacudió la cabeza. Era demasiado genial.

Escribió un mensaje a Weather con las puntas de los dedos volando sobre la pantalla táctil.

—A Weather le va a encantar esto... —Bajó el teléfono sobre la barra revestida de cobre y volvió la atención a Jake—. No puedo creer que se follara a un alumno.

—¿Follar? —Jake se encogió y dejó la taza en la barra—. No fue follar.

—¡Pero eras su alumno! ¡Qué pillina es!

—No, no lo es. —Apartó la vista e indicó al camarero que le volviera a llenar la taza—. Pero ¿estás bien? ¿No estás enfadada?

Lizzie comprobó el teléfono. No podía dejar de sonreír.

—¿Enfadada? No, quiero decir, es brutal.

—¿Por qué es brutal?

—Porque es mi madre. ¿Tengo que explicarme?

Se bajó del taburete.

—Es tu madre, pero es una mujer.

—Déjate de bromas. ¿Puedes pagarme el zumo? Tengo un asunto, tengo que salir disparada.

—Claro, pero... está la segunda parte.

—¡Oh, Weather! —gritó Lizzie y cogió el teléfono para enseñarle el mensaje a él—. Weather ha contestado «Mamá malota!» —Lizzie hacía volar los dedos para responder—. Weather adora tanto a mi mamá. Está enamorada de ella...

Jake aprovechó la oportunidad:

—Yo también —dijo.

Lizzie alzó la vista y sonrió sin dejar de darle a las teclas. No le oía.

Lo dijo más alto.

—También yo estoy enamorado de tu madre.
Esta vez sí le oyó y alzó la vista avergonzada, con gesto tímido. La risa desapareció de sus ojos.
Jake, una vez más, agarraba la taza como si rezara.
Lizzie paró de teclear y dejó otra vez el móvil sobre la barra. Luego lo pensó mejor, lo cogió y lo guardó otra vez en el bolso. Se sentó de nuevo en el taburete y se quedó ahí con el ceño fruncido. Movió un brazalete por su muñeca. Al final se volvió y dijo.
—¿No sabías que éramos familia hasta que la viste?
Sonaba dolida.
—Exacto —respondió Jake—. Fue una sorpresa para los dos.
Lizzie asintió con la cabeza:
—¿Esa es tu versión?
—¿Mi versión? —Alzando las cejas, meneó la cabeza—. No lo tenía preparado.
Lizzie entrecerró los ojos. No le creía.
—Pero sabías el apellido. Sabías lo de Providence.
—Fue diez años antes. —Jake se encogió de hombros y la miró con los ojos muy abiertos, por encima de la taza—. La llamabas mamá.
Lizzie le estudió.
—Ya sabes —empezó— que sólo porque actúes, más o menos bien, delante de la cámara... eso no quiere decir que...
—¿Qué? ¿Qué? ¿Qué debo decir para que me creas?
—Primero deja de tartamudear —soltó condescendiente—. Y segundo, no puedes decir nada. Sé que estás mintiendo. No te sorprendiste al estrecharle la mano.
—Venga, estaba...
—Déjalo —dijo convincente, cortándole—. Déjalo, es insultante. ¿Te crees que soy imbécil? Me adelantaron de curso dos veces y acabé el instituto a los dieciséis. Terminé Duke en tres años. Mi coeficiente intelectual es superior al del noventa y nueve por ciento de la población. ¿Quieres que siga?
Jake no abrió la boca.
Lizzie continuó:
—Me eché en tus brazos... durante un mes. Me ofrecí a pasar la noche contigo, en tu hotel, durante tres semanas. Por favor. Me has

utilizado para llegar a mi madre. Admítelo. Deja de mentir y compórtate como un hombre. Admítelo. Sé la verdad. No hay necesidad de...

—¡Bien! —estalló—. ¡Estaba enamorado de ella hace diez años! Pensaba que seguía estándolo, pero no me sentía seguro del todo, ¡y lo estoy! ¡Tienes razón! ¡Lo hice! ¡Mentí! ¡Lo siento!

Lizzie se inclinó sobre el bar y sonrió. Eso era todo. Quería su confesión. Quería ganar y lo había conseguido. Ahí estaba.

—Bien —dijo perdonándole al instante—. De hecho, todo tiene sentido.

—¿El qué tiene sentido? —preguntó él con amargura.

—Tú y mi madre. Los dos sois guapos. Los dos sois llorones.

—¿Qué? Yo no...

—Los dos tenéis esa cosa con la sinceridad, que es tan Nick Drake, tan fastidiosa. Sois cariñosos. Los dos sois unos mentirosos de mierda.

—Es cierto —reconoció Jake.

—¡De hecho tal vez seáis perfectos el uno para el otro! —se rió Lizzie—. ¿Sería tan raro?

Jake la estudió durante un momento, recordando el fin de semana en Providence.

—¿Sabes? Tú y yo nos conocimos cuando tenías diez años.

—¿De verdad? —Vaya mañana llena de sorpresas—. No paras de poner mi mundo patas arriba.

—Tu madre me contrató para montar una litera. Para tu cumpleaños.

—¿Tú montaste la litera?

Jake sonrió.

—Sí, fui yo. —Sorbió el café—. Vaya, no os parecéis nada.

—Sí, nos parecemos. —Lizzie volvió a bajar del taburete—. Nadie lo cree porque soy alta y preciosa y ella es baja y, ya sabes...

—¿Qué? ¿Guapa? ¿Lista? ¿Sexy?

—Ajá. ¿Lo ves? Te he dicho que nos parecemos. —Metió la mano en el bolso y sacó el móvil—. Tengo una prueba, me voy disparada.

Volvió a teclear a Weather. Tenían que encontrarse.

—¿Para qué?

—Una de esas cosas de chica webcam, pero no se lo digas a mi madre. —Se inclinó y dio un último sorbo al zumo—. Espera. Habéis hablado los dos. ¿Te quiere ella? ¿Mi madre?

—No. A ella todavía no se lo he confesado. —Jake se enderezó—. ¿Chica webcam, como...?
—¿Te quiere ella? ¿Crees que te quiere?
—No lo sé.
Buscó la cartera dentro del bolso.
—Tengo que salir ya. ¿Pagas el desayuno?
—Sí, déjalo, pero, Lizzie, espera. ¿Qué clase de chica webcam?
—La única clase. —Se echó el bolso por encima del hombro—. Deberías confesárselo, a ver que contesta.
—¿Como una... chica de webcam erótica?
—Sólo es una prueba, y viene Weather.
—¿Por qué ibas a... hacer eso?
—Para pagarme la nueva nariz.
—Espera. ¿Podemos... hablar? ¿Antes de que te vayas? ¿De todo esto?
—No. Llego tarde. —Se inclinó y le dio un beso en la mejilla. Salió volando por la rampa—. ¡Todas esas pistas! —gritó desde la otra punta—. ¡Me encanta esta vida!

Abrió la puerta de un empujón.

Jake, inquieto, hizo un gesto al camarero para que trajera la cuenta. Buscó en su bolsa, sacó el móvil y llamó a Ally.

Ally y Jake se quedaron mirando el techo. El vapor se elevaba de la bañera sonrojando sus mejillas.

Estaban ambos desnudos en el baño caliente, Ally estirada encima de Jake, con la espalda contra su pecho y la cabeza apoyada en su hombro.

Él le pasaba una pequeña barra de jabón sobre el cuerpo como si hiciera una Ouija.

—¿Crees que te casarás algún día? —preguntó mientras describía círculos sobre su vientre con la diminuta barra rosa.

—Oh, santo cielo —dijo ella cerrando los ojos, deleitándose con la suave caricia—. No tengo tiempo para citas, mucho menos para casarme…

—¿Por qué no? —preguntó cambiando de mano el jabón para moverlo sobre el pecho izquierdo.

Describió más círculos, luego lo bajó otra vez y lo pasó sobre la cintura, cogiéndolo de nuevo con los dedos de la mano derecha.

—Logística —dijo—. Gano setenta mil al año… cincuenta tras descontar impuestos… estoy sola… La universidad saldrá por, no sé, treinta y cinco al año, para cuando vaya Lizzie… No puedo permitirme una niñera.

Jake consideró todo esto.

—Si no sales, ¿cómo vas a conocer a alguien?

—Es imposible —respondió ella sin autocompasión—. Pero no pasa nada. Tengo un plan…

—Cuéntame —dijo, pasando el jabón por el breve trayecto en diagonal que separa la pierna del principio del torso. La línea del bikini de Ally, si la tuviera.

Ella dio un respingo de placer y cerró los ojos.

—Oh, santo cielo, eso parece…

—¿Cuál es tu plan? Quiero saber ese plan.

La profesora sonrió.
—¿Estás seguro?
—Sí. ¿Cuál es el plan?
Volvió con el jabón a su vientre.
Ally transigió.
—Cuando Lizzie acabe el colegio... y esté viviendo por su cuenta como alguien responsable... voy a buscarme un amante al estilo francés.
—¿Francés? —preguntó molesto porque él no era francés. Era irlandés e italiano y polaco. Americano—. ¿Por qué tiene que ser francés?
—No, he dicho al estilo francés —corrigió—. Lo cual significa quererse mucho y que él me mantenga, pero sin estar casados.
Jake hizo una pausa. Miró hacia la pared, a las baldosas.
—¿Tu plan es buscar un viejales ricachón?
—No —insistió—. Un amante. Estamos enamorados. Todo es civilizado, somos mayorcitos y cariñosos. Sólo que ya estamos demasiado mayores como para...
—¿Eres su fulana?
—¡No! —Ella se rió—. Está locamente enamorado. Lo está, de mí. Está demasiado ocupado para ciertos convencionalismos y heteronormativas...
—¿Heteronormativas? ¿Te refieres, digamos que... al matrimonio? ¿Está demasiado ocupado para casarse contigo o qué? —Jake se estaba burlando—. ¿Éste es el plan de la feminista más radical de Brown?
Entre risas, Ally se inclinó hacia delante y apoyó el trasero entre las piernas del escultural cuerpo de Jake. Se estiró para abrir otra vez el grifo. El agua se estaba enfriando y la quería caliente.
—Entonces, ¿cómo funciona con ese chulo tuyo?
Ally hizo una mueca, dobló las rodillas y dejó el jabón sobre el borde de la bañera.
—Bien —explicó—. Todas las semanas envía un coche con su chófer a buscarme para llevarme a un hotel de cinco estrellas. Donde quiera que él se encuentre. A veces Nueva York. A veces el chófer me lleva al aeropuerto y me entrega un billete.
—¿Y?
—En el hotel, me registro y voy a la habitación. Pero aún no está ahí. Nunca está.

—¿Por qué no? ¿Dónde está?
—Está ocupado.
—¿Tan ocupado? ¿Después de haber hecho tú todo el viaje?
—Sí. Pero la cama está cubierta de regalos.
—¿Regalos?
—Bolsas de compras llenas de ropa interior, bombones, zapatos...
Jake sacudió la cabeza.
—Voy a llamar a Meer. El lunes a primera hora. Ally Hughes no es una feminista.
Ella se levantó.
—Eso mismo. Y Meer te dará la razón: Ally no es marxista. No es feminista. Un término que significa algo distinto para cada persona. Y Meer es la orgullosa posfeminista porque según dice tiene esa actitud «positiva» en cuanto al sexo. Otro término que me saca de quicio, porque implica que si detesto el porno, mi actitud es negativa. Y no lo es.
—Eso es obvio.
—También dice, me acusa, de ser tercera ola más que segunda. Dice que he secundado alguna postura crítica que corresponde más a la segunda ola. Y digo yo, si tiene que definirme, etiquetarme, lo que sea, entonces mejor que me llame feminista-retro-esencial-madre-con-tendencias-primera-ola.
Jake sonrió.
—Parece que he tocado un tema delicado.
Ally se relajó otra vez en el agua.
—Lo siento. Pero las construcciones de Meer, esas torres de marfil, me ponen... no sé cómo. Hay muchísima gente alimentando y vistiendo a las niñas, protegiendo a las mujeres... sin ser fiel a Meer ni al movimiento de nadie.
Jake se inclinó hacia delante y apoyó las manos en sus muslos, acariciándolos con el agua jabonosa.
—¿Volvemos al hotel?
—Claro. —Pero luego se incorporó. No pudo contenerse—. Meer me sacó de Económicas. Pensaba que yo era exacta a ella, punto por punto. Pero no lo soy, por lo tanto ahora soy su gran error, una decepción enorme, porque creo en el perverso libre mercado. Capitalismo. Así que ahora quiere darme la patada y dejarme en la cuneta.

—¿Quién iba a patear un trasero tan bonito?
—Meer —replicó y volvió a relajarse.
—Respira —dijo Jake—. No está aquí.
—Lo sé.
—Respira.
—De acuerdo, o sea, que me emperifollo, con ligas y todo eso.
—Bien. Mejor.
—Encaje. —Sonrió y apoyó la cabeza en la pared, a un lado del grifo—. Por fin llega. —Estiró las piernas por encima de Jake—. Comemos, nos ponemos al día y luego él me echa sobre la cama y follamos durante horas.
Jake pareció celoso por un momento.
—Luego me despierto y ya no está. Me encuentro sola.
—¿Sin despedidas?
—Es por la mañana. ¡Tenía que irse! Y ahí se acaba.
Jake entornó los ojos.
—Así que me quedo en la cama, me dedico a ver *Today* en la tele, tomo café...
—Tiene que casarse contigo.
—Me doy un baño en la piscina del hotel...
—Entre todas esas cosas sobre la cama, tantos regalos, una de esas cosas debería ser un anillo.
Ally sonrió.
—Un anillo de diamantes. Llámame pasado de moda —continuó él.
—Entra el botones, coge mi equipaje...
—El anillo, Ally.
—¿Por qué, Jake? ¿Por qué el anillo?
—Para ir en serio.
—¿Con el anillo va en serio?
—Es el comienzo de algo serio.
Ally se sonrió.
—Luego voy a casa y vuelta a empezar, cada varias semanas en todas esas ciudades por todo el mundo. París, Londres, Roma, Londres...
Se inclinó hacia delante, se puso de rodillas y estiró el cuerpo para colocarse encima de él. Muslos sobre sus muslos. Vientre sobre su vientre. Caderas sobre sus caderas.

—Vaya mierda de plan —replicó él, y Ally le besó—. Tonterías elegantes y un tipo que te ve sólo ¿dos veces al mes?
—Lo sé —dijo—. Me avergüenzo.
No se avergonzaba en absoluto.
La mirada lasciva de Jake se desplazó detrás de ella y descansó en un cubo ubicado junto a su pie. Contenía criaturas marinas de vinilo, ranas, peces, caracoles, junto a unas gafas de piscina y un frasco de champú No More Tears. Empujó con el pie para que se precipitara por el borde de la bañera.
—¡Epa! —Ally se volvió con sorpresa—. ¡Has hecho eso a posta!
—Ajá —sonrió.
Encontraron sus miradas mientras él le agarraba el trasero. Ella notó su erección, crecía rápido, iba tan deprisa que en cuestión de segundos estuvo enorme, inflamada, oprimiendo la parte interior de su muslo.
Habían hecho el amor ya dos veces en la bañera y él ¿la deseaba otra vez? Se sentía halagada, avergonzada, complacida.
Jake le retiró un mechón de pelo de la mejilla y se lo colocó detrás de la oreja.
Ella le estudió también. Los ojos azules oscuros. La curva de sus labios carnosos en forma de corazón y el rojo brillante y descarnado por las constantes lamidas de ella. Sus pestañas espesas y húmedas.
Nunca antes había hecho el amor a la luz del día. Podía verle con suma claridad, cada poro, cada cicatriz, cada peca.
Pero ya debía ser mediodía. Tenía muchísimo que hacer, aparte de poner nota a los trabajos.
—Jake —dijo con amabilidad—, me encantaría tantísimo...
Estudió su rostro sonrosado y cubierto de humedad.
—Pero ¿debemos salir de la bañera y continuar con la jornada?
Ally asintió y sonrió apenada.

—¿Chica webcam? ¿Cámara qué? ¿Qué es eso?

Ally estaba de pie al lado del mostrador de la cocina cortando cebollas para la pieza de carne del cuarto trasero que quería preparar. Necesitaba algo sabroso para el paladar aquella mañana, comida jugosa, caliente y para untar pan, a la que echar el diente, masticar y tragar. Había triplicado el vino y el azúcar moreno y hecho la ternera a fuego lento, lentísimo, durante seis largas horas, hasta dejarla tan tierna que prácticamente se fundía en la boca.

—Disponen una cámara y la gente se conecta con una contraseña para ver en directo —explicó Jake con las gafas puestas y la gorra baja. Caminaba en dirección norte por la Quinta Avenida, abriéndose paso entre turistas mientras volvía al St. Regis.

—¿Es en directo? —preguntó Ally cortando y sosteniendo el teléfono con el hombro.

—Sí —dijo.

—¿Qué hacen?

—La gente paga dinero por, ya sabes, mirar.

—¿Mirar qué?

—Y por decir a las chicas... lo que hacer.

Ally dejó de cortar y bajó el cuchillo.

—¿Estás de guasa?

—Por eso llamo.

—Digamos que ¿cosas sexuales? ¿Desnudos?

—Las chicas se levantan y se ponen a bailar. Algunas se enrollan entre sí.

—¿Y queda grabado?

—Puede ser —dijo Jake.

Se hizo un silencio. Ella se volvió y miró por la cocina. ¿Qué le estaba pasando a esta niña? ¿En qué pensaba Lizzie?

—¿Ha empezado... ha empezado ya esto?

—Ha dicho que hoy tenía una prueba. Va esta mañana con Weather.
Ally se volvió y salió de la cocina furiosa.
—Esa Weather. Esa chica… siempre sale con las cosas más raras. Tendrías que verla.
No habló mientras salía al vestíbulo y subía las escaleras hasta el tercer piso.
Jake no estaba seguro de si le había colgado o no.
—¿Sigues ahí?
—Sí, estoy aquí.
—¿Te encuentras bien?
—No.
—¿Puedo hacer algo? ¿Quieres que venga?
—No vas a encontrarme. Voy al centro. A buscarla y encerrarla.
Ally entró en el vestidor y miró a su alrededor. Encontró un par de vaqueros y se los puso encima de la ropa interior.
—Dile que te lo he contado. Me pidió que no hablara, pero no me importa.
—Gracias —contestó subiéndose la cremallera.
—Pensaba que era preferible…
—Sí, gracias. Has hecho bien en llamar. ¿Cómo os ha ido? ¿Se ha enfadado?
—Hemos quedado tan amigos.
—Tenemos una norma. Le llamo tres veces y me devuelve la llamada. Está rompiendo esa norma, y es inquebrantable. Está pasando de mí.
—Sólo se rió; te dije que se lo tomaría a risa.
—Bien —dijo Ally, pero no servía de alivio—. ¿Vas a verla en el rodaje?
—No, ya ha acabado, ya ha grabado su frase. Pero puedo hacerle una llamada.
—Por favor, y dile que me llame. Por favor.
—Claro —respondió—. Lo siento.
—¿Jake? —preguntó en tono lastimero— ¿Por qué iba a hacer algo así? ¿Lo dijo?
—Quiere operarse.
Ally cerró los ojos con angustia.

Minutos más tarde en la calle Cranberry, Ally ya vestida bajaba las escaleras y cogía el bolso y las llaves de la mesa. Sacó el paraguas del armario. Cuando iba a abrir la puerta sonó el timbre.

El repartidor de UPS se hallaba en la escalinata de entrada.

—Buenos días, Ally.

—Buenos días, Frank.

Sorprendida, firmó cuando le entregó una caja que no esperaba. Dio las gracias a Frank, metió el paquete dentro y lo dejó en el suelo al pie de las escaleras.

Echó un vistazo apresurado a la pequeña etiqueta blanca colocada en el extremo izquierdo superior para ver quién lo había enviado. ¿La Perla?

Luego se levantó enderezándose como una flecha. Tenía que ser un regalo, pero ¿de Ted? Tomó aliento con una rápida inspiración.

¿Ted?

¿O Jake? O Jake.

𝒯ras los tres primeros años sin sexo, Ally decidió que no tener sexo aportaba cierta clase especial de emoción. Tal vez no tan ampliamente reconocida o ensalzada, al menos en América, ni en ningún otro lugar del mundo para el caso. Pero el celibato, elegido o no, no estaba debidamente valorado. Por desgracia era así, estaba segura. Estaba convencida de que los monjes contaban con su propia clase de alegría, su placer espiritual, sensual incluso, incomprendido por la gente que disfrutaba del sexo.

—Es la clase de placer que te lleva de vuelta a cuando tienes diez años —explicó a Anna un día por teléfono—. Antes de que la pubertad se te suba a la cabeza. ¿Te acuerdas? ¿Cuando la vida se reducía a dibujos animados matinales? ¿A acurrucarte con tu muñeca? ¿Cuando tenías ocho años?

—De hecho —explicó Anna— toda la idea del período latente de la infancia intermedia, toda esa mierda freudiana, está desacreditada. La infancia intermedia también es sexual. O algo así.

Anna estaba estudiando psiquiatría.

—No hablo de Freud —replicó Ally—. Hablo del placer de estar descalza en primavera, de ir en bici. Rodajas de manzana. Todos esos baños con burbujas. Me refiero a hacer galletas, cacao en invierno, limonada en verano...

—No creo que tuviéramos la misma infancia —dijo Anna.

Pasó por alto ese comentario.

—Me refiero a que el placer tenía que ver con alguna otra cosa. Era diferente, seguro, pero comparable, ¿vale? ¿Comparable al sexo? Sólo diferente. ¿Vale?

—Creo que necesitas que te echen un polvo, Ally.

𝒮abía que era ridículo hacerse la recatada ahora. Ahora que se habían enrollado dos veces en la bañera con la luz deslumbrante de la mañana.

Pero no pudo evitarlo.

No era la clase de mujer que andaba desnuda delante de todo el mundo, ni siquiera del hombre al que había visto cada centímetro del cuerpo a la luz del día.

Se vistió deprisa y se cepilló el pelo, pensando en todo lo que tenía que hacer: los exámenes, las notas listas para el lunes. El lunes a mediodía. Tenía que comprar plátanos. La cesta de la colada estaba a tope y necesitaba lejía para la ropa blanca. También había prometido ir en coche a la tienda de juguetes de época en Connecticut y comprar allí soldaditos para el trabajo de Lizzie. El diorama tenía que estar listo el martes. El martes era el cumpleaños de Lizzie. Necesitaba vainilla para hacer la tarta. Debía apuntar a su hija a la escuela de verano.

—¿Puedo ir contigo? —preguntó Jake saliendo del baño, rosa y limpio, subiéndose la cremallera de los vaqueros.

—¿Adónde?

—A Mystic, allí vas, ¿no?

La profesora se detuvo, con aspecto preocupado.

Por mucho que disfrutara con Jake, Lizzie iba a volver al día siguiente. Domingo por la mañana. Sí, eso quería decir que tenían veinticuatro horas, pero todo el asunto tenía que acabar en algún momento. Él no podía quedarse a pasar otra noche. ¿O sí?

¿Podía él?

¿Quería él?

Eso dejaría muy poco margen.

Pero otra parte de Ally, una parte anhelante, quería que él se quedara, que se quedara, que se quedara. Bajó la vista al calcetín de Jake en el suelo. Quería que ese calcetín se quedara ahí para siempre. En su suelo. Junto a su cama. Nunca se quejaría de ese calcetín.

—Jake —dijo con amabilidad, rogando en cierto modo, volviéndose hacia él.

—¿Qué? Dilo. ¿Que ya nos hemos divertido bastante?

—No es eso lo que iba a...

—¿No quieres que vaya contigo a Connecticut?

Sí, claro que quería, pero...

—Vamos a comer algo —propuso él.

—¿Y si... qué pasa si alguien nos ve?

Jake cogió su camisa de botones. No encontraba la camiseta.

—¿En una tiendita fuera del estado?

Metió el brazo por la prenda.

Ally dejó el cepillo y miró la cama, las sábanas arrugadas y la manta deshilachada. Luego miró a Jake mientras se abotonaba la camisa. Si le mandaba a casa ahora, ¿volvería a verle? ¿Alguna vez? No.

—Vamos —dijo subiéndose las mangas—. Comeremos ostras y mantequilla casera. —Se pasó los dedos por la densa cabellera húmeda—. Hace un día precioso.

Se volvió y empezó a hacer la cama.

—No tienes que hacer...

Cruzó hasta donde se encontraba él.

—Sí tengo que hacerlo.

Cuando ella se acercó, subieron la sábana encimera juntos, luego la manta. Jake empezó a meterlas bajo el colchón.

Entonces Ally se quedó parada. Le sorprendió lo fácil que era hacer la cama con otra persona. Era una faena para dos, hacer la cama. Es un trabajo para dos personas, esta vida.

—No suelo meterla.

Él alzó la vista.

—¿Por qué no?

—¿Para qué meterla si vas a sacarla mientras duermes?

Jake agarró las almohadas, se las arrojó y ella las colocó bien.

—¿Sabes? —dijo él cogiendo sus deportivas—. Es divertido escapar de tu vida durante una hora, pero es más divertido hacerlo con un amigo.

Lizzie había confeccionado su atuendo en casa de Weather. Se hallaban delante del espejo del baño.

Estaba satisfecha. Los tirabuzones marrones le llegaban hasta la cintura. Unas largas uñas rojas postizas alargaban sus dedos. Las lentillas de color la dotaban de ojos azules. Con precisión dibujó dos marcas de nacimiento falsas, una en la espalda y otra en su vientre, con rímel impermeable. Y ambas llevaban tacones de aguja, pantalones cortos y camisetas blancas de tirantes.

—A este tipo de camiseta, de macho de pelo en pecho —comentó Lizzie mientras observaba a las dos en el reflejo— le llaman «maltratador».

—No parecemos mujeres maltratadas —respondió Weather—. Parecemos fulanas.

Lizzie se volvió hacia ella con una sonrisa:

—Perfecto.

Ally cogió el tren a Fourteenth. Caminó ocho manzanas con un calor bochornoso hasta el edificio de Lizzie.

Dio al interfono una y otra vez sin mucha esperanza, luego cogió el móvil y buscó un lugar para sentarse y esperar.

Encontró al otro lado de la calle una escalinata de entrada con una sombra bajo un andamiaje de madera azul. Desde allí podía mirar en dirección este y oeste de la manzana. Vería a su hija de inmediato si regresaba a casa.

—Ya te he dejado mensajes. No has hecho ni caso —empezó—. Y tenemos un trato. Tres llamadas… y me contestas. Tres llamadas. Y ya voy por la vigésima o así. Dos días. Estoy mosqueada.

Lo dejó ahí.

Miró al otro lado de la calle, al edificio de Lizzie y se preguntó por qué vivían cada una por su cuenta y solas.

¿No era lo que se llevaba este milenio: chavales con los estudios acabados viviendo en casa de sus padres? Lizzie podría tener un planta entera en su casa de la calle Cranberry.
Ally se sintió mal. Debería haberlo propuesto antes; lo haría ahora de todos modos. Volvió a llamar a su hija.
—Por cierto, estoy sentada en la calle, en el exterior de tu edificio, y me pregunto por qué pagas alquiler si no es necesario. Sé que necesitas tu libertad..., pero parece tan tonto. Es algo de lo más americano. Insistir en vivir por tu cuenta. ¿Vale? Llámame.

*L*izzie no hizo caso a la llamada de su madre. Se subieron al tren para ir a Brooklyn, bajaron en Carroll y se fueron andando a Red Hook.
Al otro lado de la Tercera Avenida, más abajo del canal Gowanus, encontraron el edificio. Sólo parecía haber vida en la planta baja, con una terminal de limusinas y una tiendita que vendía piezas para radiadores. Fishman tenía alquiladas las dos plantas superiores, la novena y la décima, con catorce despachos dentro de cada una. El resto del edificio estaba sin alquilar, acumulando polvo.
Buscaron la entrada durante quince minutos y al final la encontraron a la vuelta de la manzana, donde esperaba Fishman.
Pantalones caquis, polo, sin calcetines, bronceado, parecía recién salido del bus turístico, y tal vez fuera así.
—¡Encantado de conoceros! —saludó a viva voz—. ¡Un placer! —Les estrechó la mano—. ¿Quién de las dos es Jenny?
—Yo —dijo Lizzie—. Ésta es Weather.
—Genial —dijo Fishman—. Ted es como un hermano. Teddy es genial.
—Sí —respondió la chica—. Sí, sí, lo es.

*E*n el piso noveno, fueron andando por los pasillos relucientes y serpenteantes.
—El edificio es de 1901. Era una fábrica. Azúcar, dijeron. Una azucarera. —Fishman las guiaba pasando por una puerta tras otra, todas

ellas cerradas. La música llegaba hasta el corredor—. Trabajáis en el mismo estudio. La habitación es vuestra, veinticuatro horas, siete días a la semana, excepto de una a tres de la madrugada cuando vienen los de la limpieza. Sin cargos —dijo, se volvió y sonrió.

Las dos chicas le devolvieron la sonrisa.

Lizzie oyó entonces la canción «Putin Zassal» procedente del interior de una habitación. La reconoció:

—¡Pussy Riot! ¡El grupo ruso! ¡Mola!

Fishman frunció el ceño.

—Pero lo ruso no es nuestro estilo. Se lo recordaré a ésa.

—¿Tenéis algún estilo? —preguntó Lizzie curiosa.

Ted no había mencionado eso.

Él se explicó.

Hacía seis años, había financiado personalmente un estudio de mercado sobre «Hábitos porno en Internet a escala mundial». El estudio hacía búsquedas en la red zona por zona, luego por países en todo el mundo.

Con los resultados él y su socio decidieron concentrarse en Europa Occidental, en Bélgica concretamente.

Según el estudio, los belgas, dijo, entraban en internet buscando chicas americanas. También los franceses. Decidieron por tanto venderles un tipo a medida.

—Las modelos que trabajan aquí tienen que parecer de Estados Unidos.

—¿Qué quiere decir eso? —preguntó Lizzie.

—Estudiantes americanas. Inocentes, pero putillas. Inexpertas, pero con ganas.

Las chicas asintieron. Entendían.

Estos websites, explicó, cobraban cinco pavos el minuto, dólares americanos, por las sesiones en vivo.

—Cuatrocientos mil clientes al día —alardeó Fishman—. Nuestras modelos reciben una tarifa plana por minuto del cincuenta por ciento, más propinas. ¡Cincuenta por ciento! —dijo con una sonrisa—. Algunas hacen cuatrocientos pavos en una hora.

No tenía que decir más. No explicó que había instalado cámaras ocultas en cada estudio.

O que grababan las sesiones de principio a fin, desde cuatro ángulos diferentes, primeros planos y medios.

Los cientos de horas de metraje digital, metraje de desnudos, editadas y combinadas en cortos de diez minutos se recopilaban y vendían como series, éste era su secreto.

No explicó que *American Girls* —volúmenes uno, dos y tres— había aportado a sus inversores, incluido Ted, millones de dólares.

Finalmente Fishman había logrado el éxito.

En vez de explicar todo eso las llevó hasta la zona común.

—Es gratis para todos los que trabajan aquí.

Abrió los armarios para enseñar las cajas de chuches, barritas dietéticas, aperitivos. Había una mesita junto a la ventana rodeada con tres sillas de los años cincuenta.

—En el frigo hay refrescos. Lo mantenemos bastante bien surtido. El microondas está ahí. —Indicó y luego se volvió—. ¿Preguntas?

Las chicas negaron con la cabeza.

Al final del pasillo estaba la oficina de pagos. Cuando entraron, Josh estaba tecleando. Tenía veintidós años y llevaba una gorra negra de béisbol vuelta hacia atrás.

—Esa bruja, la de antes, levantó treinta, ya ves. —No reparó en Lizzie y Weather en el umbral—. Los michelines de grasa no son curvas, vieja bruja.

—Ya basta, Josh. Tenemos invitadas. —Fishman abrió el maletín de cuero y sacó el teléfono—. Mis disculpas por Josh. Por aquí, señoritas.

Sorprendido, Josh se volvió y miró a las chicas mientras Fishman las volvía a acompañar por el pasillo.

—Sólo necesito las fotos. De espaldas, de perfil, de frente —explicó Fishman mientras seguían andando—. Como ya he dicho antes, por favor no os quitéis la ropa interior. —Abrió la puerta de una habitación vacía y las guió hasta dentro—. Estaré esperando aquí fuera. Llamad cuando estéis listas.

En la habitación, las chicas miraron a su alrededor. Estaba vacía a excepción de una silla plegable.

—Qué capullo, ese informático —dijo Lizzie.

—Me ha parecido guay.
Weather se quitó la camiseta.
—Toda esa mierda de querer ir de Eminem. Por favor.
—Esto es divertido. —Weather soltó una risita y se bajó los pantalones cortos.
—Esto es muy cutre —contestó Lizzie, levantándose la camiseta para sacársela. Dejaron la ropa sobre la silla. Lizzie miró hacia la puerta—. ¿Estamos seguras de querer hacer esto?
—¿Por qué? ¿Qué problema hay?
—No sé. Aquí estamos, desnudas.
—¿Qué pensabas? Tengo bañadores que dejan ver más que esto.
—Lo sé, vale. Y entonces, ¿por qué estoy flipando?
—¡Tentempiés gratis!
—Exacto. Todo pagado. Por ahora.
Se rieron. Weather se movió hacia la puerta y abrió una rendija.
—Listas —dijo.
En el pasillo, Fishman estaba tecleando en el móvil. Alzó la vista, entró en la habitación y cerró la puerta.
Durante los siguientes minutos, las chicas posaron poniendo morritos, con los párpados caídos, y Fishman las fotografió con el iPhone: clic, clic, clic.
—Dadme todo vuestro cariñito.
De frente, de perfil y de espaldas. Y eso fue todo.
Eso fue la prueba.
—Gracias. Tengo a mi socio con un crío enfermo. Hoy se queda en casa. Dejadme que le envíe un mensaje con las fotos y tendremos la respuesta en cinco minutos. Gracias, chicas.
—Gracias —respondieron al unísono las dos.
—¡Chispa! —dijo Lizzie, y ambas pidieron un deseo.
Fishman se sonrió.

Al otro lado del río, un poco más al norte, Ally acababa de comprar un gran café helado en La Follia, en la Tercera. La Tercera de Manhattan. Eran ya las tres, pero el sol quedaba al sur, bloqueado por el edificio cuya entrada había ocupado.

—La cuestión es ésta —empezó otra vez, dirigiéndose al buzón de voz de Lizzie—: dime que no está mal lo que tú estás haciendo. Al menos discutamos. —Su mirada flotó por la calle hasta la ventana de su hija, cuatro pisos más arriba. Había hortensias en el alféizar—. Desnúdate, no pasa nada. Siente que tienes poder. Sólo que hay otras personas para quienes esto sí es un problema. Ciertas personas lo ven mal. De aquí a veinte años tendrás mi edad, y tal vez ese poder se haya debilitado. Pongamos que hay sequía en el trabajo. De actriz, digamos. O que quieres dejarlo. ¡Adiós al cine! ¡Hola, filantropía! ¡Hola, enseñanza! —Haces solicitudes para trabajos, y de algún modo... Este jefe, esa jefa, todos saben que tú, Lizzie Hughes, licenciada por Duke, licenciada por Julliard, esperemos, esa Lizzie de hecho fue en su día una trabajadora sexual... Así las llaman, por cierto. Igual que camarera o monitora de campamentos o dependienta de heladería. Elizabeth Hughes: Trabajadora sexual. —Ally tomó aliento e hizo una pausa—. En fin —dijo antes de continuar—: que todos te rechazan por este trabajo de cuando tenías veinte años. Esa fase. Fotos, vídeo, lo que sea. Está ahí, grabado, para siempre.

Una voz pregrabada la interrumpió:
—Ha alcanzado el tiempo máximo.
—¿Ah sí?
Miró el teléfono, confundida.
—Para enviar un mensaje, marque uno —siguió la voz.
—Espera, ¿uno? —Dijo y apretó uno.
—Para escuchar el mensaje, marque dos.
Ally dio cuatro veces más al uno.
—Enviar, enviar, quiero enviar.
—Para volver a grabar un mensaje, marque tres —dijo la voz.
—¡No, por favor, espera! ¡Estoy marcando uno! ¡Estoy marcando uno! ¡Esto es importante!
—Para más opciones, marque cuatro. Para cancelar, pulse inicio...
No funcionó.
—Lo lamento —dijo la voz—. Por favor, inténtelo otra vez.
—Pero, ¡espera!
—Adiós.
De alguna manera el mensaje fue enviado a pesar de todo.

Cogieron el Chevy de Jake, que conducía él. Partieron hacia el sur por la I-95 con el sol de la tarde.

Ally bajó la ventanilla y echó la cabeza hacia atrás. Se sacó los zapatos y apoyó los pies descalzos en la guantera.

—¡Qué maravilla!
—¿Qué?
—¡No tener que conducir!
—¿Qué quieres decir?
—¡Ir en el asiento del pasajero! ¡Qué delicia!

Jake sonrió y la miró.

—¡Díselo a las mujeres de Arabia Saudí!

Ally sonrió.

—¡Yo siempre conduzco! ¡Estoy harta! Nunca me toca no conducir. Es como un sueño...

Cerró los ojos.

El asiento del copiloto parecía una bendición tras una década conduciendo, siempre conduciendo.

Se relajó disfrutando del asiento de cuero, de la velocidad, sintiendo el movimiento del coche, sintiendo el sol y el viento en la cara mientras cogían velocidad.

Qué sensación tan fantástica. Qué extraño y maravilloso, ir en coche sin la responsabilidad de conducirlo, sin la tensión de proteger a Lizzie y a Claire mientras iba al volante.

Jake la llevaba a dar una vuelta.

Se rindió por completo.

Él puso la radio. Los Sox jugaban con los Mariners otra vez. Pero Wakefield había cedido cinco carreras completas antes de la cuarta entrada. Jake estaba enfadado.

—¡Mierda! —dijo dando un golpe en el volante.

Ally abrió los ojos.

—¿Estás bien?
Negó con la cabeza.
Ella escuchó la radio unos minutos:
—Los hombres y el béisbol. Explícamelo. ¿A qué tanta obsesión?
—Esto no es béisbol.
—¿Ah no?
—Esto son los Sox.
—Ah…, pero los Sox son un equipo de béisbol, ¿no?
—Sí, pero… no tiene que ver con el béisbol. No tiene que ver con ganar ni con fichajes estratosféricos. No tiene que ver con la agresividad de los esteroides ni con la designación de bateadores ni nada de eso…
—Entonces, ¿con qué tiene que ver?
—Esperanza.
—¿Esperanza? —dijo Ally encontrándole más encantador que nunca.
Jack le dirigió un vistazo y se explicó.
—Esto es un equipo… Es una ciudad que pierde sin parar. Cada año. Cada año, nos acercamos y perdemos. Digamos que, es lo que somos. —Miró al frente, a la autopista otra vez—. Boston no puede ganar, es lo que la gente piensa. Perdemos porque estamos malditos. La maldición del Bambino. Pero no es así. —Miró a Ally—. Sabemos que no, sabemos que algún día los Sox ganarán otra vez la Serie. Y cuando lo hagan, después de esperar tanto, será maravilloso por la larga espera. Porque tuvimos paciencia. Porque confiamos y creímos que podríamos lograrlo.
Subió el volumen.
Ally consideró sus palabras.
¿Qué estaba diciendo?
Si los Red Sox podían hacerlo, librarse de la maldición, si los Sox lo lograban, entonces cualquiera podía.
Pensó en Claire, y en su sentencia: «Ningún hombre bueno se casará ahora contigo». Alzó la vista al cielo azul báltico y las nubes arremolinadas. «Ningún hombre bueno te querrá ahora, con una criatura, no».
Claire se equivocaba, decidió entonces Ally en aquel mismo instante. Pensó en los Sox y estudió la hierba que crecía superando la línea divisoria que separaba la autopista al norte y al sur. Las blancas flores

de la cicutaria, vueltas hacia ellos, reivindicando su derecho a florecer, a estirarse pese a la trampa de la interestatal.

¿Ningún hombre bueno? ¿Y Jake qué era?

Los Sox podían ganar. Los Sox ganarían.

En el Soldado de Plomo, la tienda en el lado sur de Mystic, ella quiso regatear con el encargado.

—¿Treinta y cuatro con noventa y nueve? —se quejó.

—No puedo rebajarlo más —contestó Francis, el propietario. Tenía ochenta años—. Fíjese en los detalles. —Sostuvo el diminuto soldado de plomo—. Pantalones con polainas. Los zapatos con botones. El mosquete de cañón largo.

Ally se volvió y miró a Jake. Luego se volvió otra vez hacia Francis.

—No sé si Hale participó en el combate. ¿O sí?

—Todos ellos tenían que llevar mosquetes, —Francis no cedió, irritado—. Era una guerra terrestre. ¿Sabe algo de guerras terrestres?

—No —respondió ella. Pensaba que era un hombre agradable—. De acuerdo. Puede que sea Hale. Me quedaré con Hale y George Washington, y los juegos del Sexto Regimiento Británico. Los cuatro.

—Y el mueble —añadió Jake.

—Y el mueble para la maqueta —dijo Ally asintiendo—. Por favor.

—De acuerdo. —Francis se volvió a la vitrina. La abrió, sacó a George Washington del estante y luego estiró el brazo para alcanzar el juego de soldados británicos que iba en una caja—. El Washington también es treinta y cuatro noventa y nueve.

—De acuerdo —dijo Ally pese a no estar conforme.

Sabía que luego lamentaría gastar tanto.

Francis se fue entonces hacia la parte delantera para pasar por caja. Ally le siguió, pero Jake la cogió del brazo, tiró de ella hacia atrás y la besó.

—Bien hecho —dijo.

Sonrió.

—Los hombres mayores como él... me dan ganas de hacer travesuras. No puedo explicarlo. Me entran ganas de cometer algún delito.

Ally sonrió. La tienda estaba vacía. Nadie les vería besándose en la parte trasera, a oscuras, rodeados de siniestros juguetes antiguos.

Hacía años que Ally no se besaba en público. Ni siquiera en algún tipo de espacio público privado.

De pronto estaban pegados, besándose y toqueteándose. Jake la acorraló contra la vitrina y le subió el vestido tapándose él la cintura. Bajo aquel vestido de tirantes, a cubierto, se bajó la cremallera y se la sacó, erecta y lista. Encontró sus bragas, las apartó y la penetró levantándola del suelo.

—¿Aquí? ¿Aquí? —susurró Ally, encantada y sorprendida—. ¿Qué estás haciendo?

—Me lo hago contigo.

Y así era.

Una hora después, sentados a una mesa de picnic, lamían sus cuencos de guiso de almeja de Nueva Inglaterra. Mientras Ally comía, estudiaba a Jake. Pensó en él vendiendo cocaína. Entre rejas. ¿Qué había en el riesgo, en portarse mal, que hacía que una mujer se sintiera tan bien? ¿Miedo? ¿Adrenalina? Se sentía tan viva. Aquella simple sopa, las almejas sedosas, el beicon y las patatas, las cantidades enormes de cebolla reducida a fuego lento... todo sabía mejor en ese momento, pensó, mejor que cualquier sopa del mundo. El aire marino olía fresco. Los pájaros cantaban. La gente se reía. Era el día más bonito del año y Mystic era la ciudad más encantadora.

Oh, y Jake el hombre vivo más sexy.

Después de comer, pasearon junto al parque, de la mano, y decidieron aprovechar el rato para practicar un poco como bateadores.

Jake sacó el macuto de la camioneta, dio a Ally un bate y sacó un guante para él.

Lanzaron y atraparon y se besaron durante una hora. Jake le enseñó a agarrar el bate para hacer su lanzamiento curvo deslizante, consiguiendo un doble que casi lo deja a él sin cabeza.

—*Sé* qué deberíamos hacer esta noche —dijo él conduciendo de regreso—. Tengo una gran idea.

—¿Esta noche? —dijo Ally—. ¿Qué hay de mis...? Tengo que corregir.
Él la miró y sonrió.
—¿Alguna vez te has metido en un juego de rol?
—¿Juego de rol? No. Espera, ¿qué quieres decir?
—Fingir que eres otra persona en tus relaciones sexuales.
Ally entornó los ojos.
—Mi vida sexual ha sido un poco... domesticada.
Él la observó un instante.
—He estado yendo a clases de teatro, el semestre pasado. Actuar mola. ¿Quieres intentarlo? ¿El juego de rol?
—Creo que no —respondió ella, aunque estaba intrigada.
—Genial —dijo él fingiendo que no le hacía caso—. Mi idea es ésta: nos dirigimos en coche a algún sitio. Alejado. New Hampshire. La provincia de Cabo Cod. Buscamos un bar. Nos pedimos unas cervezas...
—Alto. Los dos no podemos beber, uno de nosotros ha de conducir.
—De acuerdo, entonces tú bebes. Yo conduciré. Tú pides unas cervezas y yo finjo ser otra persona, tú finges ser otra persona... y nos volvemos a conocer por primera vez.
—Eso suena extraño.
—Fingimos ser desconocidos y yo intento ligar contigo.
—¿Qué sentido tiene todo esto?
—No tiene sentido, es sólo diversión. ¿Te acuerdas de qué significa divertirse? Esta cosa que hace que te sientas bien.
—No, creo que no me acuerdo —dijo fingiendo intentar recordar.
—Yo puedo ser el vigilante de la prisión, y te puedo trincar. O soy el doctor y tú la enfermera. Tú puedes ser la doctora, yo el paciente. Yo puedo ser un chulo y tú puedes hacer...
Ally interrumpió:
—¡Puaj! Eso no es divertido.
—Lo que sea. Tú eliges.
Ally le miró.
—No sé. Detesto tener que seguir diciendo lo mismo, pero tengo muchísimas cosas que hacer.

—Tienes que salir de tu vida por un minuto, ser otra persona.
—Vale, pero me gusta mi vida. Me gusta quién soy.
—De acuerdo —respondió él—. Sólo era una idea. —Se quedó callado, con la vista fija al frente—. No puedo comprarte un billete de avión, Ally, o mandar un coche a buscarte.

Ally se volvió.
—Jake, por favor, estaba de broma.
—No puedo darte Europa ni hoteles de cinco estrellas.
—Por favor...
—Pero puedo... darte un respiro. Unas pequeñas vacaciones en tu vida.

Ella pensó en sus palabras. Qué amable era, y además tenía razón: necesitaba una tregua.
—Ya lo has hecho —le dijo—. Esto ha sido maravilloso. —Entonces sonó el móvil, desde el fondo de su bolso situado a sus pies. Lo agarró a gatas, lo sacó pensando en Lizzie—. Meer —dijo al ver el número.
—No lo cojas.
—No voy a cogerlo —replicó—. ¿Por qué me llama en fin de semana?

Los árboles a lo largo de la I-95 florecían cargados de hojas con el verde claro del final de la primavera. Llenaban la nada por millones, el vacío del invierno entre las ramas, creando una sombra para el próximo verano.

También Ally se sentía como si despertara tras una gélida hibernación.

¿O más bien había estado escondida? ¿Había estado ocultándose?

Jake le puso la mano en lo alto de la pierna, cubriendo su muslo otra vez, estirando los dedos para rodearla. Parecía molesto. El final de curso tal vez, pensó ella. Toda esta incertidumbre. Tantos cambios.

Entrelazó sus dedos, incapaz de resistirse a sus manos encallecidas; esas manos fuertes y extremidades voluminosas, el vello áspero; su amplia espalda y cintura cincelada; el espacio tras su oreja, a lo largo del perfil del cuello. La clavícula. La manera en que sus ojos se iluminaban cuando sonreía. La manera en que se sonrojaba. Sus enormes grupos musculares, tan poco familiares, irresistibles...

Y por todo eso accedió a quedarse en la I-95 y pasar de largo la salida de Providence.

Rodearon la ciudad y se dirigieron al este hacia la Route 25, en dirección a Cabo Cod, mientras se ponía el sol.

—Cielo, es sólo cuestión de elegir —explicó Ally aún sentada en la escalinata de entrada—. ¿Qué puedo decir? Es mi punto de vista. Estoy segura de que para ti ahora parece insignificante…, pero nuestras decisiones son como piezas de dominó, unas apoyadas en otras. Si una cae, las demás van detrás…

Ally estudió el edificio de pisos de alquiler, la entrada en forma de arco con un mural de jirafas y el árbol bonsái. ¿Por qué jirafas en la plaza Stuyvesant?, se preguntó. Qué raro era el mundo. Qué raro era Nueva York. Toda la gente que pasaba llevaba uniforme sanitario. Blusones azul oscuro, blusones verde intenso, blusones azul vivo. Todo el mundo hablaba o tecleaba en el móvil.

—Es difícil darse cuenta… cuando eres joven. Sólo has pasado un tiempo muy limitado en el planeta. Pero cuando eres mayor y puedes echar la vista atrás… ves que una cosa llevó a la otra y eso luego a algo más. —Hizo una pausa—. No es mi intención darte un sermón, locuela. Lo más probable es que a estas alturas ya hayas borrado mi mensaje. Todos los mensajes. En cualquier caso, estoy junto a tu edificio. Sigo aquí. Llámame.

Ally colgó y pensó un momento, luego marcó el 411 para buscar un número que no tenía.

—CTA —respondió la telefonista en la agencia de nuevos talentos que llevaba a Lizzie.

—Cybil Stern, por favor —preguntó Ally.

La operadora le pasó.

—Despacho de Cybil Stern.

Era la secretaria de Cybil.

—Buenas. Soy Allison Hughes, la madre de Lizzie. ¿Está Cybil?

—Sí, está aquí, señora Hughes. Un momento, por favor. —La dejó a la espera. Diez segundos después, volvió a coger el teléfono—. Pues ahora mismo se encuentra en una reunión. ¿Quiere que le conteste?

—¿Contestar?
—¿A la llamada?
—Oh, sí, por supuesto. ¿Puede indicarle que es una emergencia, por favor? ¿Que necesito hablar con ella de inmediato?
La secretaria respondió afirmativamente, Ally colgó y marcó el número de Weather.

En algún lugar en Red Hook, Weather sollozaba sin poder evitarlo.
Lizzie la consolaba como podía mientras se quitaba la peluca para meterla en el fondo del bolso.
—¿La chica americana típicamente estadounidense? ¿Joven y voluntariosa? ¿Hanna Montana antes de «Wrecking Ball», bailando con una tonada en plan Taylor Swift delante de un puñado de pervertidos? Por favor. ¿Es ése el trabajo que te hace llorar?
—¿Y qué? —sollozó Weather.
—¿Banqueros belgas meneándosela? ¿Maridos calentorros en el sur de Connecticut metiéndose en la caseta de baños con el portátil, escondiéndose de sus esposas Lululemon y de los niños llorones?
Intentaba hacer reír a Weather.
—Dijo que no trabajan para el área triestatal de Nueva York.
—¡Sí, y yo me vendo el puente de Brooklyn! ¡Puente! ¡Puente! ¡Sólo cinco centavos!
Weather se rió, pero luego su risa se transformó en más lágrimas.
—Eres igual que mamá —protestó Lizzie.
—¡Lo siento! ¡Pero duele!
Lizzie dejó de andar e hizo que Weather se detuviera.
—Espera, no sigas. Límpiate la cara. —Metió la mano en el bolso y sacó los Kleenex.
Ally los había guardado ahí en algún momento junto con tiritas, imperdibles, caramelos y un aerosol Mace...
Weather tenía los mofletes rojos y moqueaba. Cogió unos cuantos pañuelos y se limpió la cara.
—Me siento rechazada —gimió otra vez.
—¿Por unos productores porno?
—¡Qué fácil hablar! ¡A ti te han dado trabajo!

—No hablamos de Marty o de David O. Russel, ni de Spielberg.
—¡Lo sé, pero es igual! ¿Cómo van a darme un papel de actriz si no consigo ni un trabajo porno?
—¿Quién quiere un trabajo porno? ¡Nadie lo quiere!
—¡Tú sí!
—¡No! Quiero operarme la nariz. Voy a hacer esto sólo durante seis semanas, ocho a lo sumo, y ya está. ¡Venga, anímate! ¡Vamos!

Weather hizo una pelota con el Kleenex empapado y lo tiró a la acera como una mocosa malcriada. Lizzie se inclinó para cogerlo, se fue hasta la papelera y lo echó ahí. Cuando volvió regañó a su amiga:

—No tires basura.

Empezaron a andar, pero segundos después, Weather se puso a lloriquear otra vez.

—¿Crees que estoy demasiado gorda? No les gustan las gordas.
—Eres preciosa. Déjalo.
—¿Tal vez los tatuajes? Hay gente que odia los gatos.
—Te teñiste el pelo para meterte en tu papel de Oscar Wilde, ¿vale? No creo que las canas hayan ayudado demasiado.
—Oh, me había olvidado. Tienes razón —replicó Weather.

De pronto lo recordó y atrapó entre los dedos un mechón de pelo teñido de gris.

—Te envejece un poco, pero, ¡por favor! Han dejado escapar a la futura ganadora de un Óscar.
—¿Adónde vamos?

Weather se sentía mejor y miró a su alrededor. No tenía ni idea de dónde se encontraba.

—Creo que vamos en dirección a casa de mamá.

Lizzie alzó la vista para calcular dónde estaba. Buscaba un puente. Necesitaba un puente para saber dónde estaban, para encontrar el camino.

—¿Podemos hacer una parada en su casa? Igual está cocinando.
—No, no deberíamos. Escucha sus mensajes. —Se paró para buscar el móvil dentro del bolso. Estaba debajo de la peluca—: Noah me ha traicionado. Escucha y tendrás motivos para llorar en serio.

Entró en el buzón, repasó los mensajes y le pasó el teléfono.

Su amiga escuchó.

—Sólo quería añadir —empezó Ally, hacia las cuatro de la tarde— que cuando algo es sagrado, no habría que explotarlo. Compra y venta. Los niños son sagrados. La naturaleza es sagrada. Animales. Flores. Las flores son sagradas.
—¿Las flores? —dijo Weather.
Sonrió. Lizzie sonrió.
—El sexo es sagrado. No es un pecado, ésa no es la cuestión. No es nada malo. La cuestión es que es sagrado. Tu cuerpo es sagrado, Lizzie, criatura. Tal vez aún no lo sepas. Tienes veinte años y eres capaz de aprobar un examen aunque sólo hayas dormido cuatro horas. Corres quince kilómetros. Pero espera a que pase el tiempo. O mírame cuando me desmorono, tal como me pasó con la abuela. Entonces lo sabrás.
—Oh, qué triste —comentó Weather mirando a su amiga.
Lizzie asintió.
—O ponte enferma algún día o ten un bebé, es un milagro, en tu propio cuerpo. Reproducción. El sistema respiratorio. El cerebro, cariño. Sé que parece una locura, pero nosotros, como especie, no inventamos nada, nada que se aproxime ni de lejos a la belleza del cuerpo. Por lo tanto, pavonearse por ahí y menear las tetas ante un grupo de capullos... es una afrenta a cualquier persona agradecida, con sentimientos profundos... ¡Oh, mecachis, no puede ser! ¡Venga ya! ¡Acabo de pisar... maldita sea!
Weather miró a Lizzie.
—¿Ha pisado una caca de perro?
—Creo que sí —respondió Lizzie y cogió otra vez el teléfono. Las dos se rieron.
—Ya sabes que nunca podrás borrar este mensaje. Es decir, jamás.
Lizzie sonrió y asintió. Ya lo sabía. Preguntó:
—¿Puedo quedarme a dormir?
Weather asintió.
—¡No puedo creer que esté acampada ahí delante de tu casa!

*C*uando el sol empezó a ponerse, cuatro horas después, Ally se levantó y se puso a andar unos pocos bloques en dirección opuesta. Entró a buscar otro café, esta vez caliente, en Irving Farm. Luego regresó a la escalinata de la entrada y llamó a Ted. No lo cogió. Dejó un mensaje.

—En cuanto al fin de semana, Ted, soy Ally. Estoy en un momento un poco... no te lo vas a creer. ¿Alguna vez has oído hablar de webcams sexuales? Igual tú sí. Es algo de Internet. —Sintió cierta vergüenza—. Basta con decir que toda mi vida se viene abajo. Nada de Nantucket. Lo lamento. Llámame.

Se sentó en los escalones al otro lado de casa de Lizzie y dio sorbos al café durante dos horas más.

En cierto momento, una mujer y una chica pasaron andando. Una madre y una hija, pensó Ally. Intentó no mirarlas, no juzgar.

La madre, por supuesto, iba atareada tecleando en el móvil. La cría, de unos diez años, no tenía extremidades regordetas, ni volúmenes, ni caderas, no obstante llevaba minifalda, tacones, una camiseta transparente con un hombro al descubierto, carmín y colorete.

¿Dónde estaba la ropa? ¿Qué se había hecho de los forros? Ally se preguntaba cuándo se habían vuelto tan traslúcidos los tejidos.

Luego pensó: espera, ¿qué problema tienen las transparencias? Las mujeres deberían ponerse lo que les diera la gana. Por supuesto. Luego vio que la niña llevaba un libro. Oh, lee. Bien, pensó. ¡Pues claro, por supuesto que lee! ¡Mierda!

¿En qué momento se había convertido en Claire?

Al fin y al cabo también Lizzie había llevado faldas cortas, y nunca le había preocupado hasta ahora.

Eso era porque a Lizzie le iban los balones, los ordenadores y las armas. Se negaba a llevar vestidos, coleccionaba armas; docenas de sables de luz, alijos de Nerf. Jugaba con la Dreamhouse de Barbie, pero sobre todo para asediarla y sitiarla.

Nunca le preocupaba estar guapa.

Ally la recordó cuando tenía diez años o rondaba esa edad. Salió un día de la escuela de verano enfurruñada y pisando fuerte.

—Avery ha dicho...

—¿Qué ha dicho Avery?

—Que sólo puedo tener un bebé si un hombre me pone un pene... me lo mete en la vagina. —Ally abrió la portezuela del coche para que subiera—. ¿Es eso verdad?

La cría sonaba traicionada.
—Es una manera. Pero hay otras.
Cerró la puerta y rodeó el coche para subirse también.
Bien, ya estaba. Había llegado la hora de hablar. Abrió la portezuela del conductor y subió.
—¿Eso es lo que tú hiciste? —quiso saber la pequeña.
—Sí —respondió su madre—. El cinturón, por favor.
Arrancó el coche y se colocó también el suyo.
—¡Vaya asco!
—Cinturón de seguridad.
—¡Nunca voy a hacer eso! ¡Nunca! ¡Nunca!
Lizzie tiró del cinturón.
—No tienes por qué hacerlo. La ciencia está cambiando. Hay muchas maneras... de despellejar un gato.
—¿Qué? ¿Despellejar un gato? ¿Qué significa eso?
—Es una expresión. —Ally miró por el retrovisor para ver si venía algún coche—. Significa que hay maneras, maneras diferentes, de hacer la misma cosa. Lo siento. Eso es todo —dijo y se incorporó al tráfico.
Lizzie se recostó y dio una palmada en sus muslos desnudos.
—¡Dijiste que los peces salen por la boca! ¡Dijiste que su papá los hace salir con un chorrito al darse un beso!
—No, no fue así.
—¡Lo dijiste!
Lo había dicho, y se acordaba. Lizzie estaba en el baño, tenía cuatro años, tal vez tres. Los peces, como llamaba al esperma, «nadaban de la garganta hasta la tripita, ponían un huevo e incubaban un bebé».
—Exacto —dijo Ally imaginando que Lizzie lo olvidaría pronto.
Se equivocaba.
—De acuerdo, lo dije —admitió Ally—. Pero tenías tres años. Era genial explicarlo así.
—Voy a adoptar. —Lizzie movió el dial de la radio—. Voy a adoptar.
—Muy bien. Hazlo. Pero aún tienes tiempo. Igual cambias de idea.
—Nunca cambiaré de idea.

A las diez, a oscuras, Ally se levantó y se fue a casa.

A las diez, al día siguiente, se despertó con el sonido del timbre en la puerta.

Frank, de UPS, otra vez.

—Vengo cargado hoy.

—Buenos días, Frank.

Se volvió y dejó ver once cajas que menguaban de tamaño formando una torre sobre su carro.

—Oh, santo cielo —dijo ella sorprendida—. ¿Qué es esto?

—Dos más en la camioneta.

—¿Dos... más?

—¿Dónde las pongo?

—Espera... ¿Podría...? ¿Es posible no firmar? ¿Lo puedes devolver al remitente o algo así? No esperaba...

—¿No los quiere?

—Mmm —caviló Ally; no estaba segura.

—¿Todo va bien?

—Sí, no, olvídalo. Firmaré. Lo siento.

Respiró hondo, cogió el estilo y firmó.

Entre los dos llevaron adentro las cajas. Las amontonaron al pie de las escaleras junto a una caja aún por abrir de La Perla.

Frank salió y volvió a la furgoneta para hacer dos viajes más, mientras Ally echaba una ojeada a las direcciones del remitente.

—Oh, Dios —dijo leyendo las etiquetas: Cartier, Godiva, Chanel, Blahnik. Gaultier, Gucci, Barneys, Saks.

Después de que Frank se marchara, buscó el teléfono y llamó al St. Regis. Preguntó por Jake Bean.

—Por supuesto, señora. Un momento, por favor —contestó la telefonista y luego enmudeció. Cuando volvió, dijo—: Lo siento, señora. No hay nadie alojado con ese nombre.

—Oh, lo lamento —dijo Ally—. Quería decir Noah. Noah Bean, por favor.

—Desde luego, señora. Espere un momento. —Otra vez se esfumó y regresó—. Lo siento, señora. No hay reservas bajo ese nombre.

Se sentó en las escaleras y llamó a Anna. Tenía que llamar tres veces.

—Me ha enviado regalos.
—¿Quién?
—Jake Bean. El repartidor de UPS apareció con cajas. Una docena. Saks, Cartier. No las he abierto.
—¿Cómo sabes que no son de Ted?
—Ted compra para Ted. Palos de golf. Equipo de submarinismo. Raquetas de squash.
—¿Y cuál es el problema?
—¿Qué quiere? ¿Qué está haciendo? No le he visto en diez años.
—¿Tiene que ver tu preocupación con la edad? Porque la semana pasada salió una mujer en las noticias que se había casado con su furgoneta.
—¿Y?
—Mary-Kate Olsen, la pequeña de *Padres forzosos*, la pequeña de las gemelas, ¿recuerdas el programa? Pues está con Sarkozy.
—¿El presidente francés?
—No. Su hermano. Pero de todos modos es un tío de mil años. Y luego está Woody...
—Por favor, no sigas por ahí... ya sabes que no es lo mismo para las mujeres. Sigue habiendo esa doble moral en todo esto. Pensamos que ha cambiado, pero no, Anna...
—Sí, ha cambiado. Jennifer López, Casper Smart. Joan Collins tiene setenta y siete. Su novio es...
—Por favor. ¿Cómo lo sabes? ¿Cómo tan siquiera puedes...?
—¡Lo he estado mirando! ¿Y sabes qué pienso? Que en los últimos diez años has estado comparando a todos los hombres con Noah Bean. O Jake. O como se llame.
—No.
—Igual que me pasó a mí con John, te enamoraste al primer polvo.
—¡No seas tan basta! No era un polvo, todo fue tierno... todo fue cariñoso. ¡Lo ha dicho él!
—¿Lo ves? ¡Le querías! ¡Lo sabía! ¡Ja!
—Yo no he dicho eso. He dicho que el sexo... fue cariñoso.
—Perfecto.
—Por cierto, Lizzie ahora se dedica al porno.
—¿Qué?

$\mathcal{C}$ondujeron sin parar mientras caía la noche, hasta que divisaron el bar perfecto, con sus rótulos de neón y un aparcamiento cubierto de guijarros apartado de la carretera.

Friar Tuck's.

Éste era el lugar, ambos lo vieron claro mientras Jake arrimaba el coche. Prácticamente se olía la cerveza de barril, las patatas fritas congeladas empapadas en sebo, el bacalao grasiento, las alitas a veinte céntimos, las ostras fritas y la colonia barata. Podían oír Megadeth en la gramola.

Jake aparcó su Chevy en un rincón oscuro y vacío en el extremo de un bosque incluso más oscuro.

—Qué extraño es esto —dijo Ally—. Nunca salgo de noche.

—¿Qué quieres decir?

—Nunca salgo de casa de noche. Es agradable a la vista, lo había olvidado. —Se volvió hacia él—. ¿Recuerdas la primera vez que saliste de noche? ¿Con tus amigos? ¿Lo emocionante que era? Así es cómo me siento.

Jake sonrió y apagó la radio.

—Voy a entrar. Tú vienes después, pongamos que ¿en veinte minutos?

—Genial.

—¿Estarás bien aquí sola?

Ally miró por el aparcamiento.

—Por supuesto —contestó y echó una ojeada al bosque.

—De acuerdo —dijo Jake—. Nos vemos dentro.

$\mathcal{D}$iez minutos después, sola en el coche, Ally bajó la ventana y contempló la noche despejada.

En dirección a la costa, el cielo estaba plagado de miles de estrellas.

Encendió el móvil con intención de ver si había algún mensaje de Meer, pero marcó Nueva York en vez de ello y esperó.

Tras unos segundos, Lizzie contestó en voz alta y clara:
—¿Mami?
Sabía que era ella.
—¡Hola, cielito! ¿Qué tal va?
—Me voy a la cama, estoy cansada —dijo Lizzie.
Sonaba cansada.
—¿Qué tal las compras?
—Bien.
—¿Sólo bien?
—¿Dónde estás ahora? —dijo la cría bostezando.
—En casa —respondió Ally.
—No, no estás en casa.
—¿Qué?
¿Cómo podía saberlo?
—Te hemos llamado a casa.
—Oh. Pues estoy en casa. No he oído, no he oído el teléfono, lo siento. —Cambió de tema—. ¿Nos vemos en la estación mañana, a que sí?
—¿Quieres que se ponga la abuela? Está abajo.
—No, estoy aquí —dijo Claire.
En cierto momento había cogido el teléfono.
—Oh —se rió Ally—. Hola, mamá.
—Buenas noches, mamá —dijo Lizzie y volvió a bostezar.
—Buenas noches, cielo. ¿Te has cortado el pelo?
Lizzie colgó.
—¿Lizzie? ¿Mamá? ¿Aún estás ahí?
—Sí, estoy aquí. ¿Quedamos a la una?
—A la una en punto. ¿Le han cortado el pelo?
—No. No quiso. ¿Has acabado el trabajo?
—Falta poco —mintió Ally—, quedan sólo los últimos.
Claire hizo una pausa.
—Nos vemos mañana.
—Genial —respondió—. ¿Qué tal las compras?
Sin responder, Claire colgó.

Ally se quedó mirando el móvil un momento. Qué extraño. Permaneció ahí sentada preguntándose qué demonios pasaba. ¿Tal vez la recepción? ¿O alguna otra cosa?

Puso la radio y, tras unos minutos, miró en dirección al bar y de repente se preguntó si estaba segura, sentada en el aparcamiento ella sola.

Miro otra vez a su alrededor. No había nadie fuera de los coches y la música sonaba tan fuerte en el interior del local que nadie la oiría si gritara. Si gritara. Si tuviera que gritar por algún motivo.

Decidió que ya había esperado bastante. Seguro que Jake ya había tomado algo para entonces y estaba jugando a los dardos o a lo que fuera.

Cogió el bolso, sacó las llaves del contacto y bajó del Chevy. Lo cerró dos veces y se fue andando deprisa para el bar.

El estudio situado al final del pasillo estaba diseñado para imitar una habitación infantil: pompones de animadora deportiva, pósters de One Direction, sábanas de Hello Kitty.

El MacBook Pro se hallaba sobre el escritorio al otro lado del espejo de manera que los clientes pudieran disfrutar de dos ángulos diferentes al mismo tiempo.

—¿Irá bien? —preguntó Fishman sosteniendo la puerta.

Lizzie entró.

—Perfecto —respondió mirando a su alrededor—. Has pensado en todo. —Estaba impresionada. Sacó un CD del bolsillo y se volvió hacia él—. ¿Rihanna? ¿Usher?

—Perfecto —contestó él imitándola mientras daba media vuelta para salir.

—¿Algún consejo? —preguntó Lizzie dejando el bolso sobre la cama.

—Bien —dijo Fishman dándose la vuelta de nuevo—, a algunos tipos les gusta la acción: movimientos, baile... A otros les gusta algo más contenido.

—¿Contenido?

Fishman se encogió de hombros.

—Desnudarte despacio, darte gusto a ti misma.

—Darme gusto —repitió Lizzie y sonrió—. Me encantan tus eufemismos.

Fishman la estudió.

—Eres lista, ¿verdad, Jenny?

Lizzie hizo una pausa:

—No, en realidad no.

—En cualquier caso, algunos tíos sólo quieren charlar.

—De acuerdo —respondió ella—. Puedo charlar.

Entonces él se detuvo:

—Pero no demasiado, no hables demasiado.

Lizzie asintió fingiendo interés. Empezaba a desear no haber preguntado nada.

—No se charla de intimidades, aunque lo parezca. A los hombres les encanta el misterio.

—¿A quién no? —se rió ella.

—Donde hay confianza da asco, ¿no crees?

—Supongo. No sé. Tengo veinte años. ¿Qué puedo saber?

Se rió otra vez nerviosa.

Fishman la estudió.

—Es mejor no pensar que estás haciendo amigos. Al cliente no le importan tus sueños.

—No, por supuesto.

—No quiere saber cuál es tu comida favorita o el nombre de tu mascota. Quiere correrse, eso es lo que quiere. Nada más.

Lizzie se preguntó si Fishman estaba colocado. Le pareció detectar una leve fragancia a marihuana.

El hombre tenía la mirada perdida y reparó en aquello por primera vez: nadie le pedía jamás consejo.

—Ten presente —continuó en plan solista— que el cliente está manteniendo relaciones consigo mismo, está en algún lugar ahí afuera, él solo fingiendo, digamos que... creyéndose que tiene algo contigo. Si piensas en ello resulta bastante triste... cuando bien podría estar... cuando lo suyo sería follar con una mujer real. No solemos fingir comer, ni dormir. Pero fingimos follar ¿porque podemos? —Miró a Lizzie con ojos vidriosos. Luego lo dejó—. En fin, buena suerte —añadió con alegría.

—Gracias —respondió la chica.

Le resultaba divertido, pero intentó disimularlo.

Luego Fishman abrió la puerta y salió.

—Y yo pasaría de la peluca. Creo que estás más guapa de rubia.

Mostró sorpresa mientras él cerraba la puerta del todo, y una sensación fría y sudorosa se instaló en su estómago.

*M*inutos después, se oyeron gritos.

—¡No, no! ¡Ayuda! —chilló una chica joven, alto y claro.

Lizzie alzó la vista del reproductor de CD. Miró en dirección a la pared situada a su derecha, hacia la voz.

—¡Ayuda! ¡Alguien! ¡Ayuda!

La voz sonaba angustiada.

A Lizzie se le aceleró la respiración y abrió mucho los ojos. Por instinto se fue hacia la pared y pegó la oreja.

La mujer chilló.

—¡Llama a la policía!

Lizzie se fue derecha hacia la puerta y salió al pasillo vacío, donde pudo oír también la voz de un hombre, más grave, reprendiendo a la Chillona de la habitación contigua.

Miró a su alrededor. El pasillo estaba vacío. ¿No había nadie ahí? ¿O tal vez, pensó, nadie oía o a nadie le importaba?

Cruzó hasta la puerta mientras los ruegos subían de volumen. Se atrevió a probar con la manilla, la hizo girar y abrió la puerta de par en par.

—¿Qué estás haciendo? —gritó la Chillona a Lizzie—: ¡Cierra la puta puerta! —La Chillona desnuda, una jovencita menuda, estaba a cuatro patas, y el joven que tenía detrás, desnudo también, la agarraba de la coleta, fingiendo tirársela por detrás. Se rió.

—¡Lo lamento! —dijo Lizzie y cerró la puerta de golpe—. ¡Mierda! ¡Mierda!

Se quedó sola de pie en medio del pasillo con el corazón acelerado.

—Buena manera de hacer amigos. Buena manera —repitió en voz alta aunque nadie la oyera.

Se sintió abochornada.

Los chillidos no eran reales. Era una actuación.

Al otro lado del East River, en Manhattan, en la Treinta y Siete con la Novena, Weather se encontraba de pie en un escenario improvisado en el estudio Joel Fox Acting for Actors.

—Lo lamento, señor Worthing. No le tengo incluido en mi lista de pretendientes. —Con su mejor acento británico, fingía consultar un libro encuadernado en tela—. Estoy lista para anotar su nombre en cuanto su respuesta sea la que requiere una madre amorosa de verdad.

—¿Lizzie? —llamó Ally interrumpiendo. Al abrir la puerta, la luz se proyectó sobre el escenario desde el pasillo.
—¡Oiga! —gritó Joel desde algún lugar en la oscuridad.
—¿Lizzie, estás ahí? —gritó Ally interrumpiendo otra vez.
—¡Disculpe, señora, esto es una clase! —aulló Joel.
—¿Está aquí Lizzie Hughes? ¿Lizzie? ¡Soy mamá!
—¿Señora Hughes?
En el escenario, Weather se volvió entrecerrando los ojos deslumbrada por las luces del escenario. Llevaba una bata de satén rosa que le llegaba hasta el suelo, conjuntada con el gorro rosa y las gafas con montura de alambre.
—¿Weather?
—Hola.
—Hola, cielo. Tenemos que hablar.
—Mmm, ¿puede esperar? Estoy en medio de...
—No —dijo Ally entrando. Escudriñó la oscuridad. No conseguía ver a Joel, pero sabía que estaba ahí—. ¿Señor Fox? Disculpe. Soy Allison Hughes, la madre de Lizzie. Lo siento, pero es una emergencia. Necesito a Weather un minuto o...
—¡Dese prisa!
—Gracias —respondió saliendo de la sala.
Weather alzó su enorme falda con aros, bajó del escenario y salió también al pasillo.

—Señora Hughes...
—Tenemos un trato —interrumpió Ally—. Si llamo tres veces, me devuelve la llamada. No lo ha hecho. Me muero de preocupación.
—Señora Hughes —repitió Weather—. El tío que está ahí, Joel Fox, me llama digamos que una vez al mes. No una vez a la semana como a las chicas con tetas y piernas como palillos, las bailarinas..., pero al menos es una vez al mes. Cuando tengo suerte.
—Sé lo del porno —dijo Ally.
A Weather le cambió la cara.
—Necesito un número o una dirección. Lizzie no aparece.
—No puedo, lo lamento. Su hija me mataría.

—¡La que va a matarte voy a ser yo! —Ally se acercó—. ¿Entiendes lo peligroso que es esto? ¿Lo estúpido que es esto? ¿Enredarse con esa clase de gente?

Weather tragó saliva y buscó valor:

—¿Entiende que está manifestando su futuro? ¿Entiende que Lizzie es una luchadora?

Ally entrecerró los ojos.

—¿Qué estás diciendo?

—Es Lara Croft.

—¿Quién es ésa?

—Debería estar impresionada. Tiene un plan.

—¿Y en qué se queda el plan si alguien te pone una pistola en la cabeza o te droga o te secuestra?

—Eso no es... parte del plan —dijo Weather.

—Las webcam sexuales abren una puerta al crimen. ¿Sabes a qué me refiero?

—Señora Hughes. Tengo que volver a...

—¿Dónde está ahora? Debería estar aquí. En la clase de interpretación de los miércoles a las cuatro.

—Debería saber que... va con peluca.

—¿Ése es el plan? ¿Una peluca es el plan?

La puerta se abrió y salió Joel.

—¿Ya hemos acabado?

—¡No! —soltó Ally.

Él volvió a entrar.

Hecha una furia, se volvió y miró a la pared. Inclinó la frente hacia la pared y respiró hondo.

—¿Por qué está desnudo ese actor ahí dentro?

En el estudio, el actor de metro noventa y dos que hacía de Jack Worthing ciertamente se hallaba desnudo de pie junto a Weather, con su pene larguirucho y pálido reposando contra el muslo.

—Es el método Fox. Ayuda a desinhibirse.

—¿De verdad? —preguntó Ally. Se volvió y estudió los agujeros enormes en las orejas de Weather, estirados por aros de siete centímetros.

Qué extraño, pensó. ¿Por qué esta chica de Scarsdale, esta chica con rostro y sonrisa de ángel, por qué querrá parecer una masái keniata?

—¿Weather? —dijo—. ¿Fue idea tuya? ¿Lo de la webcam sexual?
—No, señora Hughes.
—¿Fue idea de Lizzie?
—No.
—Entonces, ¿de quién?
—No puedo decírselo.
Ally asintió, se dio media vuelta y empezó a bajar las escaleras.
—¡Lamento mucho que te llame sólo una vez al mes! Eres preciosa, cielo. A excepción de la forma en que torturas tus orejas. Eres una actriz fabulosa. Siempre has tenido talento, talento de verdad. No hagas caso al señor Fox.
Weather se quedó allí observando a la madre de su amiga. No dijo una sola palabra.
—¡Dile que llame a su madre, por favor! —canturreó Ally con ironía—. A la mujer que la alimentó y le cambió los pañales y pagó Duke.
—¡Señora Hughes!
Ella se paró y se dio media vuelta.
—¿Sí?
—Si quiere saber algo, pregúntele a su novio.
—¿Mi novio? ¿Quién? No tengo...
—¿Ted?
—De acuerdo —dijo perpleja.
—La idea es suya.
La mirada de Ally, fija en Weather, se desplazó por la pared hasta un póster de Hair. Weather quedó borrosa mientras surgían risas del interior del ensayo. La chica se inclinó a escuchar, abrió la puerta y se introdujo de nuevo en la clase con un leve ademán de despedida.
La profesora, no obstante, permaneció inmóvil durante más de un minuto. Luego se dio media vuelta y bajó por las escaleras.
Afuera en la acera, marcó a toda prisa el número de Ted.

En la zona común de Red Hook, Sasha estaba de pie con su metro ochenta y dos, pelo rubio platino, flequillo con raya al lado y bonitos labios abultados de forma natural. Intentaba leer las indicaciones de la cafetera Keurig cuando entró Lizzie.

—Hola. ¿Qué tal? ¿Cómo va hoy el día contigo?
Habló con acento ruso.
Lizzie se alegró. ¡Hurra, pensó, la fan de Pussy Riot, por fin! Saludó en ruso.
Sasha se volvió encantada.
—¡No! Dime, ¿hablas ruso?
—Un poco —dijo Lizzie de nuevo en ruso.
—¡Oh, tienes que mirar esto! —Sasha indicó la Keurig—. El señor Fishman nos ha comprado esto. ¿Sabes usar esto?
—No —respondió Lizzie—. Pero puedo ayudarte... a adivinarlo.
Se fue hasta el mostrador para echar un cable.
—Qué maravilloso —dijo Sasha estudiando de cerca el pelo de Lizzie—. ¿Es falso?
Ella sonrió.
—Voy de incógnito, estoy espiando.
—¡No! —La rusa se quedó boquiabierta—. ¿Policía?
—¡No! —gritó Lizzie—. Tengo que hacer de modelo en secreto, ya sabes, es por mi madre. —Enchufó la Keurig—. Me mataría.
Sasha asintió:
—Sí.
Entonces entró la Chillona. Ahora iba en zapatillas y bata rosa.
—Eh, estúpida —le dijo a Lizzie y se fue directa al frigorífico.
Lizzie se giró en redondo.
—¿Estúpida? Pedías ayuda. —La Chillona se rió mientras abría el frigo. Lizzie se puso furiosa—. Gritabas «¡Ayuda! Llamad a la policía!»
—Era una actuación —dijo la Chillona abriendo una lata de Dr. Pepper—. Falsa violación. Le encanta a todo el mundo.
Dio un trago.
—Bien, sonaba real —dijo Lizzie—. Lamento haber intentado salvarte la vida.
—Ni siquiera me penetra —se mofó la Chillona—. Ni siquiera la mete. Ni tan sólo se le pone dura. —Miró a Lizzie con un ceño y echó la lata de refresco a la basura—. ¿Vienes, Sasha, esta noche? ¿De fiesta?
—No —dijo Sasha y se volvió a Lizzie—. No puedo pagar el vodka en Nueva York.

La Chillona se encogió de hombros, cogió unas SunChips, y salió por la puerta.

Sasha sonrió.

—No tenemos fiesta para dieciséis años en Ucrania. Sólo tenemos pastel y la cuerda de tender.

—Oh —sonrió Lizzie—. Esos dos burros deberían cerrar la puerta.

—No —dijo Sasha examinando una taza K-Cup—. Aquí nadie puede cerrar nada.

Una hora después, tras el café y una larga charla en inglés chapurreado y ruso chapurreado, Lizzie regresó a su falsa habitación de adolescente con intención de llamar a Weather y darle noticias.

—No fastidies —dijo en voz alta para sí, buscando en su bolso con ansiedad.

¿Lo había dejado encima de la cama? ¿Del escritorio? ¿Dónde? ¿Había sacado el móvil?

¿Dónde estaba su móvil?

Entonces se detuvo y contempló la puerta, recordando lo que había dicho Sasha. No podía cerrar aunque quisiera.

Entrando en pánico, vació el bolso poniéndolo boca abajo y buscó entre el contenido: Kleenex, tiritas, boli, gafas, novela, auriculares, chancletas, aerosol Mace; protección solar, brillo para los labios, tampones, Altoids...

Movía los dedos veloces mientras intentaba determinar qué faltaba: su móvil, las llaves de casa, un monedero para el dinero suelto, decidió en segundos... Y, qué extraño, un paquete sin abrir de Doublemint.

Alzó la vista, furiosa.

Al otro lado del East River, en la parte alta de la ciudad, cerca de Gramercy Park, Ally esperaba sentada en la acera. Esperaba llamadas: de Lizzie, de Ted, de Cybil. Esperaba recibir noticias de Del Frisco's en la Sexta Avenida, donde su hija trabajaba de camarera. Esperaba recibir noticias de los amigos de Lizzie; Zoe, Miles y E.

Nadie devolvió la llamada.

—¿Tenéis tequila? —preguntó Ally sentándose en la barra del Friar Tuck's, en algún lugar de la península de Cabo Cod. No sabía dónde estaban.
—Sí tenemos. —El camarero le sonrió—. ¿Solo?
—No, gracias, no. Nunca bebo alcohol.
Pidió entonces un margarita helado, sin sal, y patatas fritas con queso. Se apoyó en la barra y miró a su alrededor mordiéndose la uña del dedo meñique.
No veía a Jake por ningún lado.
La sala principal y las dos salas anexas estaban mal iluminadas y cargadas de humo. Tres gramolas diferentes retumbaban canciones también diferentes en cada uno de los espacios.
Jefferson Airplane sonó a todo volumen en la más próxima y, cuando Ally se giró hacia el sonido de la canción, descubrió a Jake sentado en un taburete más allá de ella:
—¿*Don't you want somebody to love? ¿Don't you need somebody to love?* —canturreaba siguiendo la letra.
Ally apartó la mirada y sonrió.
Él siguió con la canción, toda la canción, y el camarero trajo la comida que ella había pedido. Luego Jake se desplazó al taburete contiguo:
—Hay algo en la combinación de patatas fritas con queso y priva —dijo—. Una vez que empiezas cuesta parar. —Hablaba con marcado acento de Nueva York. Estiró la mano—. Carl. Yastrzemski. Encantado de conocerte. Los amigos me llaman Yaz. Juego en la Liga Nacional. Béisbol.
Ally se concentró en la pantalla del televisor.
—Hola —dijo pasando por alto su mano, haciéndose la difícil.
—No he pillado tu nombre.
—No lo he dicho.

—¿Cómo te llamas, guapa?
Ally intentó pensar uno:
—Mmm —respondió—. ¿Margaret Thatcher?
—¿No sabes cómo te llamas?
—Esto es muy raro —dijo ella sin actuar.
Jake miró a su alrededor.
—¿El qué es raro, muñeca?
—Esto —contestó—. ¿Puedo ser cualquiera? ¿Cualquiera, de verdad? ¿Safo? ¿O Esther? ¿O Juana de Arco?
—Ally.
—¿Qué? —Se inclinó y susurró—. Pensaba que estábamos jugando al médico y la enfermera o algo así. Pero si tú me sales con que eres un jugador de béisbol, entonces yo quiero ser, no sé, una reina. Isabel I. —Se sentó erguida—. Isabel. Hola.
Él alcanzó su mano.
—Encantado de conocerte, Isabel.
—Primera. —Tendió la mano para permitirle que la besara. Jake la cogió y la besó con delicadeza—. Conocida también como la Reina Virgen, por irónico que suene.
—¿A qué te dedicas, Isabel Primera?
—Gobierno Inglaterra e Irlanda.
—¿Te resulta divertido?
—Sí. Vivo en un palacio, libro batallas y tengo amantes a quienes doblo en edad —dijo y dio un sorbo al margarita.
—Guau. Mola. ¿Estás sola aquí?
—Estoy esperando a alguien. Un duque. —Fingió buscar a su duque—. ¿Tú estás solo, Yaz?
—Estoy con mi equipo. —Jake indicó a un grupo de tíos situados en torno a la mesa de billar—. Soy el número ocho. Siete Guantes de Oro. Triple Corona.
—Estoy segura de que eso es impresionante, pero no sé qué es béisbol. Sólo entiendo de lanzamiento de martillo.
—¿Puedo robarte una patata? —preguntó Jake, oliendo sus patatas con queso.
—No, no comparto la comida. Gérmenes y enfermedades. La plaga, ya sabes. La viruela. Nada bueno.

Jake asintió.
—Conforme —dijo—. No deberíamos intercambiar la saliva. Al menos por el momento. ¿Estás casada?
—No. Sólo amantes.
—¿Hijos?
—No —contestó ella. Luego cambió de idea—. Espera, no. Tengo una hija, una niña. —No quería dejar fuera a Lizzie, ni siquiera fuera de su vida de fantasía. Cogió una patata, se inclinó y dijo bajito—: Esto no está funcionando. No me pone lo más mínimo.
—¿Por qué no eliges alguien sexy? —susurró él.
—¿Podemos empezar otra vez?
—Empecemos de nuevo.
Ella empujó las patatas para dejarlas ante él:
—Come. —Jake cogió un par de patatas y sonrió—. ¿Sigues siendo Yaz?
—Continúo como Yaz.
Ally cogió su copa y se ventiló la bebida. Jake la observó dejarla en la barra y levantar la mano para avisar al camarero de que sirviera otra.
—Quiero ser una grupi —explicó—. El tipo de chica que persigue a las estrellas. Quiero entregarme, en todos los sentidos, a cambio de, no sé, tu atención y el derecho a pavonearme contigo. Quiero alardear de que me acosté con Yaz. ¿No mola? Consenso verdadero. Sexo para impresionar. Todo eso de «me enrollé con una supermodelo», pero a la inversa. Todo eso de «puedo poner de rodillas a un tío»... en plan Monica Lewinsky y Bill.
Jake asintió.
—Bien. Eso sí que es excitante.

*L*izzie entró disparada en el despacho de Fishman.
—¡Alguien ha robado mis cosas! —anunció.
Josh y Fishman estaban sentados, concentrados en el trabajo. Alzando la vista, ambos se dieron media vuelta.
—Estás de broma —respondió Fishman.
Parecía inquieto pero no lo bastante.
—He ido al *office* y al volver me faltaban cosas.
—¿No has hecho más que empezar y ya tenías que hacer un descanso? —preguntó Josh.
—Tenía hambre —dijo Lizzie. Miró a Fishman—. Alguien ha enredado en el bolso que tenía en la habitación.
Entonces miró a Josh, que la observaba con fijeza mascando ostensiblemente un trozo de chicle verde.
—¿Qué te falta? —preguntó Fishman levantándose del escritorio.
—La cartera, las llaves y el móvil.
—Lo lamento. Es un problema que tenemos, debería haberte avisado. —Abrió un cajón—. Aún no hemos podido pillarla, pero tenemos una rusa que anda corta de pasta.
—¿Sasha? No. Estaba conmigo en el *office*; estaba conmigo.
Fishman tendió a Lizzie una tarjeta de metro.
—Toma esto. No caduca hasta el mes que viene.
Se fue hasta su maletín.
Lizzie le observó sacando unos billetes y un móvil.
—Toma esto también. —Se lo tendió—. Teléfono de emergencia, hasta que consigas uno nuevo, y aquí tienes dinero para hacerte unas llaves nuevas o cambiar la cerradura del piso.
Lizzie cogió el teléfono y los billetes de cincuenta dólares, el dinero más nuevo que había visto nunca, limpio y liso.
—Gracias.

—No te separes de tu bolso —dijo Fishman—, ni siquiera cuando vayas al baño.

Lizzie asintió.

—¿Podemos hacer algo más por ti?

—No —respondió en voz baja, sintiéndose manipulada.

Fishman asintió y volvió a sentarse.

—Alguien está desvalijando las habitaciones, sin duda.

Josh asintió e hizo explotar el globo de chicle.

Una hora después, Lizzie sintió flojera a causa del calor húmedo. En una esquina de la calle Henry, se apoyó en un buzón para quitarse los tacones y ponerse unas sandalias, se sacó también la peluca y la metió como pudo en su bolso. Luego cruzó por los jardines Carroll y continuó por Cobble Hill en dirección a Brooklyn Heights.

Sabía que intentarían rastrearla mediante el móvil. Con apagarlo no lograría nada. Lo puso en modo avión y quitó la batería. Luego recordó la segunda batería, la débil, que cumplía la función de mantener los contactos y la hora.

Lo que necesitaba, decidió, era una bolsa reforzada, una jaula Faraday, como la que Weather había hecho con papel de estaño cuando tenían doce años, para robar en las tiendas; un escudo electromagnético.

Se detuvo en un supermercado, compró cinco rollos de papel de aluminio y envolvió el móvil como si fuera un regalo de cumpleaños, hasta dejarlo del tamaño de un ladrillo.

Noventa minutos más tarde llegó a Pineapple, luego Orange y después, finalmente, la calle Cranberry. Subió la escalinata de entrada, llamó, pero encontró la casa de piedra rojiza vacía y oscura. Tenía un juego de llaves de reserva en su casa, en la plaza Stuyvesant.

Así pues, se encaminó hacia el este y cruzó a pata el puente de Brooklyn, mirando cómo se hundía el sol dorado por el oeste.

Cuando llegó a casa, descubrió que el encargado no estaba, había ido a ver a su familia en la República Dominicana, y aún estaría ausente otro día más. Aparte de Julio, el portero, nadie tenía la llave.

Ally había pasado la tarde ahí, al otro lado de la calle. A las nueve y media se levantó para marcharse. No vio a Lizzie, y ésta no encontró a su madre, por cuestión de unos minutos.

Esa noche a las once, Ally se metió en un Escalade que la recogió en casa. El coche de Jake. El chófer la dejó en la Décima esquina con la calle Dieciséis ante un hotel del Meatpacking District.

Comprobó la dirección, entró y se paseó por el vestíbulo, esperando detrás de dos mujeres que parecían modelos.

Una de ellas, que mediría metro ochenta y cinco, vestía una camiseta de Sid Vicious, mini-shorts de diez centímetros y tacones de aguja. También llevaba un chaleco de piel de visón y una gorra de esquiar a rayas con un pompón en lo alto. Era raro para agosto, pensó Ally, pero quedaba resultón.

La otra también iba en camiseta, excepto que la suya estaba rasgada. Ni siquiera vestía pantalón corto, ni falda ni pantalones, pero sí llevaba un tanga, pues la parte inferior de sus nalgas asomaba bajo la camiseta cada vez que se reía o se inclinaba. A ella le pareció estar lista para acostarse. Entonces pensó que tal vez la idea fuera ésa.

Cuando volvió a desplazarse por el vestíbulo, el conserje le guiñó el ojo:

—Me encanta tu *look*. Nada comprometido.

Ally bajó la vista.

¿Qué llevaba puesto que resultaba tan poco comprometido? Botas para la lluvia. Vaqueros. Una camisa abotonada de estampado floral amarillo y rosa. La blusa, pensó, podía pasar por Liberty, pero la había comprado por tres noventa y nueve de rebajas en Old Navy. El algodón se había quedado casi transparente, los botones eran de plástico y tenía los dobladillos deshilachados.

—Hunt Club,* cariño. Está abajo.

El portero indicó una puerta al otro lado del vestíbulo con un pequeño letrero de latón. Decía: «La Caza Empieza Aquí».

---

* *Club de caza* en castellano. *(N. de la T.)*

Ally no se había fijado en la entrada separada que llevaba a un vestíbulo con una puerta secreta que a su vez llevaba a otra puerta secreta que llevaba hasta un gorila de seguridad, un cordón de terciopelo rojo y una lista de invitados. Luego bajabas por una escalera de piedra que descendía en espiral hasta detenerse ante una cortina con borlas doradas en el extremo del sótano.

Descubrió por fin a Jake y Marty metidos detrás de una mesa, hablando a gritos por encima de sus botellas de Patrón. La música sonaba alta, tan ruidosa que te hacían daño los oídos. Por lo visto era Miércoles de Hip-Hop.

—¡La adolescente americana olvidada! —gritó Jake a Marty, tendiéndole el guión extralargo—. ¡Es totalmente nuevo! ¡Nunca se ha hecho! ¡Estas chicas iniciaron una revolución! ¡Y llevan ropa!

—¡A mí me lo vas a contar! —gritó Marty mientras iba metiéndose en la boca guisantes secos con sabor wasabi. Marty era conocido por sus películas sobre hombres: hombres y bandas, hombres y sexo, hombres y dinero.

—¡Empieza con el incendio! —gritó Ally por encima de la mesa—. ¡Vemos a las chicas saltando desde el noveno piso y muriéndose! ¡La ciudad despierta! Una chica sobrevive y libra su batalla personal: ¡Condiciones laborales más seguras! ¡Jornadas de ocho horas! ¡Horas extras pagadas! ¡El juicio fue largo! —Ally bajó la vista y vació su chupito, luego se volvió a Jake—. ¿Sale el juicio?

Se estremeció y notó cómo entraban en calor sus entrañas. Jake negó con la cabeza.

—¿Qué juicio? —aulló Marty porque era necesario—. ¿Es eso el tercer acto?

La música subió de volumen.

—¿Qué es un tercer acto? —Ally aulló. Desde su esquina el diskjoquey puso a todo volumen su tema favorito de Kanye West, una canción sobre furcias que hablaban de meter su puño por un coñito asiático. Jake llenó el vaso de Ally—. ¡Más, no! —aulló—. ¡Nunca bebo!

Entonces se quedó quieta.

—El tercer acto es la última parte —le aclaró Jake.

No le oyó. Vio a alguien... o pensó verlo. Se quedó helada y se concentró en la otra parte del bar como una leona acechando a una presa.

—¿Es eso el tercer acto? ¿El juicio? —preguntó Marty.
—¿Es ésa la agente de Lizzie? —preguntó Ally.
—¿Cybil Stern? —Jake se volvió para estudiar la muchedumbre—. ¿Quién?
—¿La de negro? Nos conocimos las Navidades pasadas. —Ally se enderezó—. Lo siento. Espera un segundo. —Se desplazó por el asiento—. Tal vez ella sepa... dónde está Lizzie.
Marty mostró interés.
—¿Va todo bien?
Ally hizo una pausa.
—Le dijo a mi hija que se operara la nariz y se tiñera el pelo.
No podía apartar la vista de Cybil.
—Ally, espera —rogó Jake mientras ella se alisaba la blusa Old Navy con aspecto de buscar pelea.
—Y que perdiera quince kilos y que pasara de hacer un posgrado.
—Ally, venga. —Jake estiró el brazo mientras ella se levantaba. Intentó seguirla pero se encontró atascado tras la mesa—. ¡Ally!

*C*ybil sorbía un Virgin Slut. Charlaba con aquellas modelos del vestíbulo de entrada formando un corro en la misma pista de baile, apretujadas por la multitud sudorosa y alborotadora.
—¡Ahora se ha metido en ese asunto de chica webcam! ¡Para sacar dinero y seguir con el proceso... de lo que le recomendaste tú!
—¿Yo? ¡No! —aulló Cybil por encima del hip-hop—. ¿Qué yo recomendé? ¡No, señora Hughes!
—¿Que no?
—¿Lizzie con la nariz operada? ¡Vaya un disparate!
—¿Hablas en serio? —preguntó percatándose de que su hija le había mentido—. ¿Puedes hacerle una llamada entonces? Y hacerle recapacitar para que... ¡Au! ¡Au!
Un hombre se abría paso a empujones, un tipo enorme de más de metro ochenta y cinco y ciento cincuenta kilos que chocó con Ally. «¡Lo siento!» dijo mientras ella rebotaba con fuerza contra Cybil, la cual entonces se dio contra la mujer que tenía detrás, cayendo ésta hacia delante sobre sus amigos. Tras enderezarse, se volvió y aulló:

—¡Serás cerda, perra! ¡Hijaputa!
—¡Lo siento! —aulló Cybil disculpándose en serio, mientras los bailarines se arremolinaban con irritación en torno a ella.
—¿Lo sientes? ¿Lo sientes? ¡Voy a joderte!
Por instinto, Ally y la modelo corrieron a interponerse y formaron una línea defensiva.
—Me han empujado —explicó Ally—, he chocado con ella y ella contigo. Ha sido culpa mía, lo siento.
—¿Y tú quién coño eres?
—Nadie. No soy nadie en absoluto.
—Te voy a joder.
Dios bendito, pensó Ally, mientras consideraba el guante arrojado. Te voy a joder. ¿Significaba eso pelea?
De repente se vio en uno de esos programas en que se tiran de los pelos las esposas o hermanas o ex mujeres de alguien; pelo moldeado con secador, mujeres con tacones y maquillaje, con vestidos de fiesta, peleándose. Excepto que aquí, esta noche en el club, nadie iba vestido en realidad. Sujetador y pantalones cortos de pijama, pensó Ally mientras estudiaba a las chicas. Y gorras de camionero. Al menos protegían su piel del sol. No quería ninguna pelea con ellas. Quería vestirlas y meterlas en la cama.
—Perra hijaputa —repitió la mujer.
Ally levantó las manos, mostrando las palmas en señal de rendición.
—¡No vamos a pelearnos! Esto es... nadie tenía intención de empujarte! ¡La verdad! ¡Lo juro! ¡Venga ya! ¡Somos amigas! ¡Todas somos mujeres! ¡Estamos en el mismo bando! ¿Vale? ¿Vale?

A Ally nunca antes le habían pegado.
Ni bofetones ni empujones ni puñetazos.
Los segundos volaron en una nube de gritos, extremidades y dolor, con arañazos, manotazos y luces, entre aullidos de tacos y ropas rasgadas, estiradas y arrancadas. Ella chillaba «¡Basta! ¡Basta!» por encima de la música y de las ovaciones y abucheos que llegaban de todas partes. La concurrencia se paraba para sacar los móviles con cámaras y señalarlas entre risas.

—Pero ¿qué...? ¡Por favor! —Hizo todo lo posible para librarse del asimiento de Jake que intentaba sacarla de la refriega—. Estoy en medio de una... —Él le echó los brazos a la cintura y la sacó a través de la muchedumbre—. ¡Ay! ¡Ey! —dijo protestando—. ¡Basta!
—¡Van de coca! ¡Deja de menearte!
—¿Qué? —dijo Ally.
La llevó por un pasillo corto y oscuro donde se pararon un momento para recuperar el aliento.
—¿Cómo iba a saberlo? —protestó Ally.
—Oh, no sé. ¿Las pupilas dilatadas? ¿El polvito blanco encima de los labios? —Jake intentó entrar en los baños, pero los dos estaban cerrados—. ¿Qué ha pasado? ¿Te encuentras bien? ¿Estabais en el mismo bando tú y Cybil?
—¡No ha pasado nada! —respondió y apartó la mirada—. ¡Nos empujamos todos y se pusieron como locas! Me dio un bofetón... creo que en el mentón.
Ally se palpó un lado de la cara.
—¿Te ha hecho daño?
Él se inclinó para mirarle la barbilla.
—¿Coca? ¿De verdad? —Ally no conoció a nadie que le diera a la cocaína en la facultad en Brooklyn ni en Brown. Corría el vino, el vodka, por supuesto, se tomaba mucho café y chocolate, y abundantes caramelos Skittles, combinados de Colace y Advil..., pero ningún conocido se metía drogas duras—. Eso ha sido... ¿Qué estamos haciendo aquí, Jake?
Se alisó la blusa y se tocó el rasguño de la mano. Meneó la muñeca.
—No parece nada serio.
Ella miró al techo:
—¿Qué es toda esa música? —Se frotó los ojos—. No puedo creerlo... ¡Se echaron sobre nosotras! ¡Chicas! —Alguien en el baño fumaba algo—. ¿Qué es ese olor?
Jake parecía preocupado.
—Me alegro de verte. ¿Puedo decir eso? Lamento que hayas tenido que... Todo esto es culpa mía. Lo siento.
—Sí, dilo.
—Gracias. Me alegro de verte.
—Necesito un taxi.

—¿Te duele? ¿La cara? —Estiró la mano para tocársela.
—Está bien, pero esta música, entran ganas de...
—¿Qué? ¿De qué?
—Encogerse y morirse.

*V*olvieron en el Escalade a Brooklyn.
—No nos hemos despedido —comentó Ally—. Qué maleducados.
—No te preocupes. He mandado un mensaje, y él me ha contestado.
—No logré decirle...
—Yo sí —la tranquilizó Jake—. Hablamos de ello antes de que llegaras. Dijo que le haría una llamada, eso dijo Marty, y que se lo sacaría de la cabeza.

Ally contempló las luces centelleantes del East River. Se apretó un cubito de hielo contra el mentón.

—Es Lizzie quien lo desea —dijo con tristeza, preguntándose si sería sólo una etapa—. No Cybil. Pero tal vez, tal vez, si conseguimos que espere un poco, justo lo suficiente, cambiará de idea. Ya ha pasado antes.

Como su obsesión con el delineador de ojos negro. Eso sólo duró medio año, cuando estaba en noveno curso. La propia Ally había estado obsesionada por Dave Matthews, a los veintipico, pero sólo duró media década.

—Querrá estar a la altura de lo que espera la gente de ella..., pero sólo durante cierto tiempo.

—¿Qué?

—Luego regresará a su configuración por defecto: su verdadera persona. Y empezará a centrarse en algo para lo que valga...

—¿Y qué es eso?

—No lo sé.

Lizzie era preciosa. Siempre lo había sido. Alta, larguirucha. Como Claire, tenía una figura imposible: hombros estrechos, cintura y caderas estrechas. Pecho abundante y unas piernas que empezaban bajo las costillas y no se acababan nunca.

Amigos, maestros, todo el mundo daba por supuesto que destacaría ante una cámara, porque podía.

¿Y qué pasaría con ese latoso coeficiente intelectual? ¿Ese 143? ¿La invitación a Mensa? ¿La gente de Johns Hopkins, los investigadores de superdotados que siempre estaban dando la murga?

—Mira —comentó Jake—, no pasa nada porque Lizzie no sea perfecta.

Ally se volvió para mirarle.

—¿Qué quieres decir?

—Ella sabe, ya me entiendes, que su nacimiento fue una sorpresa. Me lo dijo.

—¿Y?

—Estoy seguro que no vas a estar conforme, pero...

—No estoy conforme —soltó Ally—, no fue un error. Creo que el azar desempeña un papel en esta vida.

—No eso lo que yo...

—El universo, Dios, lo que sea... hace planes que a veces no tienen nada que ver con los nuestros.

—De acuerdo, pero no tienes que demostrar... Ella no tiene que ser la persona más perfecta jamás nacida para demostrar que no fue un error.

Ally le estudió durante un momento. Sabía que tenía razón. Su mirada se enfrió, apretó los labios y luego los separó. Miró por la ventana.

—No sé de qué hablas.

—Sí lo sabes.

Miró el río, la silueta recortada de los edificios en Brooklyn.

—Alguien me ha enviado regalos. ¿Has sido tú?

—Quizá. ¿Y si fuera así?

Ally no dijo nada.

—¿Qué tal va tu cara?

Cuando el Escalade se detuvo junto al edificio de piedra rojiza, Ally salió y se fue en dirección a los escalones, buscando las llaves en el fondo del bolso.

Jake la siguió.

—¿Estás bien?

—Muy bien.

—Sólo me quedan dos días más en la ciudad.

Achispada, subió los escalones, le dolía la mandíbula, y casi no le oyó.

—¿Dónde están mis...?

Jake permanecía abajo esperando.

—Por cierto, tu amigo, ¿Ted?

Ally levantó la vista. ¿Qué pasaba con él?

—Esa empresa de juguetes... He hecho algunas llamadas. Inspira poca confianza.

Por fin aparecieron las llaves.

—¿Poca confianza?

—Los tipos que la llevan.

—¿En qué sentido? —Pensó en lo que le había dicho Weather—. ¿Como qué?

—No sé. Es lo que he oído.

Ally se dio media vuelta para abrir la cerradura.

Jake se quedó observando.

—Si me necesitas, estoy en el St. Regis.

—¿Estás? —preguntó ella volviéndose una vez más antes de entrar—. Intenté localizarte ahí, pero me dijeron que no estabas.

—Inténtalo otra vez, Ally —dijo Jake y sonrió—. Por favor, inténtalo otra vez.

A medianoche, había llegado gente de una boda: dos docenas de juerguistas y borrachos, de fiesta tras la ceremonia, incluida la novia. Ally y Jake se unieron al grupo para cantar «Don't Stop Believin'»; el bar en pleno la interpretó, y Ally pensó que iba a estallar de alegría. Cuando Jake se excusó para ir al lavabo, ella se paseó hasta el tablero de dardos para observar mejor a la novia.

El vestido era magnífico, pensó. El blanco estaba muy logrado, un marfil frío a juego con la piel con clara pecas de la novia. El corpiño iba bordado con perlas y encaje. Tenía la cintura alta con una faja bordada con cuentas y la falda de capas de tul se arrastraba por el suelo cubierto de serrín.

—Es precioso —dijo Ally sin aliento, sintiéndose alegre—. Estás guapísima.

La novia sonrió.

—Gracias —dijo tirando un dardo. Mientras lo lanzaba, el novio la rodeó y la llevó en volandas para sacarla a bailar con la canción que sonaba en la gramola. Eric Clapton, pensó Ally. Qué maravilla.

Suspiró y escudriñó la sala. ¿Dónde estaba Jake? Sola, notó aquella sensación otra vez, la de triste-soltera-en-una-boda, que había aguantado durante una década un par de veces al año. Ahí estaba otra vez, el deprimente momento de humillación en el que todo el mundo se levantaba de la mesa, excepto ella; todos alzaban el vuelo y se lanzaban a la pista de baile porque la banda había empezado a tocar «Brown Eyed Girl», «Walk This Way» o «Play the Funky Music»... otra vez.

Otra vez.

Y, otra vez, Ally se estiraba para buscar su bolsito, se levantaba y se iba derechita al lavabo, donde, en algún rincón, cualquier sitio silencioso, podía llamar a Claire y preguntar cómo estaba Lizzie. «¿Ha comido? ¿Cómo está?» Y Lizzie estaba bien. Siempre bien.

—¿Me concedes este baile? —dijo Jake sacándola de su ensueño.

Oh, cierto, no estaba sola. Él había vuelto—. Qué guapa está la novia.
—Ally asintió—. Bonito vestido. Estarías preciosa con un vestido así.
—Ella entornó los ojos y suspiró mientras la acercaba para rodearle la cintura con los brazos—. Qué novia tan guapa serías, muy guapa.

Ally le rodeó la nuca con las muñecas y bailaron una pieza tras otra, junto a los dardos.

—Ey, ¿Yaz?
—Ey, ¿qué?
—¿Tienes planes?
—En realidad, no.

A la dos y cuarto, con las extremidades pesadas, feliz, Ally se encaminó hacia la puerta. Un pie delante del otro, pensó, con Jake pisándole los talones. Camina erguida. La cabeza bien alta. Mira hacia delante. Le llevas justo detrás.

La habitación se inclinó un poco. Luego empezó a girar.

Ahí está la puerta, se recordó. Anda hacia la puerta. Te dejará salir al exterior.

—¿Me llevas a casa? —dijo Ally una vez que llegó al aparcamiento. Jake se encontraba a unos cuantos metros—. ¿Querrás? ¿Querrás llevarme, Yaz?

—Sí —dijo—. Claro que quiero.

La noche era negra, manchada tan sólo por retoques de luz roja y oro. El aire era cálido, salado y fresco. La grava crujía bajo los zapatos mientras se dirigían hacia el coche de Jake, en un extremo del aparcamiento.

—Ahí está.

Ella indicó el Chevy. Jake la alcanzó y entrelazó sus dedos.

En silencio por un momento, se fueron andando contemplando las estrellas.

Al llegar al Chevy, Ally se detuvo para buscar las llaves de Jake en el fondo de su bolso. Al final las encontró, las sacó y se las lanzó por lo alto. Las llaves volaron hacia la izquierda, bastante elevadas, pero él dio un brinco con soltura y las atrapó en medio del aire.

—Buena parada —dijo ella.

—Mal lanzamiento.
—Lo siento, Yaz —replicó sin el menor remordimiento.
Luego rodeó el coche por el parachoques.
Jake sonrió y desbloqueó las cerraduras. Sostuvo la portezuela abierta para que subiera y luego la cerró con cuidado.
Dentro del Chevy, Ally se puso el cinturón de seguridad y consiguió meterlo en la ranura. Lista. Permaneció sentada esperando, paciente y comedida, a que Jake la llevara a casa.
Él entró, cerró la puerta y metió la llave en el contacto. Puso la radio y encontró una programación de sábado noche dedicada a los Zeppelin, tras lo cual soltó el cinturón de Ally cogiendo el extremo con cuidado para que no retrocediera bruscamente. Estirando el brazo, lo volvió a pasar sobre su cuerpo, dejándolo de nuevo en su posición inicial.
—¿Qué estás haciendo?
No respondió. Cerró las puertas, apagó las luces y, con un movimiento rápido, antes de que ella reaccionara estaban besándose como locos sobre el tablero central, con los Zeppelin a todo volumen.
Las estrecheces, los mandos que sobresalían, las palancas de cambio, el volante, les obligaban a apretujarse y fusionarse. Enseguida las ventanas quedaron empañadas y opacas.
Tras algunos minutos, Ally se subió a horcajadas sobre él y le reclinó el asiento. Poco a poco le libró de la camisa abotonada, besándole entretanto el cuello y el pecho. Quería que confiara en ella, que se soltara, que fuera su dueño por un momento, como había dicho.
—Hagamos que esta noche sea especial para ti —le susurró al oído, aplastándose contra él, apretándole los hombros con los codos, besándole la frente, tirándole del pelo—. Para ti, para ti.
Ahora conocía su cuerpo igual que el suyo.
Se incorporó y movió los brazos para librarse de las tiras del vestido, que cayó hasta la cintura. Sin sujetador, alzó los pechos hacia la boca de Jake y hundió las caderas contra las suyas. Arqueándose hacia atrás, luego le empujó para encontrar su torso desnudo. Succionó y le atormentó, lamiendo y mordisqueando mientras él soltaba un grito voraz de dolor y placer.
—¡Mierda! —aulló por encima de la música.

Luego ella volvió a incorporarse para quitarle los vaqueros. Le bajó la cremallera, ahí entre sus propias piernas, y después el pantalón mientras Jake se aupaba. Tiró también hacia debajo de los calzoncillos, dejándolos a la altura de las pantorrillas, bajo las rodillas, limitando sus movimientos.

Le tenía atrapado.

Cogiendo el condón que le tendía Jake, levantó el miembro de entre sus muslos y lo rodeó con manos firmes apoyándose en el suelo del coche con los pies.

Rasgó con los dientes el envoltorio y, rápidamente, en un instante, en un segundo en la oscuridad, desplegó la protección y se la colocó.

Jake la observó y apoyó las manos en su cintura.

Poco a poco la bajó, hacia él, para fundirse en un profundo beso, muy profundo. Un beso que también parecía puro sexo. Rodeándola con sus brazos, la estrechó con fuerza, pero ella se libró de su abrazo, obligándole a erguirse, recto en el aire, mientras se mantenía elevada con las piernas separadas, hasta darse con la cabeza en el techo del coche.

Mientras lo hacía, Jake devoraba sus pechos, encontrando su trasero con las manos, siguiendo su forma y masajeándolo, moviéndolo y dándole cachetes, abriéndolo y luego apretujándolo.

Ally descendió sobre el capullo. Lo tocó con un movimiento rápido, luego se retiró deprisa, empujando sus pechos de nuevo sobre el rostro de Jake.

Él los agarró con las manos y pegó la boca. Encontró los pezones y lamió adelante y atrás, masticó y succionó mientras ella descendía hacia él otra vez. Le autorizó la entrada y luego canceló la invitación.

Arriba y abajo, los dos aguantaron así durante una hora. Una hora insoportable, agotadora. Ally, al mando, rodeaba y tomaba el miembro de Jake, pero sólo lo justo, y se retiraba, fingiendo cambiar de idea, jugando con él.

Jake sobaba, mordisqueaba, lamía sus hombros, cuello, pezones. Gemía y se elevaba, agitándose mientras ella le conquistaba una y otra vez, hasta que de pronto se mostró furioso y hostil a causa del deseo.

Ally percibió su desenfreno, le notó finalmente tenso, doliente y subyugado.

—¡Espera, espera! —gritó—. ¡Quiero ser yo!
—¿Qué? —dijo Jake mirándola a los ojos.
—¡Quiero ser yo otra vez! ¡Por favor! —le rogó.
—¡Ally! ¡Eres tú! ¡Eres tú!

Entonces ella le miró, consciente de lo que le decía, y le besó entre risas.

Jake se rió también, incapaz de seguir resistiéndose. Con un sonoro «¡Joder!», le rodeó la espalda con los antebrazos. Colocando las manos sobre sus hombros, empujó a Ally hacia abajo con fuerza salvaje y embistió con tal potencia que ella pensó que podría estallar.

Más y más fuerte, más y más hondo, embestía y la retenía, sujetándola ahí como una tenaza.

Con abandono feroz, se impulsó y arremetió, y se estrelló sobre su cuerpo.

Dominada, ella se quedó sin aliento. Se meneaba y sujetaba como podía mientras Jake contratacaba y la llenaba, hermética en torno a su miembro.

El coche desapareció. El mundo desapareció, mientras Jake la machacaba ansioso, empapado en sudor, voraz y salvaje, y al final, con todo el cuerpo en tensión, se corrió y se corrió y se corrió... entre sacudidas y estremecimientos, se corrió dentro del condón, tenso y emocionado y gritando.

Ally sonrió llena de dicha mientras él la llevaba al clímax, y segundos después ambos se derrumbaron en un lío empapado de sudor.

Jake alzó la vista y la miró a los ojos, subió la mano para tomar su rostro por ambos lados y ella le imitó. Luego él la inundó de besos mientras todo su cuerpo emanaba un gran alivio. Empezaron a reírse y luego él lloró, y Ally le besó con ternura.

El jueves por la mañana a las nueve, Ally se despertó con un terrible dolor de cabeza. Se quedó en la cama media hora más y mandó un mensaje a Ted. No le contestó. Le llamó dos veces y él permitió que saltara el buzón de voz.

Sentada en la cocina, sorbiendo café, le costaba incluso sostener la taza. La taza de café. No era suya. Era de Claire. La porcelana de Claire. La porcelana de su vajilla de bodas. Todo en esta cocina era de Claire.

Prácticamente.

Tal vez Ted tuviera razón, pensó contemplando la taza.

Tal vez debiera irse de viaje. Salir de Brooklyn y de la casa rojiza. Quizá la vendiera. Y de no hacerlo, quizá debiera vender todas las cosas y empezar de nuevo. Eliminar aquel olor de paredes y suelos, el leve tufo a humo de segunda mano. Arrancar el papel pintado. Cambiar las instalaciones. Volver a pintar. Cambiar los muebles.

Al fin y al cabo Claire se había desmoronado en estas estancias, y cuando ella tenía seis años, ahí murió Eugene, su padre.

Durante meses y años, la viuda había continuado con su vida cotidiana, moviendo su cuerpo pero sin su corazón en el mundo real.

Según explicó a su hija, el primer año se preguntó si tan siquiera había estado casada. El matrimonio había sido como un sueño, dijo. El propio Eugene parecía alguien soñado.

Hasta que Ally volvía a aparecer: cuando llegaba a casa después del cole o simplemente al despertar, con su rostro exacto al de Eugene. Le recordaba entonces que su marido había sido real.

Había sido real. Había estado ahí. Y luego dejó de estarlo.

El rostro de Ally tenía su misma forma de corazón. Su nariz era como la de su padre, y los grandes ojos redondos —su sonrisa— eran iguales.

Los genes de Claire habían pasado de largo sin dejar rastro en Ally, pero habían arraigado en Lizzie. Su altura, su figura, los rizos: eran de

Claire. La nariz de la abuela, elegante y pronunciada. La nariz de una reina, una mujer auténtica. No una nariz de niña o muñeca.

Claire hablaba con él a diario, le recordó a Ally, ahí sentada, sola.

—Puedes venir a casa ahora —decía Claire al aire. Ally prestaba atención en ocasiones—. Ya llevas bastante tiempo fuera, Eugene. Es hora de que vengas a casa.

—¿Con quién hablas?

Claire lo negaba. Estoy hablando conmigo misma, le decía. Le ayudaba a pensar.

Bebía y fumaba y bebía un poco más, y un día balbuceó:

—Es nuestro cuarto... agosto sin él. Nuestro cuarto... comienzo de agosto. Sin él.

Cada día era un nuevo día sin Eugene.

Semana a semana, mes a mes, sus cosas y pertenencias habían ido desapareciendo. Ally buscaba las gafas de su padre, su sombrero, pero Claire lo metía todo en una habitación en el cuarto piso y la cerraba con llave.

Primero sus papeles, carteras, zapatos. Los libros. Sus pañuelos y abrigos de invierno, chanclas, guantes. El juego de backgammon, el ajedrez; los discos, incluso Abbey Road, que los tres habían escuchado y adorado.

La puerta permanecía cerrada y nunca se abría. Al menos en su presencia.

Había sido su canguro, Setta, quien olvidó el diminuto violín en la clase de ballet. Dentro del vestuario, bajo el banco.

Claire se había enojado, pero Eugene la tranquilizó por teléfono. No costaba nada, en absoluto, dijo, desviarse hasta el ballet de regreso del trabajo. Para Gene, nada merecía armar tanto lío. Pero, por supuesto, si hubiera vuelto a casa aquel día desde Broad Street a Broadway para cruzar luego el puente, no habría tomado la calle Tillary para recoger el violín olvidado, el de Ally, y el conductor con discapacidad visual no le habría embestido.

Cuando regresaron de California, Claire despidió a la canguro y desde entonces la hora de acostarse desapareció. Ally se iba a dormir cuando quería. Claire renunció a preparar el desayuno: huevos, copos de avena, cualquier cosa caliente. Sólo servía yogur y vasos de leche. O sólo leche.

Ella podía servirse los cereales si le apetecían, decía Claire. Y eso hacía. Aprendió a apañárselas con la jarra de más de tres litros: levantarla y luego inclinarla sin derramar la leche. Se enseñó a cocinar, a hornear y a fregar.

—Bien —decía Claire— nuestra vida será perfecta. Ahora no puede empeorar.

Ally la observaba encender un Parliament, inhalar profundamente y exhalar despacio, mandando el humo viciado hacia el cielo, como si lo arrojara a la cara de Dios.

Nunca hablaba de su padre. Nunca hablaba del matrimonio ni de amor ni de sexo, en absoluto.

Bien, una vez, pensó Ally. Hubo una sola vez.

—Sólo quiero decir una cosa —anunció Claire.

—Por favor, aquí no.

Su hija estaba de pie en su habitación de hormigón en la residencia de estudiantes New South durante su primer año en la uni. Primera clase. Georgetown.

Claire, con las piernas cruzadas, estaba sentada en la cama nueva de la residencia, dándose en la rodilla con un mechero para el tabaco.

—Una cosa. Vamos, sólo una cosa.

—Mi compañera llegará en cualquier...

—El sexo no es amor. El amor no es sexo.

Ally se puso a traspasar la ropa de la cama a los cajones.

—Genial. Estupendo.

—El amor es lo que sucede cuando acaba el sexo.

—Gracias. Vale. Lo tendré en cuenta.

—Ya que me preguntas...

—Pero si yo no he preguntado.

—No mantengas relaciones hasta que estés segura de que puedes quererle sin sexo.

—¡Ahora ya lo sé!

—Yo sabía que podía. Amé a tu padre, también cuando el sexo terminó. Él era divertido. Si es divertido, entonces adelante. ¿De acuerdo?

—¡De acuerdo! ¡Me alegro tanto de esto! ¿Hemos acabado? —La puerta se abrió de par en par. Saludó agradecida—: ¡Nanda!

Ally gritó con demasiado alivio.
—Hola.
Nanda saludó con grandes ojos tristes, levantando la correa del bolso por encima de su cabeza. La anoréxica, dijo Ally a Anna esa noche por teléfono. De Bombay, según decía. ¡Pero mejor que Claire! Los padres de Nanda también habían entrado, también con *jet-lag*, y cuando Claire se levantó para darles la bienvenida se cambió disimuladamente el mechero de mano.

*T*ed tenía razón, pensó Ally, aún sentada. Era la casa. Esta casa. Tenía que salir. Lizzie ya se había ido. Miró el teléfono. Ted no había devuelto la llamada.

A las tres, hubo otra tormenta. Ally pudo olerla cuando salió en Brooklyn. Un suave viento agitaba el cielo gris. Los truenos retumbaban en la distancia.
Cuando descargó la lluvia torrencial, empezó a correr por el Canal. Llegó al mismo tiempo que Mac, del Apartamento 1 en la planta baja.
Mac había cumplido noventa años el día anterior. Veterano de la guerra de Corea y todo un caballero, alcanzó a verla corriendo hacia la puerta y se la sostuvo abierta con cortesía.
—Gracias —le dijo entrando en la portería, calada hasta los huesos.
—Demasiado tarde, creo —respondió Mac sonriente.
Chorreaba agua por los dedos, los codos, la nariz.
—Más vale tarde que nunca.
Se dio media vuelta para subir por la escalera de incendios.
Sin aliento y molesta, empujó la puerta de entrada al cuarto piso, dobló un recodo y se topó con Teddy que salía a sacar la basura.

— *E*scucha, Ally, voy a salir. Tengo una reunión a las diez en la parte alta de la ciudad y ya llego tarde. —La dejó entrar para secarse—. Quédate aquí, te pediré un... ¿Quieres ropa? ¿Ropa seca?

Fue al baño a buscar una toalla.
—Pero ¿por qué iba a decir Weather algo así? ¿Por qué?
—¿Esa chica rara? ¿La gorda?
—No está tan gorda, ¡y es la mejor amiga de Lizzie!
—¡Puede que mienta!
—¿Por qué iba a mentir?
No respondió. Ally estaba ahí de pie, mirando a su alrededor y tiritando. El aire acondicionado funcionaba a tope. Segundos después, Ted regresó andando con brío y le tendió una toalla.
—Sabe que Lizzie me odia.
—Lizzie no te odia.
—Sí, me odia.
—Que no. Tiene... tiene sus cosas con la figura paterna. Y es protectora.
—¿De qué?
—De mí.
—Eso es cierto. —Dio un vistazo al reloj—. Debo irme... ¿Quieres quedarte y secarte?
—No. —Ally se secó la cara con la toalla y respiró hondo—. No puedo creer que Lizzie pueda hacer esto. ¡Puaj! Esta toalla está mojada. —Se la devolvió—. Huele raro, como a vómito.
Ted miró la toalla.
—¡Es la única que tengo!
La tiró tras él, al sofá.
—¿Por qué gritas?
—¡Lo siento! ¡Estoy estresado! Tengo que estar en la calle Cincuenta y la Sexta dentro de diez minutos. Ha venido un grupo de Hong Kong. —Cogió a Ally del codo y la llevó hacia la puerta—. ¿Te llamo luego? ¿Quieres pedir algo de cenar? ¿ABC? ¿NoMad?
—No —dijo Ally, separándose de él para ir a la cocina—. ¿Entiendes que es mi niña?
—No es una niña.
—Quiero llegar al fondo de esto. Necesito papel de cocina.
—No es una niña, tiene veinte años.
Volvió a mirar nervioso su reloj.
Ally pasó del fregadero a los armarios.

—He dicho mi niña. No una niña. Se está arruinando la vida, y Weather dijo que la idea era tuya. —No podía encontrar ninguna clase de papel—. ¿Tienes una servilleta o un mantel?
—No se está arruinando la vida... —Se fue hasta su escritorio—. Muchas mujeres posan para... *Playboy*, y les va muy bien.
—¿Como quién? —dijo Ally mirando si había algo absorbente en los armarios.
—Cantantes. Actrices. Eso es lo que ella quiere.
Cerró el maletín y agarró el teléfono.
—¿Meryl Streep ha posado para *Playboy*?
—No sé, pero estoy seguro de que se ha desnudado, todas ellas lo hacen. Las chicas de hoy en día no son de la vieja escuela. Todo eso del odio al hombre. Como tú. —Se dirigió hacia ella con el maletín en la mano—. Como dijo Lizzie en la cena, juegan con la baza del sexo. El sexo vende.
Ally se dio la vuelta.
—No odio a los hombres.
—Me refiero a que ella no es tan conservadora... como tú. No es... una mojigata. —Miró por la cocina—. No tengo servilletas.
Ally retrocedió, ofendida y boquiabierta.
—¡No soy una mojigata!
Él le dirigió una mirada.
—No estoy diciendo que eso no sea encantador. ¿Nos vamos ya?
—Sólo porque no me acueste contigo no significa que sea una mojigata.
—De acuerdo, me he equivocado de palabra. Pero tenemos que irnos, ahora. —Una vez más la invitó a salir, dejando atrás un charco de lluvia, como si se hubiera hecho pis—. Tienes que permitirle vivir su vida.
En la puerta de entrada, abrió el armario para buscar una chaqueta con que protegerse de la lluvia.
—¿Quién lo dice? ¿El doctor Phil?
Encontró un impermeable y se lo puso.
—Ha acabado los estudios, vive por su cuenta. Tienes que dejarla en paz. —Cogió un paraguas—. ¿Necesitas un paraguas?
Ally seguía ahí, estudiándole.
—Lo que dices no es más que una perogrullada solipsista de mier-

da. —Se puso a la defensiva—. No tengo que dejarla en paz ni dejarla volar ni dejarla libre. De hecho, mi intención es seguir presente el resto de su vida. Y si no me da las gracias ahora, lo hará algún día, porque sabrá el cariño que ha recibido.

—¿Ah, de verdad? —Se puso unos mocasines—. Pues bien.

—¿Bien? Oh, ¿te parece bien? No te pedía permiso.

Ted abrió la puerta.

—Mantenla en una torre el resto de su vida.

Ally salió al pasillo.

—La vida no es una canción de Sting —replicó ella, y mientras lo hacía salió una joven guapa del ascensor.

Al ver a Ally se paró en seco, sintiéndose como atrapada.

—Hola —dijo Ally.

La mujer parecía confundida y se agarró la solapa de la gabardina Burberry con la mano libre.

—¿Está Ted?

—Sí. Justo ahora sale…

—Aquí estoy. —Teddy salió y cerró la puerta—. Simone, Ally. Ally, Simone.

—Hola —dijo Ally una vez más, esta vez con un ademán de su mano.

Simone le dio la espalda y miró el ascensor. Apretó unas cuantas veces el botón para bajar, como si tuviera que huir a toda velocidad.

Ted cerró la puerta del piso.

—Simone hace prácticas este verano con Bunny. ¿Bunny Dunn? Ya la conoces, Ally. La que hizo mi *loft*.

Ally asintió.

—He oído hablar de ella.

—Estamos haciendo el baño. ¿Ya tenéis las baldosas, Simone? ¿Has traído la baldosa? —Miró a la joven, pero ella negó con la cabeza—. Tengo que salir. Pensaba que vendrías mañana.

—Estaba cerca de aquí —respondió insegura.

Ally se fue andando hacia ella. No pudo evitarlo, observó el traje de Simone —chic, rosa—, su ajustada falda tubo y los zapatos de tacón de aguja, imitación de piel de becerro. Sus tetas, pensó, altas hasta lo imposible. Podría ser modelo como Lizzie. Despampanante.

Ah, quien fuera joven.

En silencio, todos bajaron en el ascensor.

En silencio salieron bajo el toldo. Luego Ted entró en pánico.

—¡Maldita sea! He olvidado un jodido… ¡demonios! Ally, ¿quieres dinero para un taxi? Tengo que… volver a subir.

—No. Cogeré el tren.

—¿Simone? ¿Dinero?

—No.

—¿Vuelves mañana por la mañana?

—Claro —dijo Simone.

—Hacia las nueve, y trae la baldosa.

Simone asintió.

—Ally —dijo Ted acercándose—. Quiero acabar… tengo una casa en South Hampton, ¿vale? Seis habitaciones. No es que las necesitemos. —Ella no respondió. Entonces él susurró—: Lo lamento. No quise decir mojigata, quería decir neuras.

La besó en la mejilla y regresó.

Ally le siguió un momento con la vista mientras se dirigía hacia las escaleras. Luego se dio media vuelta. Aún diluviaba.

Simone se quedó con ella bajo el dosel, ambas habían decidido esperar a que dejara de llover.

No hablaban.

Luego ella tomó la palabra:

—Sé que estás con él, en cierto modo. —Miraba al frente—. No pasa nada… por salir. Lo que sea. No tenemos… exclusividad. —Miró a Simone—. Vi la cara que ponías, cómo entraste en pánico. No te preocupes. ¿Bunny Dunn? Qué suerte, tiene mucho talento. Que tengas suerte.

Simone no dijo nada.

Ally siguió divagando.

—Mi hija tiene tu edad. Acaba de terminar Duke. Es una época difícil, cuando acabas la facultad. ¿Dónde estudias? —le preguntó.

Simone por fin la miró.

—No estudio.

—¿Ah, no? ¿Ya has terminado la carrera? El programa de prácticas es un desastre. ¿Te tienen sin cobrar? Es muy injusto.

—Que no, señora. No estoy en prácticas.
—Oh —dijo Ally sorprendida—. ¿Qué haces?
—Soy una puta.
—¡Oh!
Desplazó la mirada hasta la farola, recorriéndola de arriba abajo. No se movió, continuó ahí, notando cómo se le aceleraba el corazón. Luego se llevó la mano derecha al rostro y se frotó el ojo, luego la mejilla y sonrió.
—¿Le resulta gracioso? —preguntó Simone.
—No —se disculpó Ally—. No, no es eso.
Se pasó la mano por el pelo mojado.
—No va a decir que se lo he contado, ¿verdad?
—No, no. Es nuestro secreto.
Simone asintió.
—Esta clase de hombre, nunca cambia. Conozco a otra chica que trabaja también para él. Tres veces a la semana. Es de los que no usa condón. Tiene pasta. Pensaba que debería saberlo.
—Sí —respondió Ally, pestañeando, aturdida—. No cambian, y es verdad, tiene pasta.
¿De los que no usa condón?
—Es un adicto —continuó Simone—. Y se lo digo porque... parece una señora agradable. ¿Cómo puede saberlo? Las esposas nunca se enteran.
Miró al cielo.
—Lo sabía —respondió—, lo sabía. Simone, cielo. Doy clases. Estudios de género. Brooklyn College.
La chica asintió.
—¿Sí? ¿Y qué?
—Puedo ayudarte... a encontrar un trabajo.
—Ya tengo uno —contestó—. Oiga, está toda mojada, ¿a qué está esperando entonces?
Desde luego, Ally estaba empapada. Asintió.
—Sólo pensé que... entre mujeres, ya sabe... —dijo Simone.
Ally respondió:
—Sí, Entre mujeres. Gracias.
Entonces se puso a andar bajo la lluvia torrencial.

Unos cuantos bloques después, empezó a correr. Luego corrió con los brazos en alto, los puños cerrados, vitoreando y celebrando. Después aminoró la marcha y tomó aliento.

¿Cómo consigues alguna vez conocer bien a alguien? Todo este engaño. Todos estos secretos. Todos estos papeles que interpretamos.

Se preguntó sobre todo aquello.

Nunca había contado las pecas de Ted. Él nunca había contado las suyas. Él nunca había preguntado siquiera.

Paró un taxi en Houston y Bowery.

—Veinticuatro y Quinta, por favor —dijo al conductor—. El St. Regis.

*D*urante unos minutos Ally siguió despatarrada, con Jake todavía dentro de ella. Rozó con los labios su mandíbula, las mejillas, su nariz. Se sentía como si amara a este hombre. Al menos le encantaba hacer el amor con él.

Tenían la cara roja, colorada por la transpiración, y los cuerpos humedecidos como si hubieran estado sumergidos en aceite caliente y agua. Piel resbalando sobre piel, sudor goteando desde sus pechos y desde el nacimiento del pelo de Jake, junto a las sienes.

Finalmente, se incorporó del respaldo del asiento y se levantó despacio. Él no había perdido la forma aún, mantenía una erección fuerte y dura cuando ella se apartó, contrayéndose en torno a la misma.

Separados por fin, dobló la rodilla derecha, levantada entre ambos, y consiguió poner el pie derecho en el asiento del conductor. Con Jake sosteniéndola por la cintura con las manos, la pasó al otro asiento y se dio la vuelta sobre los pies.

Jake entonces retiró el condón enrollándolo hasta sacárselo, por la punta, donde estaba lleno.

Callada y ofuscada, Ally observó embriagada por la veneración casi cómica, mientras él hacía un nudo cuidadosamente al final de la goma.

Cuando acabó, lo sostuvo en el aire, agotado y sonriente.

—¿Qué deberíamos hacer con esto?

Ally lo observó en silencio. El poder —el potencial— contenido en ese pequeño saco era ilimitado, pensó en su estupor achispado. La más mínima gota podía precipitar acontecimientos. Acontecimientos importantes, que podían cambiar el mundo. Pequeños milagros. Un poco de esperma hizo a Gandhi, pensó. Marie Curie. Otro hizo a Bach. Otro a Mozart. Vincent van Gogh. Amelia Earhart. Otros hicieron a Einstein y a Martin Luther King. Otros a Pol Pot y Sacagawea. Y a Lizzie.

El sexo era increíble, pensó Ally observando el abultado condón. Pero a veces, todo lo que se interponía entre el sexo... y crear una persona era este globo de agua hecho de partículas de polímero, en un envoltorio del tamaño de un Triscuit.

—Deberíamos organizarle un funeral —susurró Ally con voz comprensiva, sólo medio en broma—. Pensaban que les esperaba un viaje por delante, pensaban que les deparaba grandes cosas. —Sonrió con malicia—. ¿Y no lo esperamos todos? —Estiró la mano—. Dámelos.

Jake le tendió el saquito. Lo dejó cuidadosamente en el suelo donde habrían estado sus pies si no los tuviera debajo del cuerpo, mientras él bajaba la ventanilla para que entrara un poco de aire fresco y levantaba el trasero para subirse los calzoncillos. Los tenía por las pantorrillas, y los vaqueros también. Ella le había sujetado así, le había atado como un pavo o un niño travieso castigado en su asiento.

—Espera un segundo. Espera, Al —dijo él con las pantorrillas liberadas y los vaqueros subidos.

Cerró el contacto y sacó las llaves.

Ally le observó salir a la noche, rodear el coche hasta la parte posterior para abrir el maletero.

Cuando regresó, se quedó junto a la portezuela mientras se limpiaba la cara con una toalla seca. Se inclinó y le pasó otra toalla. Ella también se secó la cara, el cuello, la parte interior de los muslos. Cuando hubo acabado, tendió la toalla a Jake, que limpió la parte posterior del asiento del conductor. Luego arrojó ambas toallas por encima, a los asientos traseros, y volvió a salir del coche.

Allí sobre la gravilla, abarcó con los brazos la ropa de cama que tenía en el maletero: saco de dormir, edredón, una almohada del colegio mayor. Se lo llevaba de la residencia, de vuelta a casa.

Volvió a entrar y colocó todo el bulto sobre el tablero central.

—Haz un poco de sitio.

—¿Qué estás haciendo?

—Prepararte una cama... —dijo y extendió las mantas, moldeándolas y retocándolas hasta formar un nido.

—Eres un sueño —dijo Ally mientras se acurrucaba ahí, cerrando los ojos, adoptando una posición fetal.

Jake se puso la camisa, cerró la puerta, se ajustó el cinturón de seguridad, encendió el motor y bajó las ventanas, las cuatro. Apagó la radio y salió del aparcamiento.

Hacía una noche tranquila, oscura y plácida mientras conducía, y Ally se quedó dormida.

Lo único que podía oír era el débil murmullo de la brisa, el viento de la carretera, y el reconfortante quejido de los grillos al final de la primavera, su fuerte sonsonete. Lo único que podía sentir era, rodeando sus tobillos desnudos, la mano fuerte de Jake.

El taxista la contempló por el retrovisor.
Ally le devolvió la mirada por el reflejo. Tenía la nariz roja y los ojos llorosos, y su pecho ascendía y descendía. Estaba mojada de pies a cabeza, eufórica y enfadada al mismo tiempo.
El conductor estiró el brazo para buscar algo a su derecha, luego se volvió para darle algo a través de la mampara.
Era una toalla rosa, limpia y seca. Tamaño ducha.
—Gracias —susurró ella. Apenas podía hablar. Se secó los brazos y se limpió la cara. Los hilos eran suaves y olía a detergente—. Muchísimas gracias —repitió.
El taxista asintió y se interesó:
—¿Quiere que ponga la calefacción? —preguntó amable con algún tipo de acento difícil de ubicar.
—Gracias.
—¿Pongo la radio pública?
—No, gracias. Gracias por preguntar.
El conductor asintió y miró hacia delante para respetar su privacidad. El semáforo cambió a verde. Poco a poco y con cuidado, se dirigió hacia la parte alta de la ciudad.
Marcó el número del St. Regis. Cuando la telefonista respondió, preguntó por Jake Bean.
Después de dejarla en espera, la telefonista dijo:
—Lo siento, señora, pero no hay nadie registrado con ese nombre.
—Oh, lo siento —contestó, acordándose otra vez—: Noah. Noah. Noah Bean. Como el cómico. O la marca de legumbres, de judías.
Respiró hondo y se mordió el labio inferior. ¿Por qué se iba por las ramas? Se sentía ridícula por varios motivos.
—Un momento, señora. —Pasó un instante—. Lo lamento. No hay ninguna reserva bajo ese nombre.

Ally se frotó la frente llena de frustración. ¿Se habría marchado Jake? ¿Habría cambiado de hotel? Respiró hondo y pensó. ¿Adónde podía haber ido? ¿No habría llamado si se hubiera mudado de vuelta a Los Ángeles?

Entonces se acordó.

—Yastrzemski —dijo—. Carl. Carl Yastrzemski.

—Un momento, por favor —dijo la telefonista, y pasó a Ally de inmediato.

$\mathcal{J}$ake aparcó el Chevy en la otra acera. Apagó las luces y luego el motor, y Ally, adormilada, abrió los ojos.
—Ya estás en casa.
Ella se sentó despacio y miró por la ventanilla a la izquierda.
—Oh, no —dijo frotándose los ojos, pestañeando para despertarse—. Ha sido una tontería.
—¿El qué?
—No dejé encendida una lámpara en el interior… ni la luz del porche.
Jake volvió la cabeza hacia la casa.
—Mira qué oscuro está. —Había farolas ubicadas ante las dos casas vecinas, a izquierda y derecha de la suya, con lo cual estaba envuelta en oscuridad—. Detesto volver a casa cuando no hay nadie.
Las ventanas se veían negras y el porche entre sombras.
—¿Tienes miedo? —preguntó Jake mirándole.
Ally tomó una larga y profunda inspiración, ahí sentada, quieta.
—Siempre tengo miedo —admitió—. Nunca dejo de tener miedo. —Entonces sus miradas se encontraron—. En diez años no he podido dormir una noche de un tirón.
Jake la estudió.
—Vamos. Entremos.

$\mathcal{S}$ubieron los peldaños del porche y Ally se detuvo al distinguir una camioneta aparcada más abajo en la manzana.
—Nunca está ahí —susurró inquieta.
—¿Qué?
—Esa camioneta calle abajo.
Él estiró el cuello para estudiarla.
—Dijeron que los ladrones conducían una camioneta descubierta. Dijeron que tal vez fuera negra.

—Ésa es azul.
—¿Ah sí?
—O gris. No es negra.
—¿No lo es?
—Estamos seguros.
Ally bajó la vista y buscó en su bolso hasta encontrar las llaves.
—Me alegra mucho que estés aquí. Te quedas, ¿vale?
—Vale.
Aún estaba achispada.

— Quiero quitarme ese olor —explicó a Jake, dejando caer el vestido al suelo. Él se apoyó en el umbral y observó—. ¿Puedes ducharte tú también? ¿Por favor? —preguntó.
Jake se quitó la camisa. El baño estaba oscuro, habían dejado las luces apagadas. Luego se bajó la cremallera de los vaqueros.
—Humo de tercera mano —explicó Ally arrastrando las palabras—. No se alerta demasiado al respecto..., pero se mezcla con las cosas. Es la nicotina, se mezcla con tu pelo y con la ropa, y forma digamos que unos gases que provocan cáncer. —Se bajó las bragas y las apartó—. Afecta a los niños, retrasa el desarrollo. Coeficientes intelectuales inferiores. —Desnuda del todo, retiró la cortina y abrió el agua. Estiró la mano para comprobar el chorro mientras aumentaba de temperatura—. ¿Has visto *Psicosis* alguna vez?
—Ally, venga, hemos echado todos los cerrojos.
Jake se encontraba ahí desnudo y listo para la ducha.
—Pero sería la situación perfecta. Nosotros en la ducha. Tres hombres. Todos bajos, menos de metro setenta. ¿Te lo había explicado? —Se metió en la bañera—. Tú eras demasiado joven pero... —continuó Ally, cerrando los ojos bajo el chorro caliente.
Jake se metió también y cogió el frasco de No More Tears. Echó un chorrito en su mano.
—¿Demasiado joven para qué?
—La última película que vi en el cine... hace diez años. Retengo esta imagen del propio Rocky... Rocky el boxeador.
—¿Sylvester Stallone?

—Y la actriz que mostraba su vagina...
—Ah...
—No. No puedes saberlo. Eras un bebé.
—¿*Instinto básico*? ¿Sharon Stone?
—Sí, ésa. Tenían una escena en la ducha... ambos estaban desnudos y me entraron ganas de vomitar. Oh, qué bien sienta esto. Jake le enjabonó el cabello. Ella se lo enjabonó a él.

Una hora después, con Jake profundamente dormido, Ally se despertó y salió de la cama. Algo mantenía su mente alerta. Tal vez los ladrones. Tenía que ser eso. Si no, ¿qué?

Encontró el bolso y buscó el móvil para oír el mensaje que había dejado Meer.

—¿*Elle*? ¿Octubre? —dijo Meer.

A Ally se le hundió el corazón.

—¿*Cosmo*? ¿Mayo?

Meer lo había descubierto. Meer lo sabía. Ally había estado escribiendo durante años y años para *Elle* y *Cosmo*, *Glamour* y *Redbook*, como ayuda para llegar a fin de mes. Usaba un nombre falso mientras daba consejos sobre salud y mujeres. Economía básica. Presupuestos del hogar. Ahorros para la jubilación.

Alguien se había chivado. Yoko se había chivado. No conseguía recordar a quien más se lo había dicho, nadie más lo sabía.

Dejó el teléfono, lo apagó y se imaginó el lunes con Meer: sus notas llevaban retraso. ¿Cuál era el motivo?, preguntaría. ¿Era éste el motivo? ¿Los artículos en revistas? ¿El trabajo extra? ¿Cómo podía concentrarse en dos trabajos distintos? ¿En qué se concentraba más? ¿En los trapitos lustrosos o en la investigación y el mundo académico? ¿Por qué lo mantenía en secreto en Brown?

Cobraba talones de mil dólares, cuatrocientos aquí, trescientos allá, y los metía todos en una cuenta, para destinarlos sólo a la enseñanza universitaria, concretamente la de Lizzie.

Vaya patinada, había sido una estúpida al confiar en Yoko.

Con los párpados caídos, dejó el teléfono dominada por un terror que alcanzaba sus huesos. No debería habérselo dicho a nadie. A nadie

en absoluto. Pero se lo había dicho a Yoko y Yoko a Meer... ¡y encima ella la había estado protegiendo!
Qué idiota. Debería haber guardado el secreto.
Esta vez lo haría.
Miró a través de la oscuridad a Jake durmiendo.
Ya había llegado el siguiente día, el fin de semana había acabado. ¿O era el principio? Había eludido su trabajo durante los últimos dos días, y Lizzie llegaría a la estación a la una. No podía permitirse ninguna tontería. Ya no.

En el St. Regis, un botones se acercó al bajar ella del taxi. Sostuvo un paraguas sobre su cabeza, enorme y negro, mientras avanzaba a buen paso por la alfombra roja y subía los peldaños de la entrada.

Una vez en el vestíbulo, chorreando, el agua formó un charco en el suelo. Buscó a Jake.

Todo resplandecía, todo relucía: sillas con armazones dorados y asientos de terciopelo rojo, espejos brillantes, arañas de cristal y jarrones llenos de lirios altísimos.

Todos los hombres se mostraban dignos: los botones con guantes de cabritilla blanca y trajes negros; los vigilantes con trajes grises hablando por sus micros; los ejecutivos de azul marino cruzando el vestíbulo procedentes del King Cole Bar.

—¿Puedo hacer algo por usted, señora? —preguntaron desde el mostrador principal.

Ally le respondió.

—Estoy esperando a un amigo.

El guapo italiano asintió y sonrió. Ally se volvió entonces hacia los ascensores. Unos segundos después, el recepcionista se acercó con un fajo de toallitas de papel.

—Gracias.

El italiano asintió sonriente mientras resonaba la campana del ascensor y Jake salía de él.

—¿Ally? —dijo, pues la vio antes.

Al girarse y verle volando hacia ella, estalló en lágrimas.

—Sube —dijo con dulzura.

—No puedo.

—Sí puedes. ¿Por qué has venido?

—No sé.

—Vamos, antes de que aparezcamos en el suplemento «Page Six».

Bajándose la gorra, la guió hacia el rincón de los ascensores.

En la suite de Jake, Ally permaneció ante la ventana buscando Central Park entre la neblina. Estaba ahí en algún lugar, por encima de la Quinta Avenida. Pasado el Plaza. Un velo de niebla envolvía la vista.

—¿Algo caliente? —preguntó Jake desde el otro lado de la habitación. Estaba de pie junto al escritorio con el teléfono en la mano—. ¿Servicio de habitaciones?

—Estaría bien.

Se volvió y miró a su alrededor.

Por toda la estancia había distribuidos sofás con almohadones y otomanas con flecos, y lámparas altas de mesa sobre manteles con rayas de cutí. Largos cortinajes con borlas enmarcaban las ventanas, y del techo colgaban arañas.

Jake quedaba extraño y maravilloso ahí: la colcha formal, el chintz y la seda.

—Una tetera y tarta de chocolate. Fundido, gracias —le oyó decir. Le pegaba en cierto modo. Tras colgar se volvió hacia ella—. Hay un minibar que podemos vaciar si queremos, pero antes mejor te sacamos toda esa ropa mojada.

Ally le miró.

—No lo he dicho en ese sentido. —Sonrió—. A menos que quieras.

Ella miró otra vez a través de la ventana, buscando árboles, algún indicio de árboles, de Central Park.

Él la estudió.

—En serio, primero sécate. Hay un albornoz en el baño, al otro lado, ah, del dormitorio.

Ally no se movió.

—Qué bonito. ¿Vives aquí?

—¿Te parece guay? Pues no te pierdas el baño. Hay una tele dentro de un espejo. —Ally se dio la vuelta y sonrió. Se miraron a los ojos—. En serio, las señoras de *The View* te observan desde el espejo mientras te bañas. Yupi, Barbara...

Ally se rió.

—El único problema es que te vuelves un malcriado. —Le dedicó una mirada elocuente—. Es difícil instalarte en el Motel 6 después de

haber vivido aquí. Cuesta volver a las lonchas de queso Velveeta después de acostumbrarte, no sé, al brie francés.
—¿Brie francés? Eso suena divertido viniendo de ti.
Jake sonrió.
—Ya sabes a qué me refiero.
Lo sabía. Volvieron a mirarse a los ojos. Después de haber estado con Jake, cualquier hombre parecía insignificante a su lado. Pasó un momento.
—¿Por qué decidiste buscarme? ¿Qué quieres? —fue la pregunta de Ally.
Él la observó y pensó en ello. Mirándose las manos, respondió:
—Bien, para empezar... quería ver si me recordabas.
Ella sacudió la cabeza.
—Por supuesto que sí.
—Quería ver si alguna vez pensaste que... habías cometido un error.
Ally asintió.
—No fue un error. No. Tal vez lo fuera. —Intentó explicarse—: Te habrías quedado colgado, y si a mí me hubieran despedido... lo lamento, Jake.
Él consideró sus palabras.
—Sé que no queda bien llorar en el yate, y no voy a hacerlo. Lloriquear en un yate... Pero todas estas cosas... dinero, fama... no son nada si no amas a alguien. —Hizo acopio de valor—. Así que... voy a soltarlo: me enamoré de ti hace años, de estudiante. Y aquí estoy ahora, tras años sin verte, y aún sigo enamorado de ti.
Ally se quedó atónita. Permaneció de pie pestañeando.
—Es lo que hay. Y era el motivo de la cena. Ver si seguía enamorado, y ha resultado que sí, y quiero saber si tú sientes lo mismo.
Ella continuó un largo instante quieta, en silencio.
Y entonces sonó el móvil.
Bajó la vista, lo sacó del bolsillo y miró el número.
—Jake —dijo mirándole—. Sé que este momento es importante... no quiero cortarte el rollo.
Jake sonrió.
—Debo contestar. Es mi amiga. Tenemos un pacto un pacto de emergencias: tres llamadas. Y es la tercera.

—Claro —respondió él—. Adelante.
Se fue al escritorio y cogió un guión.

—¡*La* TMZ! —gritó Anna después de que Ally saludara—. ¡Te he visto en una pelea! ¡Una pelea de bar!
—¿De qué hablas?
—¡Una pelea!
—¿Cómo?
—¡En la tele! ¡La cadena de cotilleos!
—Eso fue... Escucha, no puedo hablar.
—¿Estás con él?
—Sí —dijo y dirigió una mirada rápida a Jake.
—¡Déjame saludar!
—¡No!
—¡Por favor!
—Anna, no. No es buen momento.
—¡Por favor!
Ally hizo una pausa y entornó los ojos. Se dio media vuelta para buscar a Jake.
—Mi mejor amiga... quiere saludarte.
Jake se levantó y dejó el guión.
—Claro.
Le tendió el teléfono y susurró:
—Lo lamento. Se llama Anna. Con una a breve. Como en «ángel». Sin alargarla. No como en «achís». La pone mala.
Jake se llevó el móvil al oído.
—¿Anna?
Avergonzada, Ally se quitó las botas de goma.
—¿Noah Bean? —gritó Anna.
—Hola.
Descalza, Ally se fue al baño, necesitando un minuto a solas. Precisaba también una toalla. Una toalla limpia.
—¡Soy una gran fan! ¡Muy fan! ¡Mucho!
Jake se volvió y miró por la ventana.
—Gracias.

—Y mi marido también. Te adoramos. Del todo. Te adoramos.
—Muchísimas gracias —repitió él.
—Pero hay algo más importante. Escúchame. ¿Me escuchas, Noah?
—Sí.
—Bien. Ally te quiere.
Se quedó quieto y miró por la habitación. Ella ya no estaba.
—Tal vez no se le note, tal vez no lo admita, ni siquiera para sí. Pero no te rindas. Tiene... sus cosas. Lo sé porque es mi mejor amiga y soy psiquiatra. ¿Sabes lo que quiere decir una loquera? Significa que me entero de esto.
—De acuerdo.
—Al final lo aceptará.
Jake bajó la vista a la alfombra y pestañeó.
—¿Noah? ¿Estás ahí?
—Sí.
—¿Me has oído?
—¿Estás segura? —preguntó alzando la vista cuando Ally volvió sacudiendo la cabeza, turbada.
—Te quiere. Todavía te quiere.
—Gracias, Anna. —Miró a Ally—. Significa mucho para mí.
—Bien —respondió la amiga—. Bien.
—Adiós —se despidió antes de pasar el móvil a Ally.
Ésta lo cogió.
—Y bien, ¿estás contenta?
—Sí. Eufórica. Gracias.
—Te llamo luego.
—Adiós, Als.
Jake se hundió despacio en el sofá, con aspecto renovado. Le brillaban los ojos.
—Lo lamento mucho —dijo Ally.
Él la miró y sonrió con aquella sonrisa deslumbrante, como avergonzada y ruborizada. Ally le observó cautivada. Sonó otra vez el teléfono en su mano. Miró el número.
—La amiga de Lizzie. —dijo y alzó la vista hacia él.
—Contesta. Tengo toda la noche.

—Estoy preocupada señora Hughes —empezó Weather—. Dijo que vendría a mi casa a las cinco. No acostumbra a fallar. ¿Sabe si ha vuelto el portero de su piso?
—Estoy confundida.
Ally había vuelto a la ventana. La niebla se despejaba y veía las copas de los árboles en Central Park.
—No me ha llamado en todo el día. No contesta. ¡Nadie la ha visto, ni los de clase ni en Del Frisco's, señora Hughes!
—Weather, si no damos con ella esta noche, tienes que… tenemos que regresar a ese sitio. Mañana a primera hora.
—Vale, señora Hughes, puedo llevarla desde el tren, andando desde la parada… pero no tengo la dirección exacta.
—Mañana temprano.
Sonó el timbre y Ally alzó la vista.
—Servicio de habitaciones. ¿Aún quieres tomar té?
Jake se levantó y contestó a la puerta.

Cuando Ally se dio la media vuelta, Jake encontró su oído:
—Son las ocho —susurró.
—¡No! —gimió ella y se enderezó al instante.
Le dolía la cabeza. Cerró los ojos y pensó en Meer. El mensaje de Meer. La amenaza de Meer. Pasada la borrachera, había que afrontar la realidad.
—¿Jake?
—¿Sí?
Abrió los ojos.
—No hay manera amable de decir esto, lo siento...
—Debo irme.
—Debes irte.
Se inclinó y le besó; luego se dio la vuelta para levantarse.
—Tengo que limpiar toda la casa... en cuatro horas.
—Te ayudaré.
Cogió una almohada y le quitó la funda.
—Mi hija no puede encontrar ni rastro de lo nuestro... Saldré para ir a la estación hacia mediodía.
Se levantó poco a poco y se agarró la cabeza.
—¿Ally? —La miró mientras se recogía el pelo—. Si fuera... si tuviera treinta y cinco, ¿me mandarías con tal precipitación?
—Aunque tuvieras cincuenta... —explicó—. Decidí hace mucho no involucrarla en mis citas.
—¿Qué citas?
—Sí, eso mismo. Hay motivos para ello.
—¿Cómo vas a conocer alguna vez a alguien?
—No conoceré a nadie —respondió, y se alejó en dirección al baño.
—Puedo casarme contigo si quieres —gritó Jake.
Ella se agarró al lavabo, respiró hondo y se mantuvo erguida.
—No hablas en serio —respondió; luego se miró en el espejo.

Parecía asustada.
—Sí, hablo en serio.
Apareció en el umbral, doblando la manta.
Ally abrió el grifo y se echó agua en la cara. Buscó una toalla y se secó. Miró a Jake a través del espejo.
—Puedo casarme contigo si quieres —repitió.
—Y cometerías un error.
Dejó la toalla en la barra.
—¿Por qué?
Ella cogió el cepillo de dientes.
—Porque —empezó, pero a continuación tomó la pasta dentífrica. Exprimió una pequeña forma ondulante sobre el cepillo y comenzó a cepillar por la izquierda mientras hablaba—. Tienes veintiún años... Vas a dejar los estudios... —Se cepilló un rato, luego se detuvo y escupió y empezó otra vez por la derecha—. No sabes qué tipo de trabajo quieres hacer... Tienes deudas... Eres demasiado joven para ser padre. —Volvió a escupir y dejó el cepillo de nuevo en el vaso del lavabo—. Y, además, no nos conocemos. No nos conocíamos hasta hace dos días.
Cogió el vaso y se aclaró.
Jake la observaba.
—Te conozco.
Tras dejar el vaso, se limpió la boca y se volvió para mirarle.
—Jake, mira. Tengo... sentimientos inexplicables...
—¿Inexplicables?
—Inexplicables.
—Sé lo que significa, sólo que no acepto que tus sentimientos sean inexplicables.
—Estoy totalmente encantada y abrumada por lo que ha pasado aquí este fin de semana, pero...
—¿Pero?
—No nos conocemos, en realidad, no.
—Ally. Me he sentado en tu clase y te he escuchado refunfuñar durante noventa minutos dos veces por semana a lo largo de tres años. Semestres. Doscientas dieciséis horas en total.
Ella le miró:
—¿Refunfuñar?

El joven sonrió.

—¿Eso he dicho? Quería decir dar clase. He leído tus textos, tus dos libros, y tú has leído seiscientas páginas mías...

Ally escuchó mordiéndose el labio.

—Ya llevamos un tiempo conociéndonos, tú y yo —siguió Jake hablando y coqueteando.

Ally se volvió:

—Fue idea tuya. Y pensé que estábamos... Y ahora me pintas como una gruñona que se lo hace con jovencitos, y no era eso.

—¿Qué era entonces?

—Cometo errores.

—¿Quién te ha dicho eso?

—Tomo decisiones y...

—No, te lo he dicho, no era una aventura. Si yo fuera una chica y tú un tío...

—Jake. Por favor. ¿Y si alguien lo descubriera? —Se volvió, se acercó y le dio un beso en los labios—. Lo lamento, ¿vale? ¿Casarme contigo?

Cansada, pensó, seguro que estoy cansada. Le esquivó, se metió en el dormitorio y se tragó el nudo de pena en la garganta. Notando la debilidad en las rodillas, empezó a temblar. Tenía resaca, ése era el problema, ella nunca bebía.

En el umbral, Jake se dio la vuelta y buscó sus ropas. Estaban esparcidas por el suelo del dormitorio.

Después en la cocina, Ally hizo café.

—Gracias —dijo él cuando le pasó la taza.

Estaba limpiando la mesa. Se detuvo un momento, dejó la esponja y se acercó al fregadero donde ella escurría la última botella de Stella.

Apoyado en el mostrador, la estudió con pena, luego volvió la cabeza y miró por la ventana.

Ally cerró el grifo y le observó llevándose la taza a los labios. Como almohadas, pensó, los labios de Jake.

No se había afeitado, y esa capa oscura en la barbilla, la sombra de la barba incipiente, la falta de sueño y una cierta tristeza, hacían que pareciera diez años mayor aquella mañana.

Ally le estudió y pensó en lo guapo que se pondría con la edad. Algunos hombres se volvían más guapos año tras año, y Jake sería uno de esos. Dichosa la dama que...

—¡Mierda! ¡No! —dijo Jake y se enderezó del susto—. Están aquí.

Dejó la taza de café en el mostrador.

—¿Quién? —preguntó Ally al tiempo que se acercaba para mirar qué veía.

Más allá del patio de entrada y de la verja, al otro lado de la calle, una niña de diez años extremadamente animada bajó de un taxi con un arma de juguete en la mano.

—¿Qué están haciendo aquí? —gritó Ally entrando en pánico.

El conductor ayudaba a Claire a sacar dos pequeñas maletas con ruedas del portamaletas.

—¡Por detrás, sal por detrás! —aulló Ally.

—Bien —aceptó él, cogiendo el macuto y la caja de herramientas.

Ella le cogió del brazo y le llevó por el comedor en dirección al porche con mosquitera de la parte posterior.

Mientras huían, Ally miró por la ventana y vio a su hija en el patio lateral, corriendo hacia la parte trasera esgrimiendo su arma.

—¡Ya estoy en casa! ¡Ya estoy en casa! —aulló Lizzie con las largas trenzas rubias rebotando sobre su espalda y el arma en mano.

—¿Adónde va? ¡Qué fastidio! ¡Qué fastidio! —Ally abandonó la ruta y retrocedió sobre sus pasos cogiendo a Jake para que la siguiera—. El sótano —indicó—. Lleva al patio por el otro lado.

—¡Hola! ¡Estamos en casa! —saludó Claire desde el vestíbulo de entrada. Había entrado por su cuenta.

Ally abrió la puerta del sótano y empujó a Jake dentro.

—¡Espera! —dijo él mientras ella cerraba.

—¿Ally? —llamó Claire—. ¡Estamos en casa! ¡Sorpresa!

—¡Hola! —aulló Ally en dirección a la cocina—. Te llamaré —susurró a Jake a través de la puerta.

—¿Lo harás? ¿Tienes mi número?

—No, no sé. Lo siento. Lo lamento mucho. No puedo llamarte. —Cerró la puerta. Corrió por el pasillo—. ¿Mamá? ¿Ya estáis aquí?

Claire estaba dejando el bolso sobre el mostrador, mirando fijamente las dos tazas de café. Dos.

—¡Sorpresa! —dijo y alzó la vista cuando Ally entró.
—Y tanto —replicó Ally.
—Cogimos el tren anterior...
—¿Dónde está? —dijo Ally fingiendo mirar a su alrededor.

*E*n el soleado patio trasero, Lizzie se subió a su columpio construido con un neumático, contenta de volver a estar en casa. Se sacó los zapatos de una sacudida y apuntó a lo alto con el arma a un pájaro que pasaba volando.

En el sótano oscuro, Jake encontró las portezuelas que daban al exterior a través de una empinada rampa. Retiró la bisagra e intentó levantar la trampilla, pero estaba atascada. Como un *linebacker* de la liga nacional, empujó el acero con el hombro y la espalda.

Desde el rincón del patio, Lizzie alcanzaba a ver las puertas rojas de la bodega. Se quedó quieta al oír el ruido de los golpes secos procedentes del sótano.

Abrió mucho los ojos cuando las puertas empezaron a ceder. Y cuando una de ellas se abrió de golpe dejando surgir a Jake, se agarró al columpio, le apuntó con el arma y soltó un chillido estridente de terror.

Ally y Claire se miraron y salieron de la cocina corriendo en dirección al grito de Lizzie.

A través del porche Ally vio a su hija agarrando la cuerda del columpio con la boca y los ojos abiertos de horror, soltando un chillido de terror tras otro:

—¡Un hombre! ¡Un hombre!
—¿Qué? ¿Qué? ¿Qué tienes en la mano? —chilló Ally mientras salía volando del porche, bajando los peldaños.
—¡Un hombre! ¡Un hombre! —gritó Lizzie indicando a Jake.

Madre y abuela se volvieron y encontraron al joven de pie en la salida, medio dentro medio fuera, cubierto de telarañas.

Claire también chilló, Lizzie volvió a gritar y Ally aulló por encima de ellas:

—¡Basta! ¡Basta! ¡Baja ese juguete! ¡Ha venido a hacer reparaciones! ¡Basta!

—¿Qué? —preguntó Claire mirando a Ally.

—Hace reparaciones.

Lizzie se quedó callada, bajó el arma de juguete, echó la cabeza hacia atrás y se rió. Claire respiró hondo y forzó una sonrisa.

—¿Le has comprado esa escopeta? —gritó Ally mirando a su madre.

—¡Es lo que quería!

Ally, que echaba chispas, se dirigió a Jake.

—¡Ven, Jake! Ven a conocer a mi madre y a Lizzie. Ven.

En Red Hook, caminaron durante más de un kilómetro, manzana tras manzana, hasta que Weather por fin lo encontró.

—¡Ahí! ¡Ahí! —Indicó un almacén dos manzanas más abajo—. Ese edificio de ahí, debajo del puente.

—¿El de la izquierda? —preguntó Ally—. ¿Al otro lado de la calle?

—¡En la otra esquina!

—Espera —dijo Jake—. ¿Ese edifico en Bushman? ¿Bushman y Court?

Había insistido en venir con ellas. Weather había querido ir andando desde Borough Hall para poder seguir la ruta de Lizzie.

Se detuvieron en la esquina mientras el tráfico pasaba veloz con ruidosos tubos de escape y levantando polvo.

—Creo que conozco este edificio. Sí. Por toda la investigación acerca de 1909, ¡el incendio de la Azucarera!

Por encima de sus cabezas rugía el estruendo de la autopista.

—¿Qué? —preguntó Ally.

—Murieron diez chicas. Bushman y Court. Oh, Dios. Es perfecto. ¿Entiendes lo que significa? Esto es… increíble. No puedo creerlo.

—¿Por qué? —preguntó Weather.

—¿Puedes creerlo? —insistió Jake.

—No… no sé. Sí —respondió Ally mirando a su alrededor—. Tal vez, supongo.

Estaba distraída. Junto al edificio, una cuadrilla de la compañía Con Ed irrumpió en la acera.

—Dos años antes del incendio del Triangle. ¿Era algodón? ¿O vaselina? No, no, era azúcar. Azúcar, sí. Éste era el edificio. ¡Nada ha cambiado excepto el producto! ¡Dios! ¡A Marty esto le va a encantar!

—¿Por qué alucina así?

—Tiene una… pasión —explicó ella y bajó de la acera para cruzar la calle.

—Qué ironía, guau. —Jake la siguió—. Este tío también lleva una fábrica de azúcar...

En secreto, pensó Ally. Ahí se escondían, ocultos tras el polvo y el ruido.

—Entonces, ¿cuál es el plan? —preguntó Jake y dejó de andar.

Ally se volvió hacia él.

—Voy a entrar.

—¿Por qué? ¿Estás segura? ¿Quién es esta gente? Podrían ir armados, podrían ser peligrosos.

—¿Iban armados, Weather?

—No. Era un tío bronceado, iba con polo, sin calcetines.

—¿De verdad? —preguntó Jake—. Mis fuentes dijeron que...

—Y yo no soy una amenaza —insistió Ally—. Les diré... que es una emergencia. Lo entenderán.

—No, no. —Jake negó con la cabeza—. Si tiene que entrar alguien, seré yo. Entro yo.

—Sí, señora Hughes. Noah debería entrar. No van a matar a una estrella.

—No, Jake, gracias. Me emociona que estés aquí, nos sentimos seguras. Pero, a, es mi hija. Y, b, ya voy armada.

—¿Armada? —preguntó él.

Ella empezó a cruzar la calle en dirección a la construcción.

—¿Armada con qué?

Jake la siguió y Weather siguió a Jake.

—Aerosol de pimienta —dijo dando un toque en el bolso.

—¿Qué? ¿Por qué?

—¿Dónde lo consiguió? —Weather se situó a su altura—. ¡Por favor, déjeme verlo!

Continuando a buen paso, Ally sacó el espray del bolso y se lo pasó a la chica.

—Cuidado. Puede dejar seco a un oso.

Weather lo esgrimió.

—«¡Deprisa, mujer!»

—No es un juguete.

La profesora estiró la mano y lo recuperó cuando se oyeron una serie de chirridos y acelerones.

Cuatro furgonetas blancas particulares, sin identificación alguna,

llegaron a toda velocidad. Una furgoneta, dos, una tercera y una cuarta frenaron delante de las puertas de Fishman.
—¿Qué... qué es esto?
Dos coches oficiales de la policía venían detrás con las sirenas aullando.
—¡Vaya follón! Parece que sea... una redada —soltó Weather.
—¿Qué? —preguntó Ally.
—Creo que lleva razón —admitió Jake.
Saltaron de los furgones hombres con cazadoras azules, chalecos antibalas, cascos y rodilleras, todos ellos con metralletas.
—¿Qué pasa aquí? —dijo Ally mientras un grupo de policías se reunía ante la puerta principal y otro procedía a posicionarse alrededor del bloque. Entonces cayó en la cuenta: una redada, arrestos, incautaciones, armas. Salió disparada hacia los agentes.
—¡Ally! —llamó Jake.
Se aproximó a los hombres con la chaqueta del FBI.
—Disculpen —dijo—. Mi hija está ahí dentro. —Weather había mencionado la novena planta. Ally decidió que subiría y empezaría a gritar cuanto pudiera—. Perdón —insistió acercándose a los hombres.
Uno sacó el arma.
—¡Quédese ahí donde está!
—¿Qué? —Ally se paró en seco—. Sólo...
—¡Arriba las manos!
En medio de la calle, levantó las manos.
—Disculpe, si me hace el favor de permitirme tan sólo...
—¡Cállese! —dijo el agente acercándose—. ¡Las manos detrás de la espalda!
—Es un error. Tengo una pregunta. Mi hija...
—¡Las manos! ¡Detrás de la espalda! ¡Ahora!
Jake apareció a su lado con las manos en alto.
—Hazlo, Ally.
—Pero...
—¡Hazlo!
Colocó las manos detrás de la espalda.
—¡Ahora dese la vuelta y camine hacia mí! ¡Hacia mi voz, ahora!
Ally estaba confundida.

—Espere. ¿Qué? ¿Que me dé la vuelta y camine de espaldas?
—Alto —dijo el agente mirando a Jake—, ¿no es usted ese tío? ¿Cooper? ¿Bradley?
—No, él no.
—¿Bradley no-sé-qué?
—No, Noah Bean.
—¡Sí, es el caballero! ¿Armas? ¿De algún tipo?
—Sólo caminábamos...
—Llevo un aerosol de pimienta.
—Al suelo. Lo siento, no tengo otro remedio.
Ally y Jake se miraron. Él entornó los ojos y se echó de rodillas.
—Haz lo mismo que yo.
Se puso boca abajo. Ella también. El agente descendió, les cacheó y cogió el bolso de Ally.
—¿Trabajan en este edificio?
—No —contestó ella.
—¿Y usted, señor?
—No.
—Pero mi hija, tal vez. Veníamos a rescatarla.
Weather permanecía agachada tras un coche. No se lo podía creer.

En la novena planta Fishman aullaba:
—¡Borra! ¡Borra! ¡Bórralo todo!
Echó una ojeada a Josh mientras hacía añicos su móvil. Los trozos de plástico salieron por los aires dándole en la cara.
—¿Qué cojones? —dijo el informático mientras Fishman recogía los pedazos minúsculos y los arrojaba por la ventana.
Borró por completo el disco duro en cinco minutos. Fishman le había contratado para este momento, por su drástica habilidad.
El pasillo estaba vacío, resultaba extraña la tranquilidad que reinaba mientras iban a buen paso hacia el hueco de la escalera que conducía a la antigua caldera, que a su vez daba al exterior.
Pasillos arriba y abajo, era obvio que las modelos, tras las puertas cerradas, estaban ajenas a lo que sucedía. Todas excepto Lizzie, quien se hallaba en la zona común y miraba por la ventana.

—Mierda —dijo dirigiéndose a Sasha—. Deberíamos agacharnos, meternos bajo la mesa. —Ambas lo hicieron—. Voy a matarte, Weather. Te mataré —dijo Lizzie entre dientes.

—¿Qué? ¿Qué es esto? —dijo Sasha.

—La pasma está ahí afuera, y mi madre también, ahí abajo.

*V*einte minutos después, los agentes del FBI sacaban a Fishman y a Josh y les hacían doblar la esquina de Bushman y Court. Ambos hombres iban enmanillados.

Ally y Jake seguían dando explicaciones a los agentes cuando ella vio aparecer a Lizzie y soltó un resuello.

Observó cómo un agente la conducía hasta la parte posterior de un coche particular y la hacía entrar junto con Sasha.

Ally se limitó a quedarse mirando cuando el agente la dejó allí. A siete metros, los trabajos de Con Ed se reanudaron. Los martillos neumáticos volaron con el polvo y las partículas de cemento la fueron envolviendo, atragantándola. La acera aullaba a causa de los taladros ensordecedores que avanzaban y retrocedían, percutiendo con sus brocas, explotando en emisiones hediondas de cenizas. La situación devino insoportable. Ally se volvió y se alejó caminando sin volver la vista atrás.

Jake se apresuró a alcanzarla.

—Lo que ha hecho era legal, Ally. —Caminó a su lado—. No pueden arrestarla. Tiene veinte años. No ha hecho nada malo.

—Espray de pimienta —se dijo a sí misma—. La poli aparece con rifles automáticos... y yo traigo un espray Mace...

—¿Y?

—Ya no sé ni quién soy.

No dijo nada más, y cuando fue a parar a Clinton, supo dónde se encontraba. Giró a la derecha y se fue andando para casa.

Jake la siguió, y Weather siguió a Jake, durante manzanas y manzanas, una hora andando, de regreso hasta la calle Cranberry.

—¡Hace reparaciones! ¡Cálmate! —De repente Ally había recuperado la compostura por completo y estaba al mando, árbitro de la razón y el sentido común. Se volvió hacia Lizzie—. Dame tu escopeta de aire comprimido, ahora, por favor.

Lizzie lo hizo mientras Jake iba andando hacia ellas por el patio trasero.

—Lo siento, no era mi intención asustarlas.

Ally se volvió.

—Lizzie, baja del columpio, por favor.

La niña bajó de un salto sobre la hierba.

—Hola, mamá.

—Hola, tesoro.

—¡Temprano! ¡Sorpresa!

—¡Sorpresa! —repitió Ally mientras Jake se acercaba, quitándole la escopeta y metiéndosela en el bolsillo—. Jake —dijo sacudiendo la cabeza con exasperación—. Es mi mamá. Mamá, Jake.

—Hola —dijo Claire.

—Lizzie, éste es Jake.

—Hola —saludó Lizzie.

—Hola —dijo él sonriendo a la pequeña.

—Lizzie, tienes una sorpresa en tu habitación y puedes darle las gracias a Jake —explicó Ally.

—Gracias. ¿Qué sorpresa? —preguntó la niña.

—No te lo puede decir —respondió su madre—. Es un secreto, y hay una segunda sorpresa luego. Para tu información.

Ally miró a Claire y le dijo con calma:

—Jake ha montado la litera.

—Qué bien... tener un hombre en casa.

—Sí, es cierto —replicó mientras regresaba con Jake—. Pasemos cuentas ahora.

Él asintió.
—Esperaré en la entrada.
—Voy a buscar un cheque —fingió Ally.
Jake miró a Claire.
—Encantado de conocerla.
—Igualmente. —Le observó alejarse—. Qué guapo —susurró.
—¿Te lo parece? —preguntó Ally mientras se dirigía hacia la casa—. Habrá que devolver la escopeta de perdigones.
—¿Por qué? ¿Por qué? —Claire la siguió—. La feminista eres tú.
—¿Qué estás diciendo?
—¿Qué pasa? ¿Qué problema tienes con los juguetes de niños?

Minutos después, en la entrada principal, Ally tendía un cheque bancario amarillo.
—Tu madre está en la ventana —advirtió Jake mientras se acercaba.
La esperó en pie junto al coche.
—Por supuesto —replicó ella tendiéndole el cheque y la mano en actitud formal—. Qué situación tan horrible. Por favor, perdóname.
Aceptando el talón, le estrechó la mano. La retuvo un momento, luego la soltó y dobló el cheque por la mitad, después volvió a doblarlo.
—Estamos fingiendo, ¿vale?
—Por supuesto.
Luego él añadió:
—Quiero verte.
Ally no respondió.
—Quiero salir contigo aunque esté en Boston.
—No.
Ella se miró los pies, percatándose de que empezaba a temblar de nuevo.
—O puedo trasladarme. Aquí.
—¿Qué harías?
—No sé. Ya se me ocurriría algo.
—Para trabajar.

—Haría chapuzas.
Ally dirigió una mirada a la casa, otra vez a sus zapatos. Respiró hondo y estudió a Jake.
—Eres joven. Explora un poco.
—¿Explorar qué?
—Todo. Viaja y conoce mundo mientras puedas.
Ella estaba preocupada. Él sólo había vivido en dos estados, nunca había viajado a ningún sitio, ni conocido a nadie que no fuera de Nueva Inglaterra.
—No quiero...
—No hablo de Timbuktu. Vete a conocer Nueva York. Recorre la Costa Oeste. Sal de Boston. Sal de Providence.
—¿Por qué? Yo quiero... ver si esto funciona. Darnos una oportunidad.
—No.
No iba a permitir que se quedara aquí para salir con ella. Pese a todo lo que había vivido, Jake aún tenía veintiún años.
Veintiuno.
La misma edad que tenía ella cuando tomó aquella decisión que cambió su vida para siempre.
—Por favor. Cuesta verlo claro ahora, pero es el momento de... convertirte en aquello que eres realmente.
—No te estoy pidiendo consejo.
—Tienes potencial.
—No puedo dedicarme al béisbol.
—Por lo tanto, no es el béisbol, será alguna otra cosa. No eres un manitas de mantenimiento, aunque no haya nada malo en eso si fuera el caso. Eres listo y cariñoso, y tan... apasionado. Es una combinación rara, ¿sabes?
—Permíteme, espera que lo entienda bien. —Jake, mordiéndose el labio, la estudió—. ¿No quieres ir más lejos? ¿Nunca? ¿En absoluto? ¿Así sin más?
—No puedo. Ya tengo demasiados líos.
—¿Por qué?
—Mi trabajo —dijo Ally. —¿No veo...?
—Pende de un hilo. Esas llamadas de Meer: ha descubierto que

escribo algunos artículos... para ganarme un sobresueldo. *Cosmo. Elle. Redbook. Vogue.* A un dólar la palabra, empleando un nombre falso, el de mi madre.

—¿Y?

—¡Los académicos serios no escriben para *Vogue*! ¡Según Meer!

—¿Y qué tiene eso que ver con nosotros?

—Está buscando cualquier razón, cualquier excusa... podrían despedirme por salir contigo, por este fin de semana, y tú no tienes trabajo. Entonces, ¿qué haríamos?

—¿O sea, que es cuestión de dinero?

—Tengo una hija. —Estaba a punto de echarse a llorar—. Por favor, no me lo pongas... ¡más duro de lo que es!

—¡Me alegra que al menos te resulte duro!

La observó, con los labios apretados. No entendía, no del todo.

Ally bajó la vista.

—No puedo hacerlo, no puedo salir contigo. Y es definitivo.

Jake apartó la mirada y Ally alzó la vista. Le observó mientras él echaba una ojeada al talón y luego al coche. La ropa de cama aún estaba colocada en la parte delantera. La miró una vez más.

—Eres una cobarde.

Rodeó deprisa la parte delantera del Chevy.

—¡Sí, lo soy! —respondió ella—. ¡Pero tengo mis motivos!

Abriendo la puerta, él subió al coche. Ella apartó la mirada cuando encendió el motor, y luego también rodeó el vehículo, por delante de él, y cruzó la calle con una opresión en el pecho a causa del pánico y el corazón acelerado, conteniendo las lágrimas.

Pensó que iba a desmayarse mientras subía los escalones. No era cruel, nunca antes lo había sido con otra persona.

¿Qué había hecho?

Se dio media vuelta.

Lo observó mientras se ponía en marcha, bajaba la ventanilla y lanzaba el condón lleno, como una pelota, al otro lado de la calle, sobre un seto. Luego un confeti amarillo: el talón roto en pedazos.

Una brisa atrapó y sostuvo los trozos en medio del aire, manteniéndolos ahí hasta que descendieron flotando para descansar sobre la calzada en un balsa diseminada.

Permaneció ahí observando el Chevy con Jake dentro, cada vez más pequeño.
Luego el coche dobló una esquina y desapareció.

En la mesa de la cocina, Claire sumergía una bolsita de té.
—Ha empezado temprano para hacer todo eso.
Ally hizo una pausa antes de hablar.
—Los aparatos de aire acondicionado los puso ayer. Esta mañana ha vuelto para acabar la cama.
Se encontraba de pie en la despensa con harina en una mano y azúcar en la otra. Había empezado a preparar una tarta de cumpleaños.
—¿Qué estaba haciendo en el sótano?
—Una pared. Moho. Lo ha limpiado. Mecachis, no tengo vainilla.
Apareció Lizzie.
—He encontrado un calcetín y una camiseta.
Sostenía uno de los calcetines de Jake y la camiseta de los Sox.
—Tesoro, tengo que ir corriendo a la tienda, ¿quieres venir?
Dejó el azúcar sobre el mostrador.
—¿Dónde has encontrado eso? —preguntó Claire a Lizzie.
—Debajo de la cama, de la cama de mamá.
—¿Por qué te has metido debajo de mi cama? —preguntó Ally.
—La segunda sorpresa. Ahí sueles esconder mis regalos de Navidad.
Su mamá le sonrió.
—¡Lizzie Hughes: la mejor chica detective del mundo!
—Pero no he encontrado...
—En el comedor.
—¡Yuju!
Lizzie salió corriendo.
—¡Una bolsa de papel! —gritó Ally, luego sonrió a Claire—. Los soldaditos, para su trabajo. El diorama tiene que estar listo el martes.
—Pareces agotada.
—Lo estoy, lo estoy. Gracias a Dios el año ya se acaba.
Cogió el bolso.
—¿Cómo está tu ayudante?
—No sé. Me voy a la tienda. ¿Necesitas algo?

Aquella misma tarde la tarta ya estaba enfriándose. Lizzie se encontraba sentada en el porche trasero pegando una maqueta hecha con una caja de zapatos.

En el patio, Ally permanecía de pie sobre la hierba fresca, contemplando su cornejo florido.

Claire se situó a su lado.

—Un fin de semana precioso.

—Sí, lo ha sido.

—Lástima que hayas estado metida en casa.

Ally estudió las flores del cornejo, abiertas y blancas. Estiró el brazo y tocó una. Los cuatro pétalos eran delicados y estaban arrugados.

—Meg Moran llamó anoche. ¿Te acuerdas de ella?

—¿Quién? —respondió Ally frotando un pétalo entre las puntas de los dedos.

—Tenía una casa en la calle Remsen. La vendieron hace ya cinco años y se trasladaron a New London.

—¿Dónde?

—New London, a pocos kilómetros de Mystic. El puerto de Mystic. Mystic, Connecticut.

A Ally le dio un vuelco el estómago. Desplazó la mirada del precioso árbol a las nubes hinchadas en el cielo azul intenso.

—¿Qué quería?

—Juró haberte visto en Mystic este fin de semana, de la manita de un joven muy guapo.

Ally sonrió.

—Ya me gustaría.

—Dijo que se alegraba de verte tan feliz, tan enamorada.

—¿Enamorada? —replicó en tono burlón—. Lástima que no fuera yo.

Claire asintió y observó a su hija.

—Eso le dije. Le dije que estabas en casa, corrigiendo trabajos. Insistió en que estaba absolutamente segura.

Ally volvió a contemplar el árbol.

—Supongo entonces que necesita cambiarse de gafas. —Se levantó y cogió un capullo del cornejo—. ¿No es temprano para que esté... o ya es tarde?

Claire miró el árbol.

—Tarde. Lleva un par de semanas de retraso. Algo raro con el invierno que hemos tenido.

—¿De modo que si hace frío los árboles florecen antes? No acabo de entenderlo.

Claire no le hizo caso.

—No puedes permitirte otro error, —dijo descendiendo de tono.

Ally esperó.

—Todo mi dinero está invertido en la casa de la ciudad. No puedo apoyarte si sucede algo. ¿Tomas la píldora?

—Eso no es asunto...

—¡No puedes permitirte relaciones ocasionales!

—¡No me vio!

—¡No me chupo el dedo! —aulló Claire. Se controló y miró en dirección al porche, luego susurró—: Tal vez engañes a una niña de diez años, pero a mí no...

Ally se dio la vuelta para alejarse a buen paso, de regreso a la casa. Tiró el capullo al suelo mientras andaba.

Claire la siguió.

—Tus posibilidades de encontrar un hombre ahora son nulas. Ningún hombre decente quiere algo de segunda mano. Ningún hombre quiere el hijo de otro hombre, uno... o dos, ¡Dios nos libre!

—Ya basta —replicó Ally, pues lo había oído antes, muchas veces.

—Tu prioridad es ser titular de una plaza. Lizzie y la titularidad y...

—Sé cómo te sientes. —Subió los escalones del porche de dos en dos. En la puerta, se volvió—. No voy a conseguirlo. Meer va a por mí. Ni siquiera sabes de lo que hablamos.

—¡Yo estoy comentando lo que ha sucedido este fin de semana!

—¡Pues yo no! —dijo, entró y dejó que la puerta se cerrara de golpe. En el porche, Lizzie alzó la vista del diorama.

—Elizabeth, por favor, sube arriba.

—¿Por qué?

—Para que pueda hablar con la abuela. Vuelve aquí dentro de cinco o diez minutos.

Lizzie se levantó y salió, llevándose a su Nathan Hale con ella. Ally volvió sobre sus pasos, abrió la puerta y permaneció ahí otra vez, mirando fijamente a su madre. Claire tampoco cedió terreno, se mantuvo en su sitio de pie.

—Tienes razón —admitió la hija—. He tenido un fin de semana de sexo desenfrenado.

Los ojos de Claire se agrandaron.

—No estaba planeado. Mi plan era corregir trabajos, pero sucedió, y ha sido genial y maravilloso. ¿Quieres los detalles?

Claire echaba chispas.

—Dime que ese chico no estudia en Brown.

—No, pero antes sí. —Los ojos se le llenaron de lágrimas—. Hace una semana estaba en mi clase, y eso es lo que pervierte toda esta historia y la vuelve peligrosa y estúpida..., pero también mejor que cualquier otra aventura que haya tenido en la vida, que por otra parte, reconócelo, madre, no han sido muchas. —Tomó aliento. Le saltaron las lágrimas—. He estado centrada, me he portado bien. He renunciado al sexo, durante años, ¡años! Y él es fantástico, él es... han sido dos días de sexo jodidamente fantástico, y ahora él se ha ido. Se ha brindado a casarse conmigo y le he dado calabazas. No quería irse, pero yo le he echado. O se, que ya se ha acabado. Entonces, ¿qué quieres hacer al respecto? ¿Castigarme? ¿Echármelo siempre en cara? ¿Mandarme a mi habitación? ¿Qué? ¿Qué?

Claire estaba paralizada a causa del berrinche.

—Te quiero, madre, pero tengo treinta y un años. En algún momento tienes que... retroceder.

Las dos mujeres se miraron fijamente, a ambas les hervía la sangre. Ally entonces soltó la puerta y volvió a entrar.

Cruzó el porche y voló hasta el vestíbulo de entrada. Subió las escaleras y se fue por el pasillo en dirección a la habitación de Lizzie.

Se asomó a través de la rendija que la cría había dejado abierta.

—Vale, ya he terminado —le dijo con calma—. Puedes bajar.

Lizzie estaba sentada en la cama superior de su nueva litera y hojeaba un libro.

—¿Tenéis una pelea?

—Más o menos.

—¿Con la abuela?

—Poca cosa.

Lizzie asintió.

—Me encanta mi cama, muchísimas gracias, vaya sorpresa que me he llevado.

—Bien.

—El martes es mi cumple.

—Lo sé. Me muero de ganas. Estoy haciendo tu tarta.

—¿Dónde está la abuela ahora?

—Aún sigue en el patio trasero. Démosle un segundo. Te veo abajo para bañar la tarta.

—¿Me dejarás ayudar?

—Por supuesto.

Entonces se apartó de la puerta, se fue por el pasillo y entró en su habitación. Se estiró por encima de la cama para coger el teléfono y llevárselo con ella al baño. Una vez segura ahí, cerró con pestillo.

—Necesito un favor —dijo por teléfono con voz débil.

—¿Va todo bien? —preguntó Anna. Acababa de trasladarse a Denver.

—Infección urinaria. ¿Me recetas algo? ¿Para que no me muera?

—Por supuesto.

—Gracias —respondió bajito su amiga.

—¿Ally?

—¿Sí?

—¿Te has quedado con el bañador mojado demasiado rato? —Anna se rió—. ¿Algo que yo deba saber?

Ally le contó lo de su fin de semana, lo de Jake.

—¿Por qué le has rechazado? —preguntó Anna cuando acabó.

—Tiene veintiuno —respondió su amiga angustiada—. Sin un centavo, sin trabajo, con deudas. Veintiuno.

—Pareces tu madre.

—Yo tengo trabajo... una niña...

—Por favor. ¿No estarás defendiendo, ya sabes, una vida convencional?

Ally permaneció en silencio durante un momento. Luego soltó:

—¿Qué?

—Una vida de cuento de hadas, ya sabes a qué me refiero. Toda esa mierda de momentos importantes: una buena facultad, novios en la uni, boda perfecta.
—Anna, por favor, no lo entiendes.
—Luna de miel en clima cálido. Fugaz carrera. Dos niños perfectos, perro, peces.
Ally entornó los ojos.
—Dos casas, dos coches: el grande para el material de hockey, otro más elegante para salir de noche.
—Para ya. Podrían despedirme.
—Él no dejará de ser rico. Ella siempre se mantendrá delgada. ¿Funciona todo eso?
—No puedo poner en peligro mi trabajo.
—Pero alguien de veintiuno podría haber sido perfecto para ti, y retomar las cosas donde tú...
—¡Basta, Anna, por favor!
Interrumpió a su mejor amiga, la psiquiatra recién licenciada.
Anna no se detuvo.
—Lo único que estoy diciendo es: ¡mira cómo está el mundo! ¿Qué quieres? ¿Que te invite a salir un terrorista suicida?
—No. ¿Qué? ¿A qué te refieres?
—¿Morir de alguna enfermedad? ¿Síndrome respiratorio agudo severo o algo así?
—No.
—Entonces, ¿por qué no buscar un final feliz, como todo el mundo?
Ally miró al techo con lágrimas en los ojos.
—Ningún final es feliz, el de nadie, Anna. Todos nos morimos.
—Puedes morirte feliz. Puedes morir sintiéndote querida. ¿No has leído *El cuaderno de Noah*?
—No.
—Ya han hecho la película, la estrenan pronto. Iré en avión hasta Rhode Island para llevarte a verla.
—Déjalo, por favor, vale ya —dijo y rompió a llorar.
—Lo siento —dijo Anna—. Te mandaré entonces una plaga de langosta, ¿eso te parecerá mejor?
Ally pensó que tal vez resultara mejor.

—Langostas y ciprofloxacino. Antes de que me exploten los riñones.
Anna prometió hacerle llegar el Cipro.
Ambas colgaron.
Tras la llamada, Ally se sintió mareada. Permaneció sentada en un lado de la bañera, respirando. Hondo, despacio. Luego empezó a lloriquear sin parar. Lloró contra una toallita durante veinte minutos y después bajó a bañar la tarta de Lizzie.

A las seis y media sonó el timbre.
El corazón le dio un brinco y corrió escaleras abajo hasta el vestíbulo para contestar. ¿Podría ser Jake? Los domingos no pasaba el cartero. ¿Quién podría ser? Nadie había pedido pizza, no. Él se había dejado la camiseta a fin de cuentas, y también un calcetín. Tal vez se hubiera olvidado el martillo o alguna otra herramienta.
—Ya voy —gritó a punto de abrir la puerta, confiando, temiendo.
Y ahí estaba: Harry Goodman.
Harry, el manitas.
Harry, que había cancelado su visita en tres ocasiones.
—Hola, Harry —saludó Ally disimulando la decepción.
—Hola, señorita Hughes —farfulló él—. ¿Necesita aún una mano?
Ally sonrió y negó con la cabeza.
—No, Harry, busqué a otra persona.
Harry asintió.
—Estoy muy liado, ya sabe lo que es eso.
—Lo sé —respondió con amabilidad.
—Pues vale. —Se volvió para empezar a descender las escaleras—. Si no le funciona, ya sabe a quién llamar. Y ya han cogido a esos tipos, por cierto, los ladrones.
—¿Ah sí? —preguntó ella sorprendida y aliviada.
El hombre hizo una pausa y se volvió desde el peldaño inferior.
—Sí, allí en las viviendas subvencionadas de Chad Brown. Un tío estaba vendiendo las medicinas de una anciana de la avenida Slater. Mi hermano es poli, ¿se lo había dicho antes?
—¿Estás seguro?
—Oh, y por supuesto. —Harry parecía seguro—. Anoche pillaron

a los tres. Eran primos, todos bajos. Se lleva en la sangre, hay cosas que se llevan en la sangre.

—Exacto —dijo Ally—. Algunas cosas. Bien, es un alivio. —Él asintió y, antes de cerrar la puerta, ella le dijo—: Cuídate, Harry.

—Cuídese usted también, señorita Hughes.

Tras echar el cerrojo se fue arriba para vaciar la bañera de Lizzie.

*M*ás tarde, en la cama, puso bien las almohadas y se recostó con las rodillas pegadas y los pies descalzos separados bajo la manta. Leyó y corrigió a un ritmo de doce páginas por hora desde las once de la noche hasta el día siguiente.

Le dolían los músculos, se le nublaba la vista, pero pestañeaba para volver a enfocar las palabras.

*D*urante la semana del cumpleaños de Lizzie, en dos ocasiones salió del tráfico y aparcó para sollozar a gusto. Durante cinco días durmió en el cuarto de la pequeña, en la litera inferior, hasta que encontró tiempo para cambiar su propia cama y lavar las sábanas, que olían a sexo.

Las fundas de las almohadas olían a Jake.

Las dejó una semana más.

*E*l mes siguiente volvió a resultar inquietantemente familiar, y se encontró otra vez haciendo listas frenéticas de tareas, superando la náusea. La náusea del dolor.

—¿Has perdido peso? —preguntó Claire con profunda aprobación.

Ally hizo un gesto afirmativo. Seis kilos. En menos de cuatro semanas. No pudo hacer nada.

—No me he sentido demasiado bien.

—Bien, a pesar de ello, te sientas como te sientas —le dijo su madre— tienes un aspecto estupendo.

*W*eather se encontraba en la cocina de Ally, sentada sobre la mesa con los pies apoyados en una silla, tomando un yogur que ella misma se había servido del frigorífico.

—¿Señora Hughes? ¿Qué son todas esas cajas? Las de la entrada.

Jake miró a Ally. Permanecía en pie junto al fregadero lavando platos.

Estaba mezclando la masa para una tarta, absorta en sus pensamientos, observando una foto que descansaba en el alféizar.

Claire y Lizzie en un marco de plata. Lizzie con cuatro años y un vestido rosa claro de cuello Peter Pan, con una cesta de huevos; Claire guapísima, recién cumplidos los cincuenta, antes de que el cáncer de pulmón la consumiera. Fin de semana de Pascua en el área de columpios de Pierrepont. Un sábado gélido, recordó Ally. Lizzie sonreía pero tiritaba también.

Al lado de esta foto descansaba un marco dorado: Lizzie apagando las velas el día de su cumpleaños. Sobre el aparador se encontraba la maqueta elaborada con una caja de zapatos.

Cómo se aferra el corazón, pensó mirando la foto, pensando en aquel fin de semana de diez años atrás.

Una amiga se muda. Un amante se va. Una niña se hace mayor. Una madre muere. Pero el corazón aguanta ahí.

—Oh, no —se dijo en voz alta—. ¿Qué estoy haciendo?

Desde el fregadero, Jake se volvió.

—¿Qué he estado haciendo? —Alzó la vista y entonces le miró, luego a Weather—. No puedo impedir que ella se... —Miró al techo, con gesto crispado, le saltaban las lágrimas—. Tengo que... dejarla... tengo que... retroceder.

Nadie respondió durante unos momentos, y luego Weather asintió:

—Apuesto a que su madre se sentía igual cuando usted tenía veinte. ¿No fue entonces cuando le hicieron un bombo?

Los dos adultos miraron a Weather, y entonces Ally entornó los ojos.

—Weather, mejor que regreses ya a tu casa. Te quiero y te estoy agradecida, pero tienes que irte, ya.

—Vale, señora Hughes. Diga lo que verdaderamente siente.

—Es así como me siento. Y, por favor, llámame Ally o mamá de Lizzie, tal como solías hacer. La señora Hughes era mi madre, y yo no soy... ella.

Weather dejó el yogur y la cuchara para bajarse de la mesa.

—La cucharilla al fregadero —recordó Ally.

Weather la cogió y se la pasó a Jake.

—Adiós, Noah Bean.

—Adiós, Weather.

—Adiós, mamá de Lizzie —se despidió mientras salía.

Una vez que se marchó, Ally esperó. Contó hasta veinte y luego miró a Jake. Esperó un poco más, cobró valor y entonces admitió:

—Te quería, es verdad.

Jake sonrió con complicidad tranquila, pero ninguno de los dos se movió.

—Me enamoré de ti, ese fin de semana. —Hizo una pausa—. Pero sucedió tan deprisa, y nuestras edades, mi trabajo... —Se le quebró la voz—. Lo lamento muchísimo. No quería despacharte.

Jake dejó caer la cabeza con un toque de humor.

—¡Por fin! ¡Llevo diez años esperando oír esto!

Diez años. Cuánto tiempo.

Se dirigió hacia él. Se detuvo, bajó la vista mirándole los pies, y entonces ambos esperaron. Cuando alzó la mirada, Jake bajó los ojos, y se besaron.

Con dulzura y ternura, fue sorprendentemente familiar, como si llevaran separados poco tiempo.

En sus brazos se sintió transportada a la década anterior, al fin de semana de mayo, a Mystic, a Cabo Cod, al campus de Providence, a la casa en Grotto.

Las preocupaciones de Claire, su decepción, habían muerto con ella. Las llamadas constantes, los sermones de castigo, sus miedos, estaban ahora enterrados para siempre. Notó que se había sacado aquel peso de encima, por primera vez así en brazos de Jake.

—¡Ya está en casa! —gritó Weather desde el vestíbulo interrumpiendo el momento. Se separaron cuando la joven apareció otra vez en el umbral.
—¡Os estabais besando, vaya!
—¿Está en casa? —preguntó Ally.
—¡Ally y Jake! ¡Sentados en un árbol! ¡Son novios! ¡Son novios!
—¡Weather, vale ya! ¿Te ha llamado desde casa?
—¡Ha llamado! ¡Está bien! ¡Ha vuelto a su piso! ¡No la han detenido y está sana y salva! He vuelto para contárselo. ¡Yuju, qué noticiön!
—¿Te ha llamado a ti antes que...?
Ally hizo una mueca, frustrada.
—Exacto —dijo Weather con gesto afirmativo. Entonces se volvió para salir de nuevo—. Seguid donde lo habéis dejado.
Ally no se movió, miró a Jake.
—¿Quieres ir a verla? —preguntó él.
—No, ya es mayorcita. Llamará cuando esté lista.
Soltó una exhalación de alivio.
Jake volvió la cabeza para echar un vistazo al reloj.
—¿Sabes? —dijo bajito—. Esta noche me voy, Ally, tengo que volver a hacer la maleta y...
—¿Qué? —Bajó el rostro—. ¿Te vas?
—He intentado decírtelo toda la semana. Tengo un vuelo a las nueve.
—¿Adónde vas?
Él pensó en aquella pregunta.
—A todas partes.
—¿Cuándo vuelves?
—Hasta diciembre no vuelvo.
—¿Diciembre?
—Viaje promocional —asintió.
—Por favor retrásalo un poco, ¿no puedes? Quédate el fin de semana.
—Tal vez pueda, quizás hasta el domingo. Tengo que hacer una llamada.

Ally recuperó la esperanza.
—Por favor, llama.

La casa rojiza en cierto sentido le recordaba la casa de Providence: techos altos, molduras de corona, pequeñas habitaciones aprovechando huecos, moqueta y papel pintado deshilachándose y despegándose.

Se detuvo en las escaleras y contempló las cajas apiladas en el suelo. La docena de cajas, todas enviadas por él.

A su espalda, Jake se pegó a ella. La besó en el cuello, le pasó un brazo por el hombro y el otro por la cintura. Ally soltó una exhalación cuando extendió la palma de la mano sobre su vientre, apretando con fuerza hacia atrás, contra él.

Era justo lo que había dicho Weather. Continuar donde lo habían dejado.

Subió un peldaño para mirarle bien. Sus bocas, ahora al mismo nivel, se unieron. Ella le rodeó el cuello entre los codos, y se besaron y besaron. Él la envolvió en sus brazos y encontró el camino bajo la camisa para ascender por la espalda con sus manos.

—Jake —susurró ella mientras él le rozaba el cuello con los labios—. ¿Puedo decir sólo que... ?

—¿Llevas años sin tener relaciones?

—Años.

—Qué escándalo, pero tenías un...

—Sí, pero nunca llegamos... —Él retrocedió y la miró. Ella respiró hondo—: No he... digamos que el asunto en serio... en realidad no lo he hecho desde...

—¡Deprisa, mujer! ¡No hay tiempo que perder! —La adelantó y corrió escaleras arriba. Con su mejor acento británico volvió a gritar—: ¡No hay tiempo que perder!

Jake le había sacado unos pasos de ventaja, y se lo encontró de pie estudiando el mapa. El mapamundi de la casa de Providence. Ahora había agujeritos donde antes estaban clavadas las chinchetas. Las había quitado y no volvió a ponerlas. Se acercó a ella.

—Espera —dijo Ally y se fue andando hasta el armario—. Tengo algo que enseñarte. —Desapareció dentro del guardarropa para coger la camiseta azul marino de los Red Sox, la suya. Volvió a salir tendiéndosela—. ¿Te acuerdas de esto?

Jake sonrió. Sí, por supuesto.

—Me preguntaba qué había sido de...

—La guardé. Aquel año ganaron.

—Lo sé. Estaba allí, en las gradas.

Los ojos de Ally se llenaron de lágrimas.

—Me alegré tanto por ti...

Jake se acercó, cogió la camiseta y la dejó encima del escritorio. Luego se volvió, tomó su rostro entre las manos, la miró a los ojos y le dio un buen beso. Cuando se apartó, dijo:

—No puedo esperar, no quiero sonar..., pero ¿no te pasa lo mismo? ¿No estás a punto? —preguntó casi rogando.

—¡Sí!

Entonces él aulló:

—¡Manos arriba! —gritó imitando al agente del FBI.

—¡Oh, Santo Cielo! —se rió Ally levantando las manos.

—¡Arriba! ¡No se te ocurra bajarlas! —Jake le levantó la camisa y se la sacó por la cabeza, echándola a un lado—. ¡No te muevas!

Le bajó las tiras del sujetador y se inclinó para devorar sus pechos, meneándolos y levantándolos hacia el cielo.

Nada importaba ya, aparte de agarrar, sobar y estirar con desesperación, ambos palpándose y encontrándose.

—Creo que ha habido un... error —dijo ella—. ¡Tengo un arma!

—¡La boca cerrada!

Jake encontró su cuello con los dientes mientras ella le pasaba las manos por el pelo. Lo agarró y separó, tirando con fuerza, pero no demasiada, recordando que aquello le ponía a cien. Él le agarró la pierna por detrás y le dobló la rodilla, levantándola para instalar a Ally ahí, sentada en torno a su cintura.

Sin dejar de besarse una y otra vez, Jake buscó los pantalones cortos de ella, exploró y encontró su trasero, le separó las nalgas y las volvió a juntar, curioseando e indagando desde detrás, en busca de calor, una compuerta, una entrada.

—¡Al suelo!

Se subió a la cama y la tendió ahí, dejándose caer sobre ella, con fuerza y prisa, encontrando su boca para un profundo beso.

Ella saboreó su aliento, su lengua y dentadura. Se apartó un poco y observó las líneas y formas de Jake.

Entonces él volvió a incorporarse sobre sus rodillas. Sin decir nada y por mutuo acuerdo, con la misma desesperación, él se bajó la cremallera y luego los vaqueros, y ella hizo lo mismo con los pantalones cortos y las bragas. Tiró hacia abajo, desplazando las prendas sobre las rodillas y lanzándolas con fuerza desde sus tobillos.

En un instante él volvía a encontrase encima, listo para penetrarla, y Ally se deleitó con el peso de sus piernas, la presión de sus caderas contra ella, la falta de comedimiento. Sintió esa urgencia, ese instinto otra vez, de estar con él para siempre, en la cama o en cualquier otro lugar, abrazarlo para siempre y no soltarle.

—¡Mamá! —aulló Lizzie desde el vestíbulo inferior.

Ally se enderezó de golpe y casi arroja a Jake de la cama.

—¡Mamá! ¿Estás en casa?

—¡Aquí estoy! —gritó Ally—. ¡Ahora mismo bajo!

*L*izzie había entrado con su propia llave. El portero ya había regresado, y había recuperado su juego. Dejó la maleta contra la pared al pie de las escaleras. Ya no llevaba peluca y tenía la cara limpia. Se había cambiado e iba con chanclas y un vestido de tirantes de algodón blanco. Tenía el pelo recogido en un moño flojo que dejaba su nuca despejada.

—¿Qué son todas estas cajas?

Ally no contestó.

Su hija inspeccionó las etiquetas: Barneys, Dior, Louis Vuitton.

—Alguien ha estado de compras —se dijo a sí misma mientras iba en dirección a la cocina a buscar algo que comer. Le llegaba el olor del horno.

*A*rriba, Ally gateó recogiendo sus ropas.

—¿Qué aspecto tengo? Dime qué aspecto tengo. ¿Se nota que he estado morreándome?

—Estás fantástica —respondió Jake observándola.
—No me refiero a eso —susurró—. La retendré en la cocina. Sal por la entrada y nos vemos después, ¿en el hotel?
—¿Qué?
Ella gateó por la cama.
—¿Te quedarás en Nueva York este fin de semana? Por favor.
Le dio un rápido beso.
—Acabas de pedirme... que pierda mi vuelo.
—Sí, ¿no es genial? Me alegra que lo pierdas, pero ella no puede enterarse de que estamos aquí arriba haciendo esto.
Jake pestañeó despacio.
—¿Por qué no?
—Porque —se bajó de la cama, se subió la cremallera y se metió la camisa por dentro del short—, porque soy su madre.
—¿Ally?
—¿Qué?
—Lizzie sabe que nos hemos acostado, sabe que no la trajo la cigüeña.
Ally entornó los ojos.
—Escabúllete por la entrada principal, por favor, Jake.
—¿Que me escabulla? ¿Otra vez? —dijo sin moverse.
—No puedo explicarlo bien en este instante.
—¿Qué tal si le explicas... que me quieres y que yo te quiero?
—Sabe que no te he visto en diez años. —Ally salió al pasillo, luego se paró y retrocedió. Habló desde el umbral—: Lo lamento. No sé cómo hacer frente a todo esto.
—Está claro.
Asintió.
—Gracias. Por tu paciencia.

En la cocina, Lizzie preparaba té.
—¿Quieres un té? Estoy haciendo.
Aumentó la llama debajo de la tetera.
Ally se quedó en el umbral sintiendo un gran alivio.
—Lamento haber acampado delante de tu casa.

—¿Estás haciendo una tarta?
—Lamento las llamadas.
—¿Estás haciendo una tarta?
—Siento haberte acosado.
—¿Pastel de aceite de oliva?
—Sí, está en el horno.
—¿Para mí?
—Para mandártelo a la cárcel —respondió Ally—. ¿Quieres hablar? Si no, me parece bien. Es tu vida.
—Sí, por supuesto que quiero hablar.
Lizzie sacó dos tazas del armario.
—Si quieres, fantástico. Si no, pues vale. No voy a presionar.
—He dicho que sí —se rió Lizzie—. ¿Por qué actúas así? Con esta calma extraña; me estás alucinando.
—No creas... no he estado tan calmada.
—¿Qué té quieres?
—Tenemos un trato. Deberías haberme devuelto las llamadas.
—Lo sé —respondió Lizzie sintiéndose culpable—. Lo sé y lo lamento. Me robaron el móvil y no quería que interfirieras en mi plan. ¿Qué té quieres?
—Ah, el plan. Weather mencionó algo. ¿Desnudarte para pagarte la operación de nariz? ¿Te refieres a ese plan?
—No. —Lizzie la estudió—. ¿Qué es...? ¿Tienes un chupón en el cuello?
—¿Qué? —Se tapó el cuello con las manos—. No, no. Me habrá salido por el calor, hace más de treinta grados...
—En el exterior —replicó su hija con desconfianza.
—¿Qué estás mirando?
—Nada. Tu aspecto... Parece que hayas tenido sexo hace un momento.
—¿Qué? ¿Yo?
—Da igual. Olvídalo. ¿Puedes sentarte para que pueda explicarme?
—No estás obligada.
—Quiero.
—De acuerdo, pero no quiero sentarme. Quiero que sepas... que nada de lo que hagas impedirá que yo te quiera.

Lizzie entornó los ojos.

—Gracias, eso es un puntazo. ¿Me vas a decir qué té prefieres? No soporto que no me escuches.

—Bien. Earl Grey.

La tetera silbó, la cogió y apagó el fuego. Sacó las bolsitas de té. Ally seguía sin moverse.

—Sólo estoy diciendo que te quiero, tesoro. Con porno o sin porno. Puede que no lo apruebe, pero ya eres adulta.

—No me siento una adulta ahora mismo.

Vertió el agua en las tazas, dejó la tetera otra vez sobre la cocina y sumergió las bolsitas de té.

El viernes por la noche, Lizzie usó el móvil de Weather para llamar a Jones. Se reunieron a la diez en el John's de la calle Bleecker.

La pizza grasienta hecha al horno, con corteza bien tostada, se hallaba sobre una bandeja elevada. Faltaba una porción.

—Sírvete —ofreció Jones masticando, sonriente, encantado de verla.

—No puedo comer lácteos. Ni gluten ni carne ni fruta. El tomate es un fruto, o sea, que no puedo comer nada de ese plato. —Lizzie miró la pizza un momento, luego apartó la vista y respiró hondo—. ¿Sabes esos pósters que usáis en los que pone «Se busca»?

Jones asintió y sorbió el refresco.

—Y he visto en el website las recompensas que ofrecéis por dar información... al FBI.

—Sí —confirmó Jones dando un mordisco a la suculenta porción. Una gota de grasa resbaló por su barbilla. Cogió una servilleta y se limpió.

La chica tomó aliento.

—Mi pregunta es: si no hay póster y alguien como yo te da un soplo que lleva a una detención, una detención importante, ¿puedo conseguir el dinero?

—¿Por la información?

—¿O es necesario que primero haya un póster?

Jones sonrió y tragó saliva. Bajó la porción y se reclinó en la silla. Cogió la servilleta que tenía en el regazo y se limpió otra vez los labios.

—No funciona así, cielo. Para empezar hay que contar con dinero.

Y seguir los pasos en la cadena de mando —dijo volviéndose para llamar al camarero con la mano.

—¿Cadena de mando?

—¿Quieres tomar algo?

Lizzie miró un momento la pizza. El vapor se elevaba desde el queso, empañando la ventana. Miró al camarero.

—Café, por favor.

Jones cogió su porción, esta vez con las dos manos, y la sostuvo delante de la boca lista para devorarla.

—Si estoy intentando trincar a un delincuente y quiero ofrecer pasta para recibir algún soplo, tengo que redactar un memorándum y presentarlo para que pase por la cadena de mando. Los tíos de arriba tienen que firmar. Hacen falta autorizaciones del ASA, el SSA, el ASAC y del SAC* especial, o sea, el agente especial al mando en mi oficina. Ellos otorgan el permiso, luego yo preparo un póster.

Dio por fin un mordisco.

Lizzie consideró todo esto mientras él masticaba.

—Mierda —dijo, adelantándose para apoyar los codos en la mesa. Se pasó los dedos por la larga melena rubia.

Jones la estudió.

—¿Por qué? ¿Es algo importante?

—Sí. Tremendo.

—¿Cómo lo sabes?

Jones dejó la porción y apartó la pizza de la zona central de la mesa, desplazándola hacia la ventana.

—Lo sé —explicó la chica mientras el camarero dejaba una taza de café. Se inclinó para olerlo. Nada como el café americano de cafetería una noche lluviosa y cálida en la ciudad de Nueva York. Sobraba la pizza. Lizzie contempló al agente.

Jones se inclinó bajando la voz.

—Pero bien, Lizzie, estos soplos son los que nos da el público. O sea, tú estás en Cancún, ves a un fugitivo y me llamas. Eso es un soplo.

---

* Cargos en la policía metropolitana de Nueva York. (*N. de la T.*)

—Entiendo —contestó.
—Pero también están las fuentes.
—Una fuente trabaja desde dentro, como en *Homeland* —añadió Lizzie—. La fulana de Iowa que sale con el saudita en la primera temporada. La del collar.
—A la que le pegan un tiro —dijo Jones—. La matan de un tiro. Es un trabajo peligroso.
Lizzie apartó la vista.
—A veces se paga a una fuente durante años y a veces se le paga sólo una vez.
—Eso es. Yo quiero hacer de fuente una vez.
—Pero aun así tiene que pasar por la cadena de mando. ¿De qué estamos hablando aquí, cielo?
—¿Cuánto tarda? ¿Pasar por la cadena? Digamos que hasta que conceden una orden, ¿cuánto?
—Puedo llamar a un juez, pedirle una orden y tenerla en una hora.
Lizzie miró por la ventana a la calle Bleecker. Miró otra vez a Jones.
—Dieciocho mil. Es lo que necesito.
Jones hizo una pausa y observó a Lizzie.
—No puedo prometerlo y no puedes subirte a la parra. ¿Qué tienes?
Lizzie tomó aliento y miró la pizza.
—Ah, qué coño, dame una porción. —Estiró la mano y cogió un trozo caliente y chorreante cubierto de aros de pimiento. Dio un mordisco y, mientras comía, explicó—: Evasión de impuestos, soborno y proxenetismo. Retención ilegal, comercio sexual de menores. Posesión, producción y distribución de pornografía infantil y delitos contra menores en internet. —Tragó—. ¡No se puede vivir sin pizza!
Jones se recostó y la miró silbando entre dientes.
—Es lo que tenemos. —Dio otro mordisco y habló mientras masticaba—. Pero no hay niños, sólo un par de bocazas menores de dieciocho y una chica de Crimea que quiere volver a casa y no puede hasta pagar su deuda.
Jones la estudió. Esta chica era buena. Había tenido antes esta misma sensación extraña, un par de veces en las que le habían caído del cielo casos importantes y condenas aún mayores.

Sacó el móvil y marcó el número de su oficina.

*D*os días después, tras la redada, Jones dejó a Lizzie delante de su edificio. Encontró al portero, entró en el piso, hizo la maleta, una maleta de vacaciones, y regresó a la acera para parar un taxi e ir a casa de su madre donde se sentiría segura.

Nunca antes había hecho nada parecido.
No era una película de Nancy Drew ni de Marty.
Esto era real.
La Chillona era real. Sasha también. Josh y Fishman y Ted eran reales, y estaba asustada.

*A*lly estaba atónita. Apenas podía hablar.
—¿Me tomas el pelo?
—No —contestó su hija mirando el vapor que se elevaba del té.
—¡Lizzie! Pensaba que...
—Teddy lo financia. Él me envió. Pensé que deberías saberlo.
—Weather me lo dijo.
Se miraron la una a la otra. Luego Lizzie contempló las tazas sobre el mostrador.
—No fui la única. Jones dijo que tenían un caso abierto... Llevan meses siguiendo el rastro de Fishman... Está metido en otros asuntos, cosas serias. Van a sacárselo todo.
—¿Qué quieres decir?
—Van detrás de los maleantes que le respaldan. —Alzó la vista a su madre y tragó saliva—. Estoy asustada, mamá. Muy asustada.
—Ven aquí, cariño. —Lizzie se dejó abrazar fácilmente y los ojos de Ally se llenaron de lágrimas mientras estrechaba a su niña—. Qué valiente eres.
—Por favor, no llores —rogó Lizzie apartándose.
—No, no voy a llorar.
Ally se inclinó para achucharla un poco más. El horno zumbó.
—Siéntate. Siéntate ahí y sacaré la tarta.
Lizzie se llevó la taza de té a la mesa.

Ally se inclinó para abrir el horno. Volvió a enderezarse, se puso una manopla y sacó la tarta.

—En teoría yo no debía estar ahí hoy —admitió, removiendo el té.

Estaba demasiado caliente, en unos minutos tendría la temperatura perfecta, sin el ardor del agua hirviendo.

—Entonces, ¿por qué has ido? ¿Qué ha pasado? —le preguntó su madre cortando la tarta.

—Llamaron para decir que el caso había concluido y que no debía acercarme.

Ally pasó un trozo a un plato, que colocó delante de Lizzie.

—¿Por qué fuiste?

—Hice una amiga, quería ponerla sobre aviso.

—¡Pero qué peligroso, Lizzie!

—Lo sé, sé que fue una bobada.

La madre retiró la bolsita de té, la tiró aún humeante a la fregadera, se dio la vuelta y cogió una silla para sentarse también.

Lizzie se puso más derecha y descruzó las piernas. Cogió el tenedor y dio un mordisco al pastel de aceite de oliva, masticándolo despacio, saboreándolo.

—Me encanta esta tarta. Es única de verdad.

—Lleva harina.

—No me importa.

Ally sonrió y estudió a su hija.

—Estoy orgullosa de ti, locuela.

La joven también sonrió.

—Fue la mejor sensación de mi vida, ¿sabes, mamá? —continuó, alzando la vista de la tarta—. Jones dijo que debería hacer una solicitud, para Virginia. Algo del FBI. Ha hecho alguna llamada. Empezaría dentro de un mes.

Ally se quedó boquiabierta de golpe y se llevó la mano al pecho a causa de la impresión.

—Te dan casa, en Arlington, creo, o tal vez en Washington DC. Me ha pedido que le mande mi titulación. He enviado mis expedientes por fax.

—¿Quieres hacerlo? ¿Quieres ir?

Lizzie esbozó una amplia sonrisa, tan sorprendida como Ally.

—Diría que sí, si me admiten.

—¿Si te admiten? ¡Por supuesto que entrarás!
—Por favor —dijo la chica en un raro arranque de falsa modestia. Estaba agotada a causa del vértigo de los últimos días. Cansada y frágil, aún asustada.
Detrás de Ally, Jake hizo entrada recién duchado, metiéndose la camisa por los vaqueros.
—Señoras.
Lizzie alzó la vista abriendo mucho los ojos. Miró a su madre, que parecía a punto de sufrir un síncope.
—Hola, Noah. ¿Qué haces aquí?
—Estaba arriba en el dormitorio. Con tu mamá.
Lizzy sonrió e intentó no reírse. Su madre cerró los ojos.
Jake se sentó también.
—Me alegra verte en casa sana y salva —le dijo, y luego se volvió hacia Ally—. Tengo que despedirme, me voy a Londres.
—¿Qué? —Ally abrió los ojos—. Pero pensaba que...
—No puedo. El coche está fuera, debo coger un vuelo a las nueve en punto.
—Oh.
Le estudió. ¿Estaba enfadado? No sabría decirlo.
Dejó una carta encima de la mesa. Cinco páginas, dobladas en tres partes.
—Anoche escribí esto. Es una carta para ti.
—¿Para mí?
Estiró la mano para cogerla.
—Espera a que me vaya.
—Por supuesto —respondió y se levantó—. Te acompaño.
Jake también se levantó.
—Adiós, Lizzie.
—Adiós, Noah. Mucha suerte, ya sabes, en tu viajecito pagado.
—Gracias.

En la puerta de entrada, besó a Ally con frialdad. Ella se inquietó:
—¿Estás enfadado?
Jake negó con la cabeza.

—Estaré en Boston el veintiuno. ¿Nos vemos allí?
—¿Diciembre?
Él hizo un gesto afirmativo.
—De acuerdo —respondió ella—. Gracias por quererme y casi, ya sabes, acostarnos.
Entonces él se rió, se inclinó y la estrechó en sus brazos. Cuando se apartó, Ally se sentía grogui. ¿Otra vez se iba? ¿Le había despachado ella otra vez?
Pasándole un nudillo bajó la barbilla, Jake le alzó la cabeza y la besó en los labios una última vez. Se volvió y bajó la escalinata despacio hacia el monovolumen.
Ally le observó mientras se metía en el vehículo. Observó el Escalade con Jake dentro, partiendo en dirección este, hacia el puente de Brooklyn, hacia Manhattan, hacia Londres, hacia cualquier sitio menos la calle Cranberry.

—Te quiero —dijo desde el umbral de la cocina—. De modo que, ya sabes, arriba no nos estábamos divirtiendo sin más.
—Confío en que os divirtierais. Y no me importa si le quieres o no. Es tu problema.
—No es un problema. —Ally entró otra vez en la cocina—. Escoge lo que quieras de las cajas de ahí. El resto lo devolveré.
—¿Por qué? ¿Son todas de Jake?
—No quiero que se gaste dinero conmigo. No de este modo, no está bien.
—¡Mamá!
—¿Qué? No soy ese tipo de mujer. No necesito regalos, tengo todo lo que quiero ahora mismo. Estás a salvo. Veré a Jake por Navidad, supongo. Eso espero. —Su voz se apagó, quebrada e insegura, y se quedó mirando la tarta—. Té y tarta. Lo tengo todo.
Intentó sonreír y cogió el tenedor, pero no tenía hambre.
Lizzie la estudió.
—Mamá, lee esas hojas.
Ally la miró, luego miró la carta.
—¡Ahora! —dijo Lizzie y pasó a sentarse al otro lado de la mesa.

—¿Ya lo has leído?
—Nací entrometida.
—Desde luego —dijo Ally y abrió la carta de cinco folios. Adoraba a ese hombre—. No es una carta. ¿Qué es?
Estaba confundida. Miró a Lizzie.
—Son billetes —dijo su hija.
—¿Qué? No, eso no. Hay trozos de papel.
—No, son billetes. Hoy en día puedes imprimirlos en casa.
—¿En papel?
—Sí. —Lizzie se rió—. Bienvenida al siglo veintiuno, mamá.
Ally leyó los billetes y se quedó boquiabierta.
—¡Esto es para Londres!
Lizzie sonrió.
—¡Mañana por la mañana!
—La segunda hoja es la confirmación de tu limo.
Se inclinó mientras su madre hojeaba las páginas.
—Mamá, es para ti: ¡Tu itinerario para tres meses!
—¿Tres meses? No puedo...
—¡Con su viaje promocional! ¡Te está invitando!
Ella tomó aliento.
—¿Tres meses?
—¿Cómo no vas a poder? No tienes clases, sólo tienes que escribir, es tu año de excedencia. Él corre con los gastos. Todo. Y yo me instalo aquí unas cuantas semanas. Regaré las plantas.
Ally leyó:
—Londres. París. Viena. Roma. ¿Sidney? ¿Tokio? —Alzó la vista, pasmada—. ¿Esto está...?
—Está pasando. —Lizzie cogió las páginas impresas para dejarlas a un lado. Tomó las manos de su madre entre las suyas y se tragó el nudo que se había formado en su garganta—. Sé qué estás pensando.
—¿De verdad?
—Sí. ¿Cómo es posible hacer la maleta para tres meses? ¿En una sola noche? ¿Cómo puedo coger un vuelo a Europa mañana por la mañana cuando...?
—No —dijo Ally—. Estaba pensando... bien, si a ti te parece bien... me gustaría ir. Si tú te encuentras bien.

—¡Estoy mejor que bien? ¡Tienes que ir, mamá!
—¿Estás segura?
—¡Sí!
—Pero, ¿no estás asustada?
—Por favor. Estaré bien. Siempre estoy bien, mejor que bien.
—¡Con Jake! —¡Con Jake! Mientras no tengas el pasaporte caducado. Tienes pasaporte, ¿no?
A Ally le cambió la cara.
—¡Igual ha caducado! —chilló.

Tras una hora de búsqueda desesperada, Ally encontró su pasaporte. No estaba caducado. Luego hizo la maleta lo mejor que pudo para irse tres meses completos.
Lizzie subió una de las cajas de la entrada. La más pequeña.
—Devuelve el resto, pero abre esto. Insisto.
Era de La Perla. Corsetería italiana.
Ally la abrió.
El conjunto de camisoncito y ropa interior estaba envuelto en papel y colgaba de una percha con sus etiquetas. Ally lo sostuvo en el aire. Las dos estaban embelesadas.
El encaje verde-menta claro, casi blanco, era delicado, con detalles de diamantes calados, diseños de margaritas y tiras compuestas de capullos. La seda era tan fina, ligerísima, que casi parecía no existir. Como una brisa.

El avión despegó de JFK a las siete y cuarto de la mañana siguiente.
Ally bajó de la parte posterior de una limusina en Whitehall Place a las nueve menos cuarto y respiró la noche húmeda de Londres.
Orquídeas rosas y blancas iluminaban el gran vestíbulo Corinthia. Una enorme araña de cristal bacará colgaba del techo, redonda y reluciente como un sol.
Arriba, el ático se extendía sobre suelos de parqué distribuyéndose entre paredes revestidas con paneles, con terrazas que daban a un Londres centelleante.
El mayordomo llamó al timbre y trajo la cena.

—El señor Yastrzemski ha llamado antes —le explicó con amabilidad. Sirvió una bandeja de lenguado al limón y ensalada de aguacate, y jalea de flor de saúco con crema de Chantilly y cerezas como postre.

—¿Asistirá mañana a la clase de cocina?

—¿Si asistiré? No sé —dijo Ally sorprendida.

—El señor Yastrzemski la ha inscrito. Con nuestro máster chef.

Minutos después, se quedó helada al entrar en el dormitorio. Había una caja solitaria en el centro de la cama. Era turquesa, con una cinta de satén blanco.

Reconoció el papel de regalo característico de Tiffany.

Se fue hasta la cama, se subió poco a poco y permaneció un momento sentada contemplando el regalo. Cogió la caja y tiró de la cinta, cuyo lazo se deshizo y cayó. Y levantó con cuidado la pequeña tapa.

Dentro de la caja encontró otra. Había pensado en esa posibilidad. La segunda caja era más pequeña, de terciopelo azul oscuro.

Levantó la tapa y, en efecto, en su interior había un anillo, un reluciente solitario de un quilate, elevado sobre su aro de oro amarillo y sobre seis puntas clásicas que permitían que entrara la luz, para iluminarlo desde el interior.

Ally se lo quedó mirando con los ojos muy abiertos, y lo sacó.

Se lo probó.

Estiró la mano, la movió sobrecogida, demasiado cansada para protestar.

Luego se desplomó sobre la cama. Volvió a sentarse un momento para poder retirar la colcha y se metió entre las sábanas para quedarse debajo sintiendo el peso y la carga del edredón, las frescas sábanas limpias, suaves y finas, y también el peso del extraño anillo nuevo que tenía en el dedo.

Si permaneciera así echada, si lo permitiera, la propia ropa de cama la arrullaría hasta quedarse dormida, por lo tanto volvió a levantarse. Quería estar fresca y despierta cuando regresara Jake.

Una ducha iría bien, se dijo.

El baño era un palacio de mármol blanco y gris y cromo bruñido, reluciente y liso. El plato de la ducha olía a jabones fragantes y los chorros se llevaron la fatiga de sus músculos.

Media hora después, se envolvió en una toalla de felpa extremadamente delicada, y se secó el cuerpo desnudo y húmedo.

Se puso el camisoncito, aunque reemplazó el tanga por unas braguitas de algodón blanco.
Quería ser Ally, la auténtica.
Ally en Londres. Comprometida con Jake Bean, con quien iba a casarse. No con Noah Bean, sino con Jake.
Y Ally Hughes no iba en tanga después de una jornada viajera de doce horas.
Envuelta en un albornoz y bajo un echarpe, se acomodó en una *chaise longue* de la terraza.
Dando sorbos al té, contempló el Támesis, el puente de Waterloo y el Big Ben, que brillaba igual que la luna ahí en la Torre de Isabel.
Pensó en su propia Elizabeth en casa. Su Lizzie ya mayor. Pensó en cómo habían pasado los años, volando y no. Pensó en Claire, y en Jake, en cuánto les quería y echaba de menos a ambos en momentos diferentes.
¿Dónde estaba él ahora?
Ally no había llamado para decirle que venía, pero sabía que él lo sabía. ¡Había encargado la cena! No estaba preocupada. Observó la manecilla de los minutos avanzar y avanzar por la esfera, siempre en el mismo sentido, hacia adelante, nunca hacia atrás, y se quedó dormida.
A las doce y cuarto, Jake la despertó.

Agradecimientos

Gracias a mi divertida y genial agente, Alexandra Machinist, por abrir su buzón de correo spam a medianoche, por su asesoramiento estelar y por provocarme carcajadas sin cesar. Y a Sheila Crowley, a Sophie Baker y a la encantadora Laura Regan, y a todo el equipo inagotable de ICM y Curtis Brown.

Este libro no sería lo que es hoy sin Denise Roy, su editora en Dutton. Mi más sentido agradecimiento a Denise por esforzarse en que Ally resulte verosímil, por acompañarme con tanta paciencia en este proceso conocido como sacar una novela y por su asombrosa gentileza a toda prueba. Esta experiencia ha sido un placer absoluto. Quiero expresar mi gratitud también a Darren Booth, por su preciosa portada, LeeAnn, Matthew, Katie y todo el mundo en Dutton y Penguin Random House.

Gracias también a los siguientes amigos, amantes, especialistas: Julia Rabig, Breanne Fahs, Barbara Winslow, Philip Shelley, Wendy Chapkis, Joannie Wooters-Reisin, Andrew Powers e Isabel Jolly; a Bill y Mylin, por preguntar cómo iba el libro; a Mary-Margaret Kunze, por ocuparse de Sundays; a Victor Constantino, por discutir conmigo las comas; y a mi querida amiga Elizabeth Barondes, por leer esto la primera.

Y, por último, pero no por eso menos importante, gracias a Doc Hog y DJ, mamá y papá.

Acerca de la autora

Jules Moulin escribe bajo un centenar de seudónimos diferentes. Posee un máster en periodismo por la Universidad de Columbia y ha trabajado como guionista para varias series de televisión, programas piloto y películas durante doce años. Luego decidió dedicarse exclusivamente a hacer de mamá. Vive en Pasadena, California, y a veces en la ciudad de Nueva York. Ésta es su primera novela.

ECOSISTEMA DIGITAL

NUESTRO PUNTO DE ENCUENTRO

www.edicionesurano.com

2 AMABOOK
Disfruta de tu rincón de lectura y accede a todas nuestras **novedades** en modo compra.
www.amabook.com

3 SUSCRIBOOKS
El límite lo pones tú, **lectura sin freno**, en modo suscripción.
www.suscribooks.com

DISFRUTA DE 1 MES DE LECTURA GRATIS

1 REDES SOCIALES:
Amplio abanico de redes para que **participes activamente**.

4 QUIERO LEER
Una App que te permitirá leer e **interactuar con** otros lectores.

iOS